李怡・著

認識大陸作家系列

目　次

引言
現代性話語：機遇還是陷阱？

作為中國文學批評話語的「現代性」是在上世紀九十年代以後大行其道的，如果說一個時代有一個時代的關鍵字的話，那麼我們似乎可以將「現代化」、「走向世界」之類的用語認作是1980年代的關鍵字，而「現代性」則自然屬於1990年代以後的新寵。

翻檢1990年代以後活躍在中國批評界的這些「現代性」話語，我發現，它們似乎呈現為兩個比較明顯的學術版塊：一是對西方「現代性」話語的介紹、追蹤和分析，一是從所謂的「現代性」視角出發對現代中國的文化與文學問題展開解讀。而在我看來，如果是強調中國文學與文化現象的獨到的學術發現，那麼出現在中國學界自身的學術思維與學術態度倒值得我們格外的注意和研究，我相信，對於中國文學與文化的富有創造性的發現，一定與我們思維與方法上的獨特選擇有關。換句話說，推進中國文學與文化研究的重要途徑也在於我們對於自身學術思維與學術方法的不斷反思與追問。

這就是我們對1990年代以後活躍一時的「現代性批評話語」進行再批評的動機。

我更相信，抓住了「現代性批評話語」，也就抓住了1990年代以後中國現代文學研究的核心問題，包括它的機遇，也包括它的缺失。

我曾經借用目前收錄最豐富檢索也最方便的中國期刊網CNKI對1979年以後中國學術論文上的一些關鍵字作數理統計，下面就是「現代性」一詞在各年的出現情況：

	79	80	81	82	83	84	85	86	87	88	89	90	91	92
按篇名統計	0	0	0	0	0	0	0	0	0	2	0	0	0	0
按關鍵字統計	0	0	0	0	0	0	0	0	0	0	0	0	0	0

	93	94	95	96	97	98	99	00	01	02	03	04	05 半年
按篇名統計	4	16	26	28	48	60	107	128	166	213	268	381	169
按關鍵字統計	0	0	5	11	11	20	69	109	165	225	287	443	198

表格說明：1、 統計單位為「篇」

2、 檢索的學科涵蓋「文史哲」、「經濟政治與法律」、「教育與社會科學」

3、 自動檢索中有極少數詞語誤植的情形，如「現代性愛小說」也納入「現代性」統計，另外個別長文（如高遠東《未完成的現代性》分上中下發表，被統計為 3 篇，為了保證檢索統計的統一性，以上資料有意識忽略了這些情形。

研究一下以上的表格我們就可以知道，從 1979 年到 1987 年整整九年中，中國人文社科的學術論文中沒有出現過一篇以「現代性」為題目的文章，1988 年出現了兩篇，但很快又消失了，直到 1993 年以後才連續出現了「現代性」論題。就是 1988 年的兩篇論文其實也與 1993 年以後的「現代性」論題含義根本不同。[1]這並不是意味著中國學者對與「現代」相關的論題不感興趣——實際上，中國期刊網 CNKI 同樣表明，「現代」一詞從 1979 年開始以來就一直是我們學術論文的主要選題之[2]一——而是說中國學者長期沒有在「現代性」這樣的概念中來理解和分析他們感興趣的「現代」的問題。真正開始對「現代性」概念的追問大概得從 1993、1994 年的一些論文算起，這些論文的代表作包括張頤武的《對「現代性」的追問——90 年代文學的一個趨向》

1 這兩篇論文分別是吳恭儉《論〈五姑娘〉的現代性》（《湘潭大學學報 1988 年 3 期》），董悅《艾略特詩藝的傳統性與現代性》（《齊齊哈爾大學學報》1988 年 6 期）。

2 據統計，包含「現代」篇名的文章在 1979 年有 64 篇，1980 年 23 篇，1981 年 46 篇，以後歷年都保持一定數量。

（《天津社會科學》1993 年 4 期）、《現代性終結——一個無法迴避的課題》（《戰略與管理》1994 年 3 期）、《重估「現代性」與漢語書面語論爭——一個 90 年代文學的新命題》（《文學評論》1994 年 4 期），韓毓海的《現代性》與「現代化」》（《學術月刊》1994 年 6 期），韓毓海與李旭淵《第三世界的現代性痛苦與毛澤東思想的雙重含義——兼說中國當代文學》（《戰略與管理》1994 年 5 期），汪暉的《傳統與現代性》（《學術月刊》1994 年 6 期），彭定安《20 世紀中國文學：尋找和創造現代性》（《社會科學輯刊》1994 年 5 期），文征《後現代性與當代社會思潮》（《國外社會科學》1994 年 2 期），趙敦華《前現代性、現代性與後現代性的循環關係》（《馬克思主義與現實》1994 年 4 期）等。

對概念的提煉和重視反映的是一種學術目標的自覺。當然，按照中國學術期刊的學術規範，由作者列舉「關鍵字」的慣例是 1992 年以後才逐漸推行開來的，整個 1980 年代的中國學術論文之前都不存在這樣的標誌性的「關鍵字」，這也給我們通過統計來顯示中國學者概念的提煉製造了難度，不過即便如此，分析表格中作為「篇名」的現代性話題的增長與作為關鍵字的現代性概念的增長，我們也依然可以十分清晰地看出：隨著 1993 年以後中國學者對「現代性」話題的越來越多的關注，「現代性」理念作為重點闡述的對象或立論的主要依託才逐漸堂皇地進入學術文本，構成其中的關鍵字語，大約在 1995 年以後開始「傲然挺立」起來。本世紀以後，無論是作為論題還是語彙的「現代性」都達到了空前的規模，對西方文化意義的「現代性」含義的追溯和「考古」業已成為了我們的學術「習慣」，同時，在中國文化範圍之內（包括古代與現代）所進行的「現代性闡釋」更是層出不窮，幾近成為了現代中國文學與文化研究的基本語彙。至此，「現代性批評話語」似乎真的正在實現著對於 1980 年代一系列基本概念的置換。

問題在於，這樣的置換究竟對中國當代學術意味著什麼？

或許是我們學術發展的一次機遇。早在 1994 年，在「現代性」話題剛剛興起的時候，就有學者迅捷地宣佈：

> 「五四」以來的中國文學中，「現代性」一直是一個被肯定的概念。它是 20 世紀中國文化的合法性的前提和基礎。
> 而在這種對「新時期」話語的超越和逆反中，對「現代性」的追問業已成為「後新時期」文化的最重要的潮流之一。「現代性」在漢語文化中究竟居於何種位置？「現代性」賦予我們的激情和詩意是如何作用於我們的身體／語言的？我們如何跨出「現代性」的門檻？這些問題突然被置於 90 年代漢語文學發展的中心，被眾多的本文所書寫，它已成為我們必須正視的現象，成為我們探索「後新時期」文化特性的重要方面。[3]

這是在「告別現代性」、「質疑現代性」的意義上強調「現代性」的討論學術意義。另外的學者則從尋找學理的深刻出發區分了「現代性」與「現代化」的根本差異，具稱這樣一來，我們將有效地超越 1980 年代以至「五四以來」的關於「現代化」與「現代性」的一系列模糊認識，在一個更加複雜而豐富的語境中來讀解歷史的真實：

> 五四的一個缺點，正在於對待事物的「泛化」的或「化約」的方式，它提出了許多重要問題，卻又抽象地混淆了它們，進入九十年代以來，我們總算能夠看到這些問題的不同。
> 第一個問題便是所謂「現代性」與「現代化」的不同。
> 作為一個遲做為一個遲發展國家，中國的現代化也許不可避免地要伴隨著痛苦的「現代性」經驗，實際上，「現代性」而不是「現代化」，幾乎從人文上把人類統一起來。但這卻是一個充滿悖論的，沒有統一性的統一，一個充滿鬥爭與矛盾，充滿焦慮的統一，它許諾了「創造歷史」的原動力，但亦如鄭敏先生所說，也產生了王起明式的充滿暴力、慾望和烏托邦思想的

3　張頤武：《對「現代性」的追問——90 年代文學的一個趨向》，《天津社會科學》1993 年 4 期。

> 破壞性力量，五四完成了中國的現代性文化理論，但是，中國的現代化依然在艱難中行進，中國人對於處在此一進程中的自我的審視才剛剛進入一個新階段，中國人對於現代化的思考亦有待深入和豐富，值此五四七十五周年之際，我們將一個泛化的、抽象的，完成式的「現代性」，與此岸的、正在行進的和有待豐富的現代化進程加以區分，應該是必要的。[4]

這自然也是為我們指出了一個重要的學術方向。然而，綜合觀察1990 年代以降的這些「現代性批評話語」，我們讀到的卻不僅僅是令人鼓舞的學術「機遇」，就像「現代性」本身所存在的矛盾與悖論一樣，中國學者對現代性的理解和運用也十分的複雜，韓毓海先生所期待的那種超越五四式的「泛化」與「化約」的目標似乎遠未實現，僅以上我們所徵引的兩段文字來說，我們就不難看出它們各自學術思路的重要差異：一個是對「現代性」意義的「終結」，一個卻是在還原歷史複雜性當中的進一步認識與開掘。

這就給我們提出了一個嚴肅的問題：1990 年代以降的中國學界，究竟在「現代性批評話語」中獲得了什麼？是贏得了機遇，還是落入了陷阱？要麼就是兩這兼有。

現在是重新檢討這一學術歷程的時候了。

4　韓毓海：《現代性》與「現代化」》，《學術月刊》1994 年 6 期。

第一章　回顧：中國現代性話語的學術歷程

第一節　「走向世界」、「現代性」與「全球化」

從 20 世紀 80 年代初直到今天新世紀的 20 來年的時間裏，我們的中國現代文學研究發生了相當大的演化。在我看來，這一時期先後出現的三個關鍵語彙可以說大體上勾勒了這一演化的基本走勢：「走向世界」、「現代性」與「全球化」——這三個語彙的出現代表了各自歷史階段的特點，而它們所構成的運動方向又折射出了學術研究以及學術研究背後的種種話語關係。通過對這三個語彙的梳理，我們將應該更清楚地揭示包含在中國現代文學研究發展背後諸多文化資訊，從而加強我們學術追求與文化反思的自覺性。

「走向世界」

「走向世界」代表的是剛剛結束十年內亂的中國急欲融入世界，追趕西方「先進」潮流的渴望。在中國現當代文學研究界乃至中國學術界「走向世界」呼籲的背後，是整個中國社會對衝出自我封閉、邁進當代世界文明的訴求。在全中國「走向世界」的合奏聲中，走向「世界文學」成了新時期中國現代文學研究的「第一推動力」。樂黛雲先生 1988 年回顧「近五年」的學術發展時不無激動地說：「有一批青年學者，他們以扎實的科學知識，嶄新的知識結構、深邃自由的思考，初生牛犢的朝氣以及敏銳的文字表達能力，在近五年裏穿透了前人五十年的思考歷程，到達了國際學術界思考的前沿，找到了與國際上的思考者對話的途徑。他們正在堅定不移地走向世界。」「走向世界就有個『比較』的問題。」[1]這裏所謂的「青年學者」主要是針對比較文學界而言，然而，它顯然也同樣符合中國現當代文學研究界的基本情況。在新時期，中國現當代文學研究的勃興幾乎與比較文學研究的崛起完全同步，而且彼此形成了最親密最默契的配合關係，就是這樣的關係，在很大的程度上強化了中國現代文學研究以「走向世界」為己任的基本趨勢。

1979年高校中國現代文學研究會成立，《中國現代文學研究叢刊》創辦，這是新時期中國現代文學研究重整力量、全新啟動的主要標誌。在那最初的幾年中，除了陸續出現的撥亂反正的「重評」之作外，最引人注目的便是對中外文學關係的考察，例如1979年李萬鈞發表《論外國短篇小說對魯迅的影響》，[2]1980年王瑤發表《論魯迅作品與外國文學的關係》，[3]次年溫儒敏發表《魯迅前期美學思想與廚川白村》，[4]陝西人民出版社推出在卓有影響的「魯迅研究叢書」，魯迅與外國文學的關係成為其中重要的選題，如戈寶權《魯迅在世界文學上的地位》、王富仁《魯迅前期小說與俄羅斯文學》、張華《魯迅與外國作家》等，這些考察揭示了一個重要的事實：以「五四」為起點的中國現代文學，其主要的文學史意義常常不能在「階級鬥爭」的政治視角中獲得證明，恰恰是「走向世界」的選擇賦予了它有別於傳統的「現代價值」。王富仁在後來追憶說：「新時期伊始，首先活躍的是以魯迅研究為中心的中國現代文學研究，而這時作為新潮出現的則是中國現代文學與外國文學的比較研究。」[5]的確，就在「以魯迅研究為中心的中國現代文學研

---

1 見樂黛雲、王寧主編：《西方文藝思潮與二十世紀中國文學》2頁，中國社會科學出版社1990年。

2 見《外國文學研究》1979年1期。

3 見《魯迅研究》1980年1期。

4 見《北京大學學報》1981年5期。

5 王富仁：《關於中國的比較文學》，見《說說我自己》125 頁，福建人民出

究」開始用比較文學的方式「走向世界」之時，中國的比較文學研究也進入到了新的歷史發展時期。1981 年北京大學成立我國第一個比較文學研究會、1983 年天津召開建國以後第一次比較文學研討會。值得注意的是，新時期中國學人重提「比較文學」首先是在外國文學研究界，然而卻是在一大批中國現代文學研究者介入，或者說是在中國現代文學研究界將它作為一種「方法」加以引入之後，才得到長足的發展。新時期比較文學的宣導者不少本身就是中國現當代文學研究的傑出學者，如賈植芳、樂黛雲、王富仁、溫儒敏等人，甚至還是已經進入中國現代文學史的重要人物，如錢鍾書、卞之琳、袁可嘉、鄭敏、施蟄存等。1981 年 4 月中國社會科學院文學研究所現代文學研究室舉辦「中國現代文學思潮流派問題學術交流會」，比較文學的研究方法成為會議發言中格外引人注目的部分，以至今天的比較文學學科史也特意描述了這次會議的盛況：「鮑昌比較系統地闡述了外國文學思潮在中國的傳播及其影響；卞之琳談了西詩對中國新詩的影響；戈寶權講的是現代作家和外國文學之間的關係；劉柏青具體地講中國左翼文藝與日本無產階級文藝思想的關係；樂黛雲就『比較文學與中國現代文學』作了系統發言。」[6]同年，錢鍾書先生又這樣為中國的比較文學研究「把脈」：「要發展我們自己的比較文學研究，重要任務之一就是清理一下中國文學與外國文學的相互關係。因為從歷史上看來，各國發展比較文學最先完成的工作之一，都是清理本國文學與外國文學的相互關係，研究本國作家與外國作家的相互影響。」[7]

於是，在 20 世紀 80 年代的比較文學研究當中，影響研究（主要是西方文學思潮對中國文學的影響）成了主流選擇，據有學者對 1977-1983 年間中國比較文學論文選題的統計：[8]

版社 2000 年。

6 徐揚尚：《中國比較文學源流》289 頁，中州古籍出版社 1998 年。

7 《錢鍾書談比較文學與「文學比較」》，《讀書》1981 年 10 期。

8 見（美）J·迪尼、劉介民主編：《現代中西比較文學研究》（一）292 頁，

分類	理論與概況	影響研究	平行研究	翻譯研究	國內各民族文學比較研究	總體研究	總計
數目（篇）	28	171	29	34	1	20	283
百分比	9.9	60.4	10.2	12	0.4	7.1	100

這一統計表明，影響研究在20世紀80年代初期有著絕對優勢。與此同時，我們的中國現代文學研究也主要通過對中外文學關係的考察為自己開拓了全新的發展空間。在這個意義上，中國現代文學研究與比較文學研究實現了最充分的「資源分享」。

比較文學的恢弘視野給正在「走向世界」的中國現代文學研究以新的價值角度，由比較文學而生髮的「總體文學」——「世界文學」的壯麗圖景，也顯然給我們文學以某種未來的期許，這一期許在很大的程度上牽引著我們在某種「進化」的模式中評定文學的價值。從曾小逸主編《走向世界文學》、陳思和《中國新文學整體觀》到黃子平、陳平原、錢理群的《二十世紀中國文學三人談》，對80年代文學史總體架構影響深遠的這幾部著作都洋溢著飽滿的「走向世界」的激情。《走向世界文學》一書不僅囊括了當時新近湧現、後來成為本學科主力的大多數學者，集中展示了那個時期的主力學者面對「走向世界」這一時代主題的精彩發言，而且還以整整4萬5千餘字的「導論」充分提煉和發揮了「走向世界文學」的歷史與現實根據，更年輕一代的學人對於馬克思、歌德「世界文學」著名預言的接受，對於「走向世界」這一訴求的認同都與曾小逸的這篇「導論」大有關係。[9]陳思和的「新文學整體」也屬於「世界文學整體框架中的體內經絡與動脈」。[10]同樣，「二十世紀中國文學」也被闡述為「中國文學走向並匯入『世界文學』

四川人民出版社1988年。

[9] 曾小逸主編：《走向世界文學——中國現代作家與外國文學》，湖南文藝出版社1986年。

[10] 陳思和：《中國新文學整體觀》19頁，上海文藝出版社1987年。

的一個進程。」[11]儘管這些「走向世界」的訴求同時也論及了民族傳統的不可或缺的價值，但事實上，它們最精彩最深刻的理論貢獻常常還是在對「外來影響」的追述當中。80 年代的「走向」激情也註定了「民族化」的確更多薰染了「防禦性」的色彩。

在歷經數十年的文化封閉與唯階級鬥爭化的理論封鎖之後，是「走向世界」的激情實現了我們寶貴的思想「突圍」，在「世界文學」宏大背景的比照下，中國現代文學研究獲得了空前開闊的視野。「走向世界」的過程同時也是「世界」湧入中國的過程，因為有了「走向」，才出現了後來潮水般洶湧而來的西方文學的「方法」，這林林種種的「方法」終於更新了我們業已僵化的文學批評模式。

當然，在種種的「方法」當中，最後成就斐然、影響深遠、對中國現代文學研究實效最大的還是比較文學，正如王富仁先生所說：「我們稱之為『新時期』的文學研究，熱熱鬧鬧地搞了 10 多年，各種新理論、新觀念、新方法都『紅』過一陣子。『熱』過一陣子，但『年終結帳』，細細一核算，我認為在這十幾年中紮根紮得最深，基礎奠定得最牢固，發展得最堅實，取得的成就最大的，還是最初『紅』過一陣而後來已被多數人習焉不察的比較文學。」[12]時至今日，「比較」早已經成了中國現代文學研究的最基本的一種方法，而對主要的中國現代文學作家而言，其外來的文學資源都得到了幾乎無甚遺漏的發掘和清理。

「走向世界」的中國現代文學研究在當時力圖撥亂反正、「恢復歷史的本來面目」，所謂的「本來」其實就是中國文學「走向世界」的「面目」。於是，在關於中國現代文學發生發展的敘述中，「引發模式」獲得了最充分的闡發和運用，中國文學如何為外國文學所的啟迪、所影

[11] 黃子平、陳平原、錢理群：《二十世紀中國文學三人談》35 頁，人民文學出版社 1988 年。

[12] 王富仁：《關於中國的比較文學》，見《說說我自己》125 頁，福建人民出版社 2000 年。

響，如何經過世紀性的「文化換血」而取得了新的題材、主題、語言與思維，這就是我們主要的研究工作。不過，當「引發」逐漸成為了我們對中國現代文學的基本認識，其潛在的問題也表現了出來。我們看到，在中國文學因外來「引發」而「走向世界」的描述當中，我們似乎更注意因「引發」而產生的「結果」而非實際「引發」的諸多細節，或者說是將比較文學的「影響研究」簡化為異域因素的「輸入」與「移植」過程。這便在很大的程度上漠視了文學創作這一精神現象複雜性。因為，精神產品的創造歸根到底並不是觀念的「移植」而是創造主體自我生命的體驗與表達，作為文化交流而輸入的外來因素固然可以給我們某種啟發但卻並不能夠代替自我精神的內部發展，一種新的文化與文學現象最終能夠在我們的文學史之流中發生和發展，一定是因為它以某種方式進入了我們自己的「結構」，並受命於我們自己的滋生機制，換句話說，它已經就是我們從主體意識出發對自我傳統的某種創造性的調整。

當「走向世界」的注意力更多的集中在了如何的「世界」，而不是作為創造主體的中國作家究竟如何在「走向」，這便為後起者的學術質疑留下了空間。難怪在 90 年代的「現代性質疑」思潮中，不少的學者都將包括文學在內的中國文化的現代性動向指責為「西方文化霸權」的產物——因為，至少是我們的文學史本身並沒有描述出中國現代知識份子如何進行獨立精神創造的生動過程。

「現代性」

如果說，「走向世界」是 80 年代中國現代文學研究的「主旋律」，那麼，「現代性」則是 90 年代這一學科的關鍵字。

中國文學的「現代性」、「現代化」或「現代特徵」最初依然是對「走向世界」結果的一種既清晰又模糊的概括。所謂文學的「現代化」

也就是「由古代文學的『突變』，走向『世界文學』。」[13]然而事實上，就像學者汪暉當年就這一問題向唐弢先生求教時所遇到的困惑一樣，[14]這一看來描述研究對象基本特徵的概念其實並沒有得到認真的研討，它甚至比「走向世界」的激情還要顯得曖昧不明。

中國學術界開始清查「現代性」的知識譜系是在進入 20 世紀 90 年代以後。然而，令人不無尷尬的是，這一清查在一開始卻是在「現代性終結」的宣判中展開的。

「走向世界」在 80-90 年代的政治性轉換當中很難為自己洗脫「西化」的責難，在一個令中國知識份子窘迫不安的時段裏，來自西方文化內部的反叛之聲似乎更容易與政治家的嚴厲要求達成某種形式的默契。於是，後現代主義（還包括解構主義、後殖民主義等等）對於西方自文藝復興至啟蒙運動所形成的「現代性」傳統的猛烈抨擊便獲得了「移植」的土壤，「現代性終結」的宣判似乎也可以給那些「臣服」於「西方文化霸權」的人們以當頭棒喝：

> 「現代性」無疑是一個西方化的過程。這裏有一個明顯的文化等級制，西方被視為世界的中心，而中國已自居於「他者」位置，處於邊緣。中國的知識份子由於民族及個人身份危機的巨大衝擊，已從「古典性」的中心化的話語中擺脫出來，經歷了巨大的「知識」轉換（從鴉片戰爭到「五四」的整個過程可以被視為這一轉換的過程，而「五四」則可以被看作這一轉換的完成），開始以西方式的「主體」的「視點」來觀看和審視中國。[15]

---

13 黃子平、陳平原、錢理群：《二十世紀中國文學三人談》35 頁，人民文學出版社 1988 年。

14 汪暉：《我們如何成為「現代」的？》，《中國現代文學研究叢刊》1996 年 1 期。

15 張頤武：《「現代性」終結——一個無法迴避的課題》，《戰略與管理》1994 年 4 期。

中國的「後學」論者在移植「現代性終結」判決的同時，當然也移植了西方後現代主義對「現代性」知識體系的清理，這樣的清理工作的確是長期致力於「現代」文學研究的80年代中國學者所未曾進行過的。在這個意義上，我們可以說正是這些新鮮的「現代性」知識體系極大地更新了我們固有的認識與思維，帶給我們分析既往的文學現象以新的視角新的方法以及新的結論，通過知識的清理，我們過去關於「現代」、「現代性」、「現代化」的或零散或隨意或飄忽的認識都第一次被納入到了一個完整清晰的系統當中，並且尋找到了在人類精神發展流程裏的準確的位置。

然而，如此清晰的「現代性」知識，其首要的作用卻並不是像「走向世界」的文學比較一樣提供某種描述的模式，因為，當它第一次被中國學人自覺認識的時候就已經被宣判為「終結」了！當中國現代文學賴以定位的「現代」已經成為了「質疑」與「終結」的對象，那麼，這裏所牽涉的就決不僅僅是一個文學史現象的評價問題，在根本的意義上，對「現代性」的質疑與終結更直接地衝擊著「五四」以來我們新文化的價值大廈——而這，恰恰就是中國現代文學學科的存在之本！

就像「後學」曾經在啟蒙之光暗淡的年代成了中國的「顯學」一樣，「現代性終結」(有時也叫做「現代性質疑」或者「重估現代性」思潮)的宣判也在90年代的中前期撼動著中國現代文學研究學人的固有信念。但是，問題還不在於這一宣判如何衝擊了一個學科已經形成的「傳統」，而是這樣一番波濤洶湧的震撼其實本身卻無力提供一個學科發展的新的價值體系：「後學」論者祭起了對抗「西方文化霸權」的大旗，但他們所標舉的民族傳統或者「中華性」卻顯然比80年代的「現代」概念更加的飄渺和空洞——至少，對於熟悉中國傳統文學如何在近代消歇衰弱而中國新文學又如何在一個文化貧瘠的年代昂然奮起這一歷史的學人來說，這樣刻意的文化對抗分明缺少必要的說服力；更有甚之，一旦人們能夠從洶湧而來的撼動中鎮定下來，就會醒悟到一個重要的事實，原來那些高舉著對抗「西方文化霸權」的大旗、宣判「現代性終結」的論者，其最根本的知識資源與精神支援都依然來自「西方」，他們從來就沒有在心靈深處撇開西方的「霸權文化」，相反的是，他們繼續在關注來自「西方」的思想新潮，而「後現代」就是這樣的新潮，宣判「現代性終結」也絕對比接著述說「現代」要新潮得多。正如一位「後學」論者所說：「進入 90 年代，對『現代性』的反思與追問及對『知識份子』的反思與追問已成為時代的新潮。」[16]如此富有喜劇性的情景，一方面道出了中國知識份子在一個相當長的歷史時期之內依然充滿了「西方渴慕」奧秘——甚至在他們努力拒絕的時候！另一方面則再次證明，發生在 20 世紀的最後一次思想文化分歧依然還是像在此以前的其他文化文學論爭一樣，分歧的雙方的重要思想基礎其實就糾纏在一起，「走向世界」是有意將西方文化作為了我們前行的某種尺規，而「現代性終結」也在有意無意間繼續將思想的判斷交給西方，這樣的思想文化分歧，其實也就並沒有完成真正意義上的「學術推進」。

值得注意的是，中國現代文學研究界對於「現代性終結」的挑戰在一開始並沒有作出有力而廣泛的回應，[17]這裏可能存在著一個「不再年輕」的學科所積澱下來的某種「慣性」，比如我們固有的認知方式與知識體系依然保持了先前的穩定性，並沒有在收納新的「現代性知識體系」之後作出某種必要的調整。[18]用一位青年學者的話來說就是

---

[16] 張頤武：《「現代性」終結——一個無法迴避的課題》，《戰略與管理》1994 年 4 期。

[17] 除了高遠東《未完成的現代性》（《魯迅研究月刊》1995 年 6-8 期）等極少數文章外，出現在 90 年代中前期的應戰之作主要來自文藝理論界，如邵建《世紀末的文化偏航》（《文藝爭鳴》1995 年 1 期）、陶東風《現代性反思的反思》，作為中國現代文學研究者的汪暉也是在思想史的意義上提出了他著名的回應《當代中國的思想狀況與現代性問題》，（後兩篇文章均收入李世濤主編《自由主義之爭與中國思想界的分化》，時代文藝出版社 2000 年版）。

[18] 例如宋劍華、楊春時在 1996、1997 年發起的「文學現代性品格」論爭，論

「現代文學界在新的歷史與文化語境中反映遲緩，無所適從，從而無法直面新的歷史課題。」[19]就整體研究局面而言，大約在 90 年代後期，這一情形才有所改觀。這主要歸結於兩個方面的原因：

一方面是因為中國現代文學學人的自我反思與自我知識調整。在「集思廣益」、自我反思方面，《中國現代文學研究叢刊》以及新世紀前後一些全國性的專題研討會產生了積極的推動、促進作用。[20]1996、1997 年，《中國現代文學研究叢刊》連續推出了一系列學科發展的「筆談」，對 90 年代以後中國現代文學學科面臨的困境與出路展開了方方面面的討論，尤其是王富仁《當前中國現代文學研究中的若干問題》[21]所引發的討論，[22]以及「現代文學研究 15 人談」[23]等都充分顯示了不同年齡的學人都對 90 年代以後的學科遭遇深有自覺，並在自我反思的基礎上努力回應迎面而來的挑戰。世紀之交，中國現代文學界的歷史考察已經到處可見「現代性反思」的烙印，在闡述中國現代文學的「現代」、「啟蒙」等基本概念的時候，人們已經自覺融入了對於這一系列理想本身的理性反問。[24]

爭中大部分論文所闡發的「現代性」思考都與當時洶湧澎湃的「現代性終結」的挑戰無關，它基本上還是發生在固有的中國現代文學知識系統中的討論。以至姚新勇在《現代性言說在中國》一文中認為：「此場討論一開始提出的問題，就是一個套錯了概念並錯置了文化時空的與現代性反思無關的問題。」(《文藝爭鳴》2000 年 4 期)

[19] 吳曉東《直面新的文化挑戰》，《中國現代文學研究叢刊》1997 年 4 期。

[20] 這些會議包括 1999 年吉林大學與《中國社會科學》雜誌合辦的「20 世紀中國文學現代性問題」會議，2001 年南京大學中國現代文學研究中心主辦的「中國現代文學傳統」會議等等。

[21] 見《中國現代文學研究叢刊》1996 年 2 期。

[22] 見《中國現代文學研究叢刊》1997 年 3 期、4 期。

[23] 見《中國現代文學研究叢刊》1997 年 1 期。

[24] 新世紀初年推出的一些現代文學研究著作，不少已經顯示了這樣的「現代性視野」，如逄增玉《現代性與中國現代文學》(東北師大出版社 2001)、韓毓海《20 世紀的中國：學術與社會(文學卷)》(山東人民出版社 2001)、鄭家建《中國文學現代性的起源語境》(上海三聯書店 2002)、張光芒《中國近現代啟蒙文學思潮論》(山東文藝出版社 2002)、高玉《現代漢語與中

同時，研究局面的變化也與整個中國學界對西方 20 世紀學術思想豐富性的進一步認識有關。在「後現代」滾滾而來的時候，已經習慣於在「進化論」的思維中追隨西方「新潮」的中國學人實際上是理所當然地將「後現代」視作新的「權威」與新的「中心」（至於「後現代」本身對於「權威」與「中心」的消解倒幾乎被中國的「後學」論者所遺忘了！），人們重複著西方「後現代」對於「現代性」的尖銳批判，卻沒有顧及到「後現代」本身也只是二十世紀西方思想之一種，就是在對「現代性」的理解和批判上，二十世紀的西方的思想家也有著十分不同的方式。這樣的複雜性終於在 90 年代後期為中國學人所注意，特別是像哈貝馬斯這樣卓有影響的思想大師既反思「現代性」又對抗「後現代」的獨立姿態顯然給中國學界極大的啟示。哈貝馬斯宣佈：「我並不想放棄現代性，也不想將現代性這項設計看作是通告失敗的事業。我們應該從那些否認現代性的想入非非、不切實際的綱領中認識到失誤。」[25]哈貝馬斯所謂「現代性」之「未完成性」至少啟示我們在一中更冷靜也更開闊的視野中來辨認和評價中國現代文學的「現代」問題。到 90 年代後期，我們發現，先前的一些「後學」論者也放棄了對「現代性終結」匆忙宣判，對取「現代性」而起的「中華性」也三緘其口，他們轉而對中國現代文學「現代性」加以描述和追蹤乃至激賞：

> 中國現代性文學並不只是以往中國文學傳統的一個簡單繼承，而是它們的一種嶄新形式……遺憾的是，由於傳統學術成見的限制，人們對於偉大而衰落的古典性傳統似乎所知頗多，然而，對於同樣偉大而待成熟的現代性文學傳統卻所知甚少；

國現代文學》（中國社會科學出版社 2003）、俞兆平《現代性與五四文學思潮》（廈門大學出版社）等等。

25 哈貝馬斯：《現代性——一項未竟的工程》，見王岳川、尚水編《後現代主義文化與美學》20 頁，北京大學出版社 1992 年。

> 相應地，人們對衰落的前者大加推崇，卻對有待成熟的後者嚴加苛責。所喜的是，我們正開始形成對於現代性文學的新眼光。無疑地，現在已到了正視這種堪與古典性傳統媲美的新傳統，並同它對話的時候了……古典性文學雖然偉大卻已衰敗，而現代性文學儘管幼稚卻已初顯其獨特審美特徵與偉大前景。[26]

這樣的「文學的新眼光」，已經與來自現代文學界自身的「現代性」闡述大體上連通了。

當然，在90年代後期以來的「現代性」文學闡釋包括中國現代文學界本身的學人在內，其依照「現代性知識」視野的研究依然還存在明顯的問題。其表現在多個方面，例如就「現代性」這一語彙本身而言，「現代性概念首先是一種時間意識，或者說是一種直線向前、不可重複的歷史時間意識，一種與循環的、輪回的或者神話式的時間框架完全相反的歷史觀。」[27]在「現代性」這樣一個西方知識系統中的時間演進概念納入中國這樣一個特殊的經過「空間裂變」而生成的「現代」社會之後，我們究竟怎麼才能排除其原有的意義束縛而更準確地反映中國自身的情況呢？[28]現代中國知識份子的「現代」意識遠不如西方的那麼「單純」，它既包含了我們對於新的時間觀念的接受，同時又包含著大量的對於現實空間的生存體驗，而在我看來，後者更是中國社會與中國人自我生長的結果，因而也更具有實質性的意義。將這一認知基點推廣開去，我們會繼續發現，今天為我們在「現代性」認知框架中加以運用的諸多原則（如「兩種現代性」的分野等等），其實

---

[26] 王一川：《現代性文學：中國文學的新傳統》，《文學評論》1998年2期。

[27] 汪暉：《韋伯與中國現代性問題》，《學人》第6輯。

[28] 王富仁深刻地分析過現代中國空間意識的產生：「正是由於鴉片戰爭之後中國的知識份子發現了一個『西方世界』，發現了一個新的空間，他們的整個宇宙觀才逐漸發生了與中國古代知識份子截然不同的變化。」「在中國近現代的知識份子的面前，世界失去了自己的統一性，它成了由兩個根本不同的空間結構共同構成的一個沒有均勢關係的傾斜著的空間結構。」（王富仁：《時間・空間・人》，《魯迅研究月刊》2000年1期）。

都還未曾擺脫勉強取法西方理論的僵硬痕跡，20 世紀之末被介紹進來的海外漢學家們的研究成果尤其如此。[29]再如，90 年代撼動中國學界的「現代性」問題首先是一個思想文化的問題，換句話說，它歸根到底是一個思想家如何概括和認定社會文化的繁複性質的問題，無論「現代性」的認知本身有多麼的細緻，對分歧有多少的寬容，都不能改變由它認知對象所決定的總體性，也無法改變作為思想認知本身的抽象性，這樣的「現代性知識」，其主體內涵與邏輯形式，都更屬於「思想史」的範疇，也就是說，與「感性」的、「鮮活」的、「生命」的文學存在並不能直接劃上等號，當我們借助「現代性」的認知邏輯來辨析中國現代文學之時，既要尊重「中國」的意義，也要返回「文學」的自身，這裏可能出現的錯位必須警惕，因此，新世紀伊始，已經有學者在提醒我們注意「思想史代替文學史」的誤區了。[30]

如果我們並不機械地將「現代性」作為一個必須從思想史的程式裏確證的學理資源，而將它更多地視作中國作家表達自身現代生活的複雜體驗的匯集，那麼，我們也許會感到，「現代性」闡釋並不一定都是「預設」的理論，[31]它也許還可以提供一個豐富的闡釋空間，預留

[29] 這些漢學家包括李歐梵、劉禾、王德威、孟悅等，王曉明主編《批評空間的開創》集中收入了他們的代表性作品。（東方出版中心 1998 年）。

[30] 溫儒敏：《思想史取替文學史？》，見南京大學中國現代文學研究中心編《中國現代文學傳統》，人民文學出版社 2002 年。與此同時，其他的現代文學學者也開始了自我警醒，王光明、南帆認為現代性只能作為話語場地，反對文化論述的現代性探討化約了文學的獨特品格（見《在現代性話語場地裏——現代性與中國文學的對話》，《東南學術》2000 年 3 期），吳炫認為貫穿「20 世紀中國文學觀」的現代性理念是非文學的，是文化對文學的束縛。（《一個非文學的命題——「20 世紀中國文學觀」局限分析》，《中國社會科學》2000 年 5 期）類似反思論述還包括筆者的《「重估現代性」思潮與中國現代文學傳統的再認識》（《文學評論》2002 年 4 期）。

[31] 關於「現代性」闡釋是否也可能成為一種理論「預設」，或者陷入「本質主義」的陷阱，學界有過不同的意見，而我認為，綜合分析這意見的雙方，恰恰可以讓我們擺脫多方面的「預設」，更多的返回文學的實際。參見吳曉東《中國現代文學中的審美主義與現代性問題》（《文藝理論研究》1999 年

下豐富的空白，等待不同的學者持續不絕的有力填充。這裏或許應該注意一個分歧：與其說我們是要以「現代性」的框架來「重寫」中國現代文學，不如說是要呈現中國現代作家在文學中的「現代性」感受。感受的多樣性決定了研究的多樣性與可持續發展性。只有在這個意義上，在中國文學「現代性」的生長史與諸多的生長細節都等待著我們的重新進入的時候，「現代性」才可能是一個可以延續到新世紀的課題。

「全球化」

然而，就在「現代性話語」的迷霧還在持續發展的時候，另外一個與之密切相關的概念又開始頻頻現身了，並因此而加劇了「現代性」闡釋的複雜性，這就是所謂的「全球化」。

據有學者考證，「全球化」（Globalizating）一詞並非就是當今世界經濟一體化體制中的創造，它早在 20 世紀 40 年代就已經出現，只不過是隨著世紀之交的經濟一體化的發展，特別是資訊化、網路化的進程而被廣泛地傳播了開來。[32]同樣地，在中國的文化界與文學界，在很多的時候，人們關於「全球化」的談論都會徵引歌德與馬克思關於「世界文學」的先後論述，彷彿又讓我們會到了「走向世界」的年代，與之同時，今天的「全球化」問題也常常與「現代性」的討論緊密聯繫，「『現代性』是『全球化』問題中的一個關鍵字，這兩個概念關係之密切，以至人們提起一個，就自然會想起另一個。」[33]這都說明，所謂的「全球化」雖然是隨著新世紀中國「入世」，廣泛介入了世界經

1 期）、朱立元《論現代性與中國現代文學研究的理論預設》（《學術研究》2003 年 3 期）。

[32] 高放：《「全球化」一詞的由來》，見《拉丁美洲研究》1999 年 6 期。

[33] 姚文放：《「全球性」不等於「世界性」》，見童慶炳等主編《全球化語境與民族文化、文學》73 頁，中國社會科學出版社 2002 年。

濟循環而頻頻出現的名詞，然而，它卻並不意味著中國的社會思想文化又進入到了一個「全新」的階段，從本質上講，我以為這不過是我們對業已存在的一段文化遭遇的新的解釋和定義。

當然，這樣的解釋和定義是有它的特殊意味的，也就是說，它所凸現和強調的問題是我們過去的思維模式所未曾充分注意的。進入新世紀以來，從經濟、政治、文化到文學，各種形式的「全球化」討論正在蓬蓬勃勃地展開，在文學領域，文藝理論界與比較文學界的「全球化」研討會都已經熱烈地進行，今天，我們的中國現代文學研究著作中也陸續出現了「全球化」的語彙。[34]就在這樣的一些批評話語中，我們可以捕捉到某些既區別「走向世界」，又不從屬於「現代性質疑」的思想方式或者說文化姿態。

在我看來，「全球化」的提出至少將兩個方面的問題同時地格外分明地圖現了出來。

其一，與全球經濟一體化相一致的全球性的文化交流的必然。經濟方式的全球性展開的確加強了人類生活的同質化，於是，人類的文化有可能突破社會體制的差異，實現跨民族的情感參與和心理認同。全球性的文化交流的事實揭示了跨民族的「精神共用」的真實性。

其二，全球化的生存同時也是一個自我矛盾的或者說包含了內部張力的生存。一方面是如法國經濟學家弗朗索瓦・沙奈所提醒的「單極化」運動，即世界強勢文化影響的單方面強化；[35]另一方面卻又同時出現了來自不同民族的「反全球化」浪潮，在全球性的趨同化當中，世界民族尤其是第三世界的民族反而表現出了對本民族文化的強烈崇尚與固守，它們匯入全球文化的同時竭力保持自身的特殊性，或者說特殊就是「精神共用」的基礎。

---

[34] 作為中國現代文學研究的「風向標」，《中國現代文學研究叢刊》於 2002 年 3 期發表了兩篇關於「全球化」問題的專題討論。

[35] 參見弗朗索瓦・沙奈：《資本全球化》第 18-19 頁，齊建華譯，中央編譯出版社 2001。

應當說，對於曾經自我封閉的中國而言，「全球化」的過程也就是一個「走向世界」的過程，不過當年的「走向世界」在國門洞開的激情當中似乎無暇顧及「走向」所包含的矛盾與張力，也來不及辨析其矛盾內部的種種文化關係，「走向世界文學」更多地突出了「文學的人類同一性」，這樣的觀點似乎會為許多人所接受：「文學的民族特性，必然隨著民族文學的產生而產生，也必將隨著民族文學的消亡而消亡。文學的民族特徵，是對於形成民族文學的各地方的和各集團的文學的特性的揚棄；未來的一體化世界文學特性，則將是對於各民族文學的特性的揚棄。各民族文學向一體化世界文學發展的過程，也是文學的民族性在交流中融合為更高意義上的文學的人類性的過程。」[36]所謂的「人類性」是不是高於「民族性」的另外的存在？而文學的「民族性」可不可以同時就是「人類性」的表現？這些問題在當時尚不及回答。同樣，當中國的「現代性」理論在「現代性質疑」的後現代思潮中出現，人們也容易僅僅固守在「第三世界」的立場上，將窺破與反抗世界強勢文化的「現代性」作為自己的天職，於是，全球性的文化交流的必然以及跨民族的「精神共用」的真實卻被嚴重地掩蓋了。「全球化」生存的提出也許會促使我們對文化與文學問題的多層次多方位的把握，而且我們的思考也會更加的理性。

對於如此緊密地伴隨著中國人「走向世界」、步入「全球化」的中國現代文學研究而言，對「全球化」的理性思考會有怎樣的啟示呢？我認為，這裏我們對「全球化」所作出的定位——一種生存的真實或者說語境的真實——是頗有意味的，也就是說，「全球化」不是一種具體的文學研究的「方法」，它比「走向世界」的比較文學與「現代性知識體系」更不可能成為一種西方既成的話語模式，它營造給我們的就是一個寬闊的思考的「背景」，提示的就是關於當下「生存」的關注。

---

[36] 曾小逸：《論世界文學時代》見曾小逸主編：《走向世界文學——中國現代作家與外國文學》32 頁，湖南文藝出版社 1986 年。

不錯，「全球化」與「現代性」的確是緊密地聯繫在一起的，然而，與「現代性」包含著更多的時間理念不同，「全球化」更明顯的屬於空間關係的問題，而從空間關係與空間意識的變化來辨認中國現代文學，恐怕更符合中華民族「自我中心」觀念瓦解之後的生存體驗。「全球化」之中的現代中國的文學選擇都是這一空間生存裏的自我精神的生存形式。

與之同時，從理論上講，作為一種語境的「全球化」思維也更應該有效地包容其他合理的研究思路，比如「走向世界」所強調的主體「突圍」，比如「現代性」追求所強調的自我創造；而且愈在在「全球化」的空間定位中，我們愈可能克服這些研究思路的缺陷，突出其更有價值的一面，比如在「全球化」的意義上，不同的空間有著不同的時間，所謂西方「現代性」的絕對霸權已經不復存在，我們完成可以理直氣壯地討論中國文學自身的現代特徵，討論現代中國文學的自我生長問題，討論中國文學精神與西方文學精神在現代中國的平等互動的問題。在這個意義上，「全球化」語境的引入，其更合理的意義恐怕倒是對我們當今的「現代性批評話語」進一步反思和追問。

當然，僅僅作為一種思維的語境的「全球化」不是「方法論」，不是令人豁然開朗的靈丹妙藥，它並不可能為我們的中國現代文學研究帶來轟動性的繁榮局面，甚至也不一定會立即推動我們的研究進入一個全新的境界，但是，當我們的文學研究從西方文化中獲得的再不是唬人的「法寶」，當西方文化的發展僅僅只是提示我們對於當下生存的關注，而我們必須通過對自我生存真實的具體把握來讀解我們的精神成果，那麼，這或許也就意味著我們的中國現代文學研究可以從簡單的「西方渴慕」或者「西方抗拒」中解脫出來，從此逐漸走上自己的道路，研究不再僅僅是「方法」而是自我的獨立「思想」，學術史的發展也不僅僅是焦躁的文化「選擇」而是主體心靈的「認知」與「對話」。

第二節　當前現代性批評話語的四重歧義

從「走向世界」、「現代性」到「全球化」，二十餘年來的中國現代文學與文化研究不僅完成著一系列研究範式與語彙的轉換，而且其中最具有標誌性意義的「現代性批評話語」更呈現了多重含義的膠著狀態，值得我們加以進一步的細緻分析。

比西方含義更加複雜的「中國現代性」

「現代性」是上世紀 90 年代以後中國文學闡釋的關鍵字。一個眾所周知的事實便是：「現代性」概念及其知識體系的出現使得我們對於 20 世紀中國文學的理解找到了一個更具有整合能力的闡釋平臺，改變了以前那種單憑「走向世界」的激情而從不同知識概念體系中任意支取話語的狀況。從「現代」而到「現代性」，雖然是一字之差，卻包含著對於一種知識話語的自覺的追問和清理。通過知識的清理，我們過去關於「現代」、「現代性」、「現代化」的或零散或隨意或飄忽的認識都第一次被納入到了一個完整清晰的系統當中，並且尋找到了在人類精神發展流程裏的準確的位置。最近 10 年，「現代性」既是中國文學批評界所有譯文的中心語匯，也幾乎就是所有研究的話語支撐點，在我們這種「翻譯」與「表述」的同一性的背後，更有中國與西方理論命題的同一性。對於從上世紀 80 年代一路「走向世界」而來的中國知識份子來說，這樣的「同一」似乎就是他們日夜渴望的「與世界同步」、「與國際接軌」，難道經過 20 多年的努力，當代中國的學術真的是彌合了人們所焦慮的那種與西方學界的「鴻溝」，站到了與現代化社會的知識份子一樣的起跑線？

然而問題卻顯然沒有那麼的簡單。因為，在我看來，就在我們今天的學術話語中，漫天飛舞而身影模糊的批評概念當中，分明也出沒著我們的「現代性」。現代性，固然有它區別於 1980 年代「走向世界」、「現代化」諸激情的相對明晰，但在今天越來越多的頻繁登場當中，卻也照樣呈現出了十分複雜以至含混的特徵，如果不進行研究語域的劃定，許多的研討都無法真正地拓展，甚至基本的對話都無法進行。

在今天我們關於「現代性」語域的種種劃定當中，繼續追蹤它在西方學術思想發展中的來源與演變是一回事，但更迫切更有價值的卻是考察能夠對 20 世紀中國文學與中國文學思想的理解產生決定意義的「現代性」含義：包括它的來源、效力與演變的過程，更包括我們是在怎樣的與西方有別的立場上「需要」它、「改造」它。在我們進行這樣的考察之前，必須把握的一個基本事實便是，我們引以證明的材料本身就存在一個話語混亂的現實，這種混亂本身才正是「20 世紀中國文學思潮」的本來面目。換句話說，如果不對當今流行於世的「現代性」概念進行細緻的辨析和梳理，我們自己的闡釋也會陷入到艱難的境地。

如果說，在對西方「現代性」概念的梳理介紹過程中，我們已經接受了這樣一個重要的事實：即「現代性並非一個單一的過程和結果，毋寧說，它自身充滿了矛盾和對抗。」[37]這裏有兩種現代性（即所謂世俗現代性與審美現代性）的分歧，也有卡林內斯庫所說的面孔的五種：現代主義、先鋒派、頹廢、媚俗藝術與後現代主義。那麼，如下的判斷可能對我們更加的重要：最複雜的「現代性」概念其實還不是在西方學術思想的領域裏，恰恰是在所謂的「現代性」進入中國以後，來自不同知識背景的人們出於各自不同的目的而導致了對「現代性」意義的複雜賦予。在今天，無論闡釋「現代性」知識系統本身還是闡釋現代性與 20 世紀中國文學的關係都必須首先面對概念蕪雜叢生的事實，這，就是我們課題的真正的難度。

---

[37] （美）馬泰・卡林內斯庫：《現代性的五副面孔》（顧愛彬、李瑞華譯）中譯本「總序」，商務印書館 2003 年版 3 頁。

四重「現代性」

我以為，至少有四種意義的「現代性」概念已經同時呈現在了我們面前。意義上理解「現代性」。

首先是「現代性終結」論者的「現代性」。這一意義上的「現代性」概念出現得最早。它產生自上世紀 90 年代初期，包含了一部分知識份子既不斷追蹤西方思想資源又主動迎合國家政權的民族主義導向的複雜意圖，在當時，中國的「現代性終結」論者既適應了「批判西化」政治要求，又繼續以輸入「反叛西方文化」的西方文化形式保持了自己追逐外來「新潮」的既往思路，立足「後現代」立場，宣佈「現代性終結」，這在當時無疑是十分新鮮且具震懾效果的。「現代性終結」論者的基本觀念可以如此簡略地表述為：

> 「現代性」無疑是一個西方化的過程。這裏有一個明顯的文化等級制，西方被視為世界的中心，而中國已自居於「他者」位置，處於邊緣。中國的知識份子由於民族及個人身份危機的巨大衝擊，已從「古典性」的中心化的話語中擺脫出來，經歷了巨大的「知識」轉換（從鴉片戰爭到「五四」的整個過程可以被視為這一轉換的過程，而「五四」則可以被看作這一轉換的完成），開始以西方式的「主體」的「視點」來觀看和審視中國。[38]

自然，「現代性終結」的宣判並不能改變中國作為一個後發達國家要求社會變革與文明發展的現實，如果說來自西方文化陣營的哈貝馬

---

[38] 張頤武：《「現代性」終結——一個無法迴避的課題》，《戰略與管理》1994 年 4 期。

斯尚在思考「現代性」工程的「未完成」，[39]那麼，對於農業文明彌漫中的中國社會而言，「未完成」的現代轉型恐怕就更是一個無可避諱的事實了。無論這樣的「現代性」在多大的程度上取法於西方，「他性」如何影響著「自性」的生長，我們都不得不承認，中國社會文化中的諸多塵埃的確需要在這樣的衝擊中蕩滌，中國文明需要的變化發展中求得新的生機。於是，我們看到，即便是在「現代性終結」的來勢洶湧的時候，也依然有那麼一批執著於中國文藝問題思考的學者繼續沿著五四——新時期的思想啟蒙之路展開自己的「現代性」之思，這方面的最有影響的事件就是楊春時、宋劍華、1996、1997 年發起的「文學現代性品格」論爭，與「現代性終結」論者的結論恰恰相反，他們認為：「20 世紀中國文學的本質特徵，是完成由古典形態向現代形態的過渡、轉型，它屬於前現代的世界近代文學的範圍，而不屬於世界現代文學的範圍；所以，它只具有前現代性或近代性，而不具有現代性。」[40]將「現代性」定位於中國當代文學需要努力建設才可能呈現的品格，這樣的姿態可謂是一種「呼喚現代性」的赤誠。「呼喚現代性」論者的現代性概念顯然與「現代性終結」論者有異，可謂是當代中國第二種值得注意的「現代性」認知。這一認知的最顯著特點便是特意論證了一個「近代性」的問題，並將現代性作為與近代性完全不同的理想加以解讀。正如楊春時、宋劍華所自述的那樣：「確定 20 世紀中國文學的近代性，要將中國近代文學與世界文學的總體發展聯繫起來，從而為中國近代文學找到了準確的座標或參照系。傳統的『中國現代文學史』概念，雖然也注意到了世界文學對 20 世紀中國文學的影響，但並沒有從世界文學史的觀點對（而只是從自然時間概念上）對 20 世紀中國文學進行定位。它不顧 20 世紀中國文學與世界文學之間

---

[39] 哈貝馬斯：《現代性——一項未竟的工程》，見王岳川、尚水編《後現代主義文化與美學》20 頁，北京大學出版社 1992 年。

[40] 楊春時、宋劍華：《論 20 世紀中國文學的近代性》，《學術月刊》1996 年 12 期。

發展水準的巨大差距，套用世界文學史分期於中國文學，把『五四』以後的文學定位於現代文學，這是非常荒謬和自欺欺人的。」文學史家楊義認為：這正「體現了作者想超越五四以來新文學傳統的更為新銳的現代性追求。」[41]

到了上世紀 90 年代後期，隨著國內學術環境的變化，特別是時刻備受中國學者關注的西方思想界的變遷——以宣判「現代性終結」為基本立場的後現代主義本身遭遇到了更多的質疑，作為一種長期以來所形成的對西方思想的「回應」的「慣例」，曾經熱中於「終結」現代性的中國學界也開始冷靜下來，他們運用西方現代性的知識系統觀察和分析著中國文化與中國文學的「現代性」表現，正如有學者所表述的那樣：

> 中國現代性文學並不只是以往中國文學傳統的一個簡單繼承，而是它們的一種嶄新形式。
>
> 我們正開始形成對於現代性文學的新眼光。[42]

上述以西方現代性的知識系統來概括中國文學的情形，這就是我們所看到的第三種「現代性」話語。在此，我們也發現了一個值得深思的現象，在前述第一種意義的「現代性」與上述第三種意義的「現代性」之間，實際上存在著某種微妙的連結關係，也就是說，1990 年代之初的「現代性終結」論也適時作出了自己的調整，但調整的結果卻是對西方意義的現代性知識體系的進一步看重，這既反映出了「時代語境」的某些變化對於學者的重要影響，同時倒也透露了「終結」論的真正的底線——西方的知識體系終究還是他們思維的支撐點。

當「現代性終結」論也應境而變，轉而在西方現代性的知識系統中尋求對中國現象的描述，我們放眼周遭，其實也可以發現一個更有

---

[41] 楊義：《關於中國文學現代性的世紀反思》，《文藝研究》1998 年 1 期。
[42] 王一川：《現代性文學：中國文學的新傳統》，《文學評論》1998 年 2 期。

影響的事實，那就是「現代性」從用語到視角都已經全面進入了中國當今的學術世界，在更多的學者那裏，已經演變成為了一種不一定有嚴格界定的言說方式，可以說今天的中國就存在著這樣的「現代性」言說，我們可以將之稱為是第四種意義的「現代性」。

應當承認的一個重要事實在於，直到 90 年代初期「現代性終結」論者為我們炫示「現代性」新知之前，中國學界的確對這一「知識」缺乏足夠系統的理解，同時，也正是 90 年代來自中國「後現代」的這一場衝擊迫使我們的中國現當代文學研究界在努力「應戰」中大規模地調整著自己的知識結構，在 90 年代中後期，來自中國現當代文學研究界的學者也開始自覺運用這些新的知識來審視舊的歷史。一方面，這些中國現當代文學研究界的聲音似乎與前一種聲音有了更多的溝通與認同，另外一方面，我們卻也看到，在來勢洶湧的「現代性終結」已經過去的時候，新的「現代性」知識與話語又一次構成了當前文學闡釋的洪流，而就在這一似乎可以裹挾一切的洪流當中，「現代性」概念正在因為被廣泛使用而逐漸呈現出了某種令人擔憂的狀態：某些對於中國文學事實的闡述已經在未經界定、似是而非的概念覆蓋中反而變得曖昧不明了。當魯迅、胡風、路翎、穆旦與京派文學、沈從文、鄉土小說、毛澤東文藝思想、金庸甚至儒家思想、道家思想都一同被人們裝入「現代性」的框架中加以解釋，我們顯然不是通過闡釋將研究對象的差異辨析得更加清晰相反卻似乎是更加的模糊了！而且是不是任何稍有變化的文學現象都可以冠名為「現代性」，這似乎存在著一種值得注意和警惕的「現代性」泛化使用。

膠著的「現代性」

上述「現代性」概念各有其不同的具體含義，然而在世紀末的中國卻是一同呈現在了我們的面前，這樣，當我們不假思索地加以使用或引用的時候，便可能會讓問題變得更加的模糊與糾纏，因為，立足於不同思想層面的概念所描述的東西其實是有很大差別的，它們也很難形成直接的對話，例如 1996、1997 年出現的「文學現代性品格」論爭，儘管論爭的雙方在如何定位 20 世紀中國文學的品格頗有分歧，然而他們基本上還是立足於肯定 20 世紀中國文學「走向世界」、「走向現代化」的固有立場之上，這便與當時已經出現的「現代性終結」之論分屬不同的理論層面，因而論爭雖然熱烈，但卻沒有構成對「終結」論的直接回答。

到了新世紀之交的時候，似乎種種的「現代性」都盡力在「知識考古」的過程中尋找到彼此共同的理論基點：放棄了「終結」宣判的學者以西方現代性的知識描述著中國曾經發生的故事，推進現代化建設的學者也借助西方現代性的知識思考中國文學的現實與未來。但是，在這樣一種理論背景的相互靠近的背後，我們也可以發現另外一種值得憂慮的現實：所有的關於「現代性」理論的知識考古都最終將我們的視野引向了西方，「現代性問題發軔於西方，但隨著全球化進程的步履加快，它已跨越了民族國家的界限而成為一種世界現象。」[43]這樣的認知當然有它毋庸質疑的一面，但由此而建立起來的內在邏輯卻是：現代中國的所有「問題」不過都是「全球化進程」的結果，現代中國人所等待的不過就是西方文化通過「全球化進程」的輸入，而人類的「問題」似乎也不能各自出現與彼此交融，它必須服從冥冥中存在的「時間法則」，首先明確進行理論表述的就擁有了理所當然的「話語權」，而所有在「時間鏈條」中「後起者」就一定是對先在者的承襲與模仿。在這樣的邏輯假設中，很可能被我們忽略的便是不同地域的人們所不可剝奪的生存與思維的主體性，還有他們各自面臨的「問題」的獨特性，無論我們可以在 20 世紀中國文學當中找出多少的西方文學影響，其實都還會發現，所有這些外來的文學因素都最終無法取代中國作家對自身生存的獨立感知，對中國文學經驗的自我積累。

---

[43] （美）馬泰・卡林內斯庫：《現代性的五副面孔》（顧愛彬、李瑞華譯）中譯本「總序」，商務印書館 2003 年版 2 頁。

與上述「知識考古」緊密聯繫的還有一個「知識」與「文學創作」的關係問題。應當承認，所有的人類精神活動都是在一定的「知識」基礎上發生的，但是，作為人類精神現象中最桀驁不馴的文學藝術創作，卻又常常是固有的「知識」所不能完全把握的，文學藝術的創作與「知識」有關，卻也常常超越和突破著既往的「知識」與「理性」，現有的文學現象可以構成我們的「知識」，但這些文學現象的發生過程卻並非就是「知識」演繹、連綴或者篩選的結果。

對於習慣於沉浸到思想史梳理的學院派學者而言，「現代性」首先便意味著一系列可以「考古」的「知識」，這當然是毫無問題的，但問題在於這樣的「考古」卻並不能成為我們直接進入文學世界的通行證，更不能代替我們對文學複雜形態的具體領悟，文學現象的闡釋必須是以我們具體的領悟而不是已有的「知識」為基礎加以進行，文學闡釋是我們盡力對於複雜的文學感受的理性說明而不是用作既往「知識」的映證，我們闡釋者存在的價值就是挖掘自己感受的獨特性而不是為一個偉大的理論作一次渺小的證明，文學闡釋所最終呈現是也應當是研究對象的複雜性而不是將原本複雜的對象簡單化。例如，自從獲得了「兩種現代性」（世俗現代性與審美現代性）的理論，20 世紀中國文學的研究便可以非常簡便地納入這兩種類型中加以概括，不是「世俗現代性」就是「審美現代性」，要不就是兩者的「結合」，不少文章都將 20 世紀中國文學中對於鄉村生活與自然人性的謳歌稱為「審美現代性」的典型體現，但我們同樣也發現另外的學者將之概括為「反現代性」，魯迅可以被視作中國文學「現代性」追求的「正脈」，也可以被描述為「反現代性」的典型，並與尼采的「反現代性」追求形成深刻的契合，在論述這些不同的傾向之時，我們甚至可以引用同樣的例證，而差別僅僅在於術語的不同！術語的概括似乎已經比我們認真分析這些文學現象的細節，特別是它們彼此的重大差異更為重要。

多重概念的歧義相互膠著，便出現了新思維之於 20 世紀中國文學闡釋的艱難，其艱難既在於這些概念使用可能存在的差異，也在概念與文學創作本身的差異，它們都可能導致文學闡釋的簡單化與理念化，都可能付出犧牲文學自身的豐富性與複雜性的代價。我以為，在對 20 世紀中國文學闡釋當中，首先必須對「現代性」這一概念進行重新的清理和做出更接近中國文學創作事實的界定，新的界定當然是我們對於西方現代性「知識」充分考察的結果，但卻不應當是這一西方來源的直接的遷移，鑒於「現代性」概念不可避免地與諸多西方文化因素的糾纏關係，我甚至設想，在闡述 20 世紀中國文學實際現象的過程中，我們可不可以擺脫對這一概念的過分的依賴，以我們自己的文學理解提煉出其他更恰切更豐富的語彙。因為，在今天關於 20 世紀中國文學的闡述當中，這些概念的歧義性已經嚴重影響到了我們對於實際文學問題的真切把握，影響到了我們對於 20 世紀中國文學思潮的深入理解。在這個意義上，我以為，目前中國學術界的首要任務不是繼續捲入「現代性」話語的混雜聲響，而是重新檢點我們的闡釋立場，以期對中國文學的問題本身有真正新的發現。如果是為了「問題」本身的展開，「現代性」概念本身的存亡是無關緊要的。

在這裏，我想提醒大家注意王富仁先生多年前的一個見解：

> 研究中國文學，必須有適於中國文學研究的獨立概念。只有有了僅僅屬於自己的獨立概念，才能夠表現出中國文學不同於外國文學的獨立性。中國現代文學之所以至今被當作外國文學的一個影子似的存在，不是因為中國現代文學就沒有自己的獨立性，而是我們概括中國現代文學現象的概念大都是在外國文學，特別是西方文學基礎上建立起來的。[44]

我認為，只有當中國學術界不再以「緊跟」了西方學界的話語作為自我肯定的標準，當中國文學的闡釋已經獲得了屬於自己文學現象

[44] 王富仁：《中國現代主義文學論》，見宋劍華編《現代性與中國文學》237 頁。山東教育出版社 1999 年版。

的概念，當「現代性」不再是某種自信心的表達時，那中國文學的研究才真正步入了健康，而在這個時候，「現代性」才可能成為中國自己的「現代性」——如果真的存在那樣一種文學的與生存的「性」的話。

第二章　質疑：「現代性批評話語」與中國文學文化問題

第一節　「現代性批評話語」與中國現代文學傳統

在 20 世紀 80 年代的文化啟蒙不得不退潮之後，以質疑啟蒙為起點的後現代主義文化開始在中國登陸，「重估現代性」便是這一文化頗具衝擊力的中心話語之一。今天，對於「現代」的追問和重估在根本上影響著我們中國現代文學的安身立命之本，影響著這一學科內部的最基本的價值判斷方式，就是對於這種「重估」結論並不完全贊同的文學史家也開始認認真真地將「現代性」作為了對中國現代文學的基本敘述語彙，這就給我們提出了一個嚴肅的課題：這樣的「重估」思潮已經給我們的學科發展帶來了什麼？在這一來勢兇猛的衝擊之下，我們是否有必要重新檢查我們既往的中國現代文學觀，是否有必要重新思考我們業已形成的中國現代文學「傳統」？

現代性：從「重估」開始？

中國現代文學研究者對「現代」的自覺追問遠不如這門學科一樣的歷史久遠。汪暉作為這一學科的重要學者，他告訴我們的事實是，直到 80 年代中期，在他向唐先生請教何謂現代文學的「現代」時，唐弢先生也只是回答說，這是一個「很複雜」的問題。[1]

的確，中國現代文學研究界乃至整個中國現代學術思想界對於「現代」的認識都經歷了一個複雜的過程，當我們將自己完全置於啟蒙主義思想大潮的 80 年代，在「現代意識」漫天飛舞的時候，其實我們很少對「現代」這一思想或概念進行全面而冷靜的考察，引起中國學術界警覺並高度重視卻是在 90 年代即「現代」及其價值已經遭受到了深刻的質疑以後，當然這種質疑首先並不來自我們中國現代文學界，這一源於「現代之後」的西方思想界的聲音是經由「新銳」的中國文藝學界及當代文學界的「舶來」終於對貧瘠的 90 年代思想產生了重大衝擊的。

應當說，這一衝擊首當其衝的對象就是我們的中國現代文學界，因為支撐著我們現代文學界的思想基礎就是 20 世紀以來特別是五四以後完善和自覺的文學與文化的「現代性」追求。今天，當這一目標本身都成了問題，那麼我們用以判斷五四新文學革命與新文化運動的尺規就顯然是大可懷疑的了，甚而至於，連我們的研究對象中國現代文學本身的價值與意義也因此而變得飄忽不定起來，「重估現代性」思潮促成了中國現代文學研究界自新時期完形以來的一次重大的分化和調整。

正因為我們對於「現代」的考察與追問並不是起源於中國現代文學這一學科發展的內部，所以儘管這些新鮮的「現代性知識體系」極大地更新了我們固有的認識與思維，帶給我們分析既往的文學現象以新的視角新的方法以及新的結論，但是，在今天看來，它始終還是無法克服那種與豐富的文學史事實彼此隔膜的狀態，這種隔膜有時或許難以言明，但你卻又實實在在地感受著它的存在。比如，目前在這一「現代性知識體系」中運用廣泛、影響甚大的幾個結論——詹姆遜「寓言」說、「兩種現代性」理論說以及現代主義作為審美現代性最高體現說等等都是這樣。

---

[1] 汪暉：《我們如何成為「現代」的？》，《中國現代文學研究叢刊》1996 年 1 期。

隨著詹姆遜「第三世界」文學理論在中國的走紅，我們也越來越頻繁地使用著他的一個重要概念：寓言性。「所有第三世界的本文均帶有寓言性和特殊性：我們應該把這些本文當作民族寓言來閱讀」「第三世界的本文，甚至那些看起來好象是關於個人和利比多趨力的本文，總是以民族寓言的形式來投射一種政治：關於個人命運的故事包含著第三世界的大眾文化和社會受到衝擊的寓言。」[2]詹姆遜在文中試圖告訴我們，包括魯迅、中國現代文學在內的「第三世界文學」都可以在「民族寓言」的「政治投射」中獲得闡釋。不言而喻，這樣的思路突出了「第三世界」個體命運與民族命運的同一性，從而在某種程度上擴大了我們的視野，但是如果我們將這些寓言模式的具體分析與已經存在的魯迅小說的一些研究相比較，就會發現，新的闡釋似乎並不比舊有的分析更加細緻，相反，正如有的學者早就發現的那樣，它有時就是以一種籠統而粗疏的方式掩蓋了魯迅藝術世界原本存在的諸多微妙、矛盾與複雜；[3]接著下去，我們還會進一步發現，這樣的闡釋所帶來的「方便」竟然是幾乎所有的中國現代作家都可以無甚分別地裝入到「民族寓言」的劃一模式當中，在這樣的似乎充滿了新意的「混裝」裏面，文學自身的豐富與差別被一再地犧牲著。

再如，近年來人們談論得較多的「兩種現代性」即「審美現代性與世俗現代性」理論也是如此。在對於「世俗現代性」的發掘中，人們開始引入一系列新的現代社會的體制化追求作為對於中國現代文學的新的解釋，諸如現代民族國家理論（還包括其中的所謂「神話」般存在的「國民性理論」）、現代出版業及其所開拓的「公共空間」理論等。顯然，這樣的討論將大大地拓寬我們研究的視野，正如有的學者所指出的那樣：「由於中國現代性文學不是單純的詩學或美學問題，而是涉及更為廣泛的文化現代性問題，因此，有關它的研究就需要依託

2　詹姆遜：《跨國資本主義時代的第三世界文學》，《當代電影》1984年6期。
3　高遠東：《經典的意義——魯迅及其小說及弗・詹姆遜對魯迅的理解》，《魯迅研究月刊》1994年4期。

著一個更大的學科框架。也就是說，它是一個涉及現代政治、哲學、社會學、心理學和語言學等幾乎方方面面的文化現代性問題，因此需要作多學科和跨學科的考察。有鑒於此，需要有一門更大的學問，去專門追究中國文化的現代性或現代化問題，從而為中國現代性文學研究打下堅實的學科地基或學科立足點。」[4]「以往對現代文學的研究都過於強調作家、文本或思想內容，然而，在民族國家這樣一個論述空間裏，『現代文學』這一概念還必須把作家和文本以外的全部文學實踐納入視野，尤其是現代文學批評、文學理論和文學史的建設及其運作。」[5]也就是說，詹姆遜所指出的那種第三世界國家個人性與民族整體性的同一關係有必要在「文學文本」之外的更廣大的空間獲得切實的說明。然而，現在我們常常遇到的問題卻是：這些新穎的的確也是頭頭是道的「文學文本」之外的分析究竟在多大的意義上反過來符合了我們對於文學文本的基本感受——須知，是文學文本才構成了真正的文學的歷史，所有「文學文本」之外的分析都最終是為了我們更深刻地理解「文學文本」自身。例如，或許我們會承認這樣的事實：「對現代性進行思考和肯定的一個重要方面就是建立現代民族國家理論，這使漢語的寫作和現代國家建設之間取得了某種天經地義的聯繫。」但是，對於從這一理論基點而引發的其他具體的文學分析卻不能不讓我們疑竇叢生：「民族國家文學本來就是西方的文化霸權在漢語寫作中的某種曲折的體現」，以蕭紅的《生死場》為例，這一理論的結論是：「魯迅雖然沒有在他後來被廣為引用的序言中把民族之類的字樣強加於作品，但他仍然模糊了一個事實，即蕭紅作品所關注的與其說是『北方人民對於生的堅強，對於死的掙扎』，不如說是鄉村婦女的生活經驗。魯迅根本未曾考慮這樣一種可能性，即《生死場》表現的也許還

4　王一川：《現代性文學：中國文學的新傳統》，見宋劍華編《現代性與中國文學》330、331頁，山東教育出版社1999年版。

5　劉禾：《文本、批評與民族國家文學》，見王曉明編《批評空間的開創》297頁，東方出版中心1998年版。

是女性的身體體驗……」[6]我們的疑惑在於，在魯迅的「生與死」的解讀與女性的生活與身體體驗之間，是否就真的存在這樣可怕的距離？而且魯迅的民族意識是否能夠與一般的民族國家主義相一致，甚至也可以進一步視為一種「西方文化霸權」的體現？

至於將「國民性」理論追溯到西方文化對於東方與中國的「歪曲」，又據此斷定魯迅和其他五四作家是在這樣的歪曲的理論指導下製造了「改造國民性」的神話，這些分析恐怕都遠離了文學史的基本事實：「他（指魯迅——引者）根據斯密斯著作的日譯本，將傳教士的中國國民性理論『翻譯』成自己的文學創作，成為現代中國文學最重要的建築師。」[7]將作家複雜的人生體驗支持下的文學創造如此簡明地解釋為對一種外來理論的「翻譯」，這無論如何都是缺乏說服力的。同樣，這樣的疑慮也可以從一些關於「公共空間」的論述中產生：「魯迅的《偽自由書》，是否為當時的『公共空間』爭取到一點自由？他的作品是否有助於公共空間的開拓？」「就《偽自由書》中的文章而言，我覺得魯迅在這方面反而沒有太大的貢獻。如果負面的角度而論，這些雜文顯得有些『小氣』。我從文中見到的魯迅形象是一個心眼狹窄的老文人，他拿了一把剪刀，在報紙上找尋『作論』的材料，然後『以小窺大』把拼湊以後的材料作為他立論的根據。事實上他並不珍惜——也不注意——報紙本身的社會文化功用和價值，而且對於言論自由這個問題，他認為根本不存在。」[8]僅僅專注於魯迅的激憤，卻看不到政黨專制與群眾專制對於魯迅的基本自由的壓制和剝奪；一味指責魯迅在這反抗中的所謂「狹窄」，卻無視現代中國對於正常人生的擠壓，無視現代中國的基本生存空間的逼仄；公開自衛的力量是這樣的備受指責，

[6] 劉禾：《文本、批評與民族國家文學》，見王曉明編《批評空間的開創》315、301頁。

[7] 劉禾：《國民性理論質疑》，見王曉明編《批評空間的開創》170頁。

[8] 李歐梵：《「批評空間」的開創》，見王曉明編《批評空間的開創》115、116頁。

僅僅因為它是「公開」的，而「無物之陣」中陰暗而隱蔽的擠兌、不流血的徂擊卻反而獲得了寬容，僅僅因為它們的陰暗和隱蔽！難道魯迅對於自我思想的捍衛不就是對於現代中國的言論自由的捍衛？難道自由的「公共空間」的形成不正是依賴於越來越多的像魯迅這樣的主動的對於自我自由的努力爭取？自由是什麼？自由並不是抽象的理論，而是能夠真正落實的具體人生實踐。在這一段關於《偽自由書》與所謂「公共空間」的討論中，我們所讀到的恰恰是一種對於現代中國與現代中國文學的深刻的隔膜。

參照西方「兩種現代性」的劃分，我們也可以將現代中國作家對於進化論、對於線性進步、對於啟蒙理性的信仰稱之為「世俗現代性」的體現，同時將存在於現代中國文學中的對於現代社會的若干懷疑，對傳統人生的某種反顧和依戀作為「審美現代性」。這一劃分對於揭示中國現代文學的自我構成無疑是找到了一個頗有啟發意義的理論依託，特別是注意到現代中國文學的現代性作為「反現代的現代性」的一面將會為中國新文學「審美現代性」找到更多的更豐富的解釋。然而結合這幾年我們所見到的相關成果，我們卻不得不正視一個事實，即至少到目前為止，這樣的解說本身似乎還是過於「簡明」了，在層層疊疊的理論的鋪墊之後，我們還沒有獲得更令人信服的與我們對於中國現代文學的基本感受相吻合的闡釋。例如進化論對於現代中國作家究竟是一種自覺的理性的信仰還是批判現實阻力時的情感的激動，這是一個關鍵性的問題，要解決這個問題我們就不能僅僅引用作家的理論的表白，而應當盡可能地進入到他們複雜文本所構成的複雜的精神世界中去。[9]而關於「審美現代性」的分析是否就比我們過去關於中國現代作家彷徨於現代／傳統、情感／理性之間矛盾性的樸素的說明展開的細節更多，這也是一個需要認真對待的問題。無論如何，如果我們認定沈從文對於現代文明的懷疑與困惑、張愛玲對於古老文明的

[9] 參見汪暉《無地彷徨》16、17頁，浙江文藝出版社1994年版。

輓歌情調就是「審美現代性」的代表，那麼就必須考慮到一些業已存在的複雜情形：就是沈從文自己也缺乏對於堅持淳樸傳統、批判現代墮落的信心，正如張愛玲同樣對於現代的世俗生活興趣盎然一樣——與西方作家以「審美」為力量批判現代的文明不同，在現代中國作家那裏，「審美」總是如此的複雜，絕非單一的理論模式所能窮盡的！這樣的一個看法是相當精闢的：「儘管現代性的理念自身可能涵容著矛盾、悖論、差異等複雜的因素，但借助現代性理念建立起來的文學史觀念，卻表現出一種本質主義傾向，即把同質性、整一性看做文學史的內在景觀，文學史家也總想為文學歷史尋找一種一元化的解釋框架，每一種研究都想把握到某種本質，概括出某種規律，每一種研究視野都太有整合能力。」[10]這裏我們需要注意的是，不僅是傳統研究中那種不自覺的「現代性的理念」可以帶來本質主義的傾向，就是當下的自覺的現代性質疑也可能掩蓋著歷史本身的許多細節。

漢學家李歐梵在為《劍橋中華民國史》所寫的著名章節《文學的趨勢I：對現代性的追求，1895-1927》裏，提出了一個重要的判斷：「魯迅從西方式現代主義的邊緣又『回到』中國現實一事，可以說明他的同時代人的『現代化過程』。」「現代性從來不曾在中國文學史中真正獲得過勝利。」[11]到1996-1997年發生在國內的「中國現代文學現代性論爭」，我們又讀到了一個更加「徹底」的觀點，即現代主義（當然是西方意義上的）就是文學現代性的標誌，從這個意義上說始終排斥現代主義思潮的中國現代文學就不具有現代性。這樣的觀點分明是清醒地意識到了中國現代文學自身存在形態與同時代西方文學的巨大差異，但難道說中國文學僅僅因為不具備同時代西方文學的某些特徵就失去了自己的價值與意義？特別是後一種認識，它以西方現代主義為

10　余凌：《中國現代文學中的審美主義與現代性問題》，《中國現代文學研究叢刊》1999年1期。

11　費正清編《劍橋中華民國史》上卷564、566頁。中國社會科學出版社1998年版。

標準作出的結論，其最終的效果不是豐富了中國現代文學的存在空間而恰恰是「排除」了我們繼續探討其意義的可能性，因為我們再也不能結合自己的感受從中國文學發展的「內部」來說明歷史的生動與多樣了，如果中國文學的「現代性」真的要等到21世紀才真正出現，（可憐，21世紀才剛剛起步！）那麼我們豈不是還要經歷許多的無聊的等待！其實，「研究中國文學，必須有適於中國文學研究的獨立概念。只有有了僅僅屬於自己的獨立概念，才能夠表現出中國文學不同於外國文學的獨立性。中國現代文學之所以至今被當作外國文學的一個影子似的存在，不是因為中國現代文學就沒有自己的獨立性，而是我們概括中國現代文學現象的概念大都是在外國文學，特別是西方文學基礎上建立起來的。」[12]

為「現代性」所遮蔽的文學

我認為，新的「現代性知識體系」的自覺探詢之所以同樣掩蓋著歷史本身的許多細節正是因為它從一開始就將這樣的「知識」認定為西方思想與文學成果，依然是西方思想與文學的現代發展「給了」我們諸多方面的思路，然後我們循著這樣的思路再返觀我們的中國現代文學，於是也就「發現」在我們這裏「同樣」出現了對於「世俗現代性」的追求，也出現了「審美現代性」對於它的批判，兩種現代性及其矛盾似乎就成了中國現代文學的在「現代性知識體系」觀照下呈現出來的形象。我以為，這樣的闡述區別於過去研究的最明顯的地方就是為「世俗現代性」追求下的一些文學現象（如通俗文學）以及「現代性矛盾」心態的文學現象（如舊體詩）進入文學史打開了大門，然而卻不是完全從中國現代文學自身發生發展的「傳統」出發對於實際

---

[12] 王富仁：《中國現代主義文學論》，見宋劍華編《現代性與中國文學》237頁。

現象的概括與認識，這樣，我們的新的闡釋就可能與我們實際的「傳統」取著某種「隔膜」了。

李歐梵先生關於中國現代文學「現代性」研討的重要成果就是十分精彩地分析了那些屬於「中國」的獨立性：在中國，基本上找不到「兩種現代性」的區別，大多數中國作家「確實將藝術不僅看作目的本身，而且經常同時（或主要）將它看作一種將中國（中國文化，中國文學，中國詩歌）從黑暗的過去導致光明的未來的集體工程的一部分。」[13]但他似乎並沒有從這一基點出發繼續對中國現代文學作出更多的同情性的說明與開掘，而倒是由此推論：「中國『五四』的思想模式幾乎要不得的，這種以『五四』為代表的現代性為什麼走錯了路？就是它把西方理論傳統裏面產生的一些比較懷疑的那些傳統也引進來。」[14]我以為，同情和理解出現於現代中國的這一特殊的文學現代性恰恰是深入我們現代作家精神世界的關鍵。在中國，為什麼基本上找不到「兩種現代性」的區別？這應該成為我們提問的起點。

我們之所以可以將「現代性」的西方文化劃分為「世俗」與「審美」，其實並不是因為有了「現代」。知識份子在自己的精神領域裏保持著對於世俗社會的批判性態度一直都是西方文化的重要品質，古希臘極力拱衛「知識」與「智慧」的無上權威，對於非實用意義的「本原」、「理念」的追根問柢是當時的知識份子在政治秩序之外所建立的一個神聖不可侵犯的獨立的精神王國。在這一王國之中，他們只遵從自我純精神探索的目標，而決不屈從現實政治的壓力。哲學家德謨克利特的名言就是：「我寧願找到一個因果的說明，而不願獲得波斯的王位。」正如有學者所說：「希臘人並非不關心政治問題。最早的哲學家泰利斯、梭倫也是政治家。梭倫的立法，為後來的希臘人所歌頌。大哲學家如柏拉圖、亞里斯多德都有政治、倫理的專著。然而，思考宇

13　轉引自賀麥曉：《中國早期現代詩歌中的現代性》，《詩探索》1996 年 4 輯。
14　李歐梵：《徘徊在現代和後現代之間》153 頁，上海三聯書店 2000 年版。

宙問題是他們首先著重的，也是希臘思想的特色。」[15]從古希臘到文藝復興再到近現代，這一傳統綿延不絕，在文藝復興時代，它體現為知識份子對於教會壟斷特權的批判，在啟蒙運動時代，它體現為知識份子對於世俗專制體制的批判，自浪漫主義以降，它又體現為對於物質主義的社會現代化方式的批判。所有這些批判都常常採取了文學審美的生動形式。可以說，在西方文明史上以作家為代表的知識份子的「審美」追求與世俗的社會的文化的對立是與生俱來的，只不過在不同的時期，這些對立著的「世俗」與「審美」有著並不相同的內涵罷了。但是，在「修身齊家治國平天下」的文化模式中成長起來的中國知識份子與中國作家卻從一開始就附著在了專制的權利文化之上，中國源遠流長的史官文化傳統讓中國知識份子喪失了獻身於自己的精神事業的可能性。「所謂史官文化者，以政治權威為無上權威，使文化從屬於政治權威，絕對不得涉及超過政治權威的宇宙與其他問題的這種文化之謂也。」[16]至少是在進入社會的時候，中國知識份子並沒有自己獨立的富有批判精神的文化追求。這正如中國現代作家所意識到的那樣：「所以『登高而賦』，也一定要有忠君愛國不忘天下的主意放在賦中；觸景做詩，也一定要有規世懲俗不忘聖言的大道理放在詩中；做一部小說，也一定要加上勸善罰惡的頭銜；便是著作者自己不說這話，看的人評的人也一定要送他這個美名。總而言之，他們都認文章是有為而作，文章是替古哲聖賢宣傳大道，文章是替聖君賢相歌功頌德，文章是替善男惡女認明果報不爽罷了。」[17]一句話，傳統中國作家在文學中表達的諷喻之辭都不過是封建專制主義文化（包括符合這種文化的道德訓誡）的需要，卻從來也不是作家自我人生的需要。對

[15] 顧准：《希臘思想、基督教和中國史官文化》，見《顧准文集》243 頁，貴州人民出版社 1994 年版。

[16] 顧准：《希臘思想、基督教和中國史官文化》，見《顧准文集》244 頁。

[17] 茅盾：《文學和人的關係及中國古來對於文學者身份的誤認》，《茅盾全集》18 卷 59 頁，人民文學出版社 1989 年版。

於支配著現實社會文化發展的專制主義，中國知識份子顯然不是批判而是順從，是適應。

五四新文化運動與其說是抽象地為中國輸入了一個什麼「現代」觀念，還不如繼續沿用郁達夫的名言「五四運動的最大的成功，第一要算『個人』的發現。從前的人，是為君而存在，為道而存在，為父母而存在的，現在的人才曉得為自我而存在了。我若無何有乎君，道之不適於我者還算什麼道，父母是我父母；若沒有我，則社會、國家、宗族等哪會有？」[18]也就是說，五四以後的新文化努力地將自己的發展建立在中國知識份子自我人生的體驗之上，是在自我人生理想的基礎上重新選擇著社會——包括世俗的行為文化與政治文化。也是從這一刻開始，中國知識份子之於世俗社會的真正的批判意識才產生了。但是，與現代西方人將批判的對象認定為世俗的物質主義不同，中國知識份子的批判意識本質上是從屬於現代中國人對於現實人生自由、幸福的追求與尋找過程的，而這一過程本身也就包含了在西方人看來的一系列「世俗」的內容（比如要求社會政治的「進步」，社會生活的現代化和理性化，也包括了若干的物質性的追求），成為中國作家批判對立面的是正在阻礙著這種正常的合理的人生幸福的政黨專制與群眾專制，它們固然也屬於「世俗」，但卻又不等於就是西方意義上的「世俗」。如果說西方現代作家是在超越世俗文化的基礎上實現了精神的同一性，那麼中國現代作家卻正是在重新建構自己的世俗文化的基礎之上體現了某種精神的同一性。於是，我們從中國現代文學中讀到的景象常常是：作家追求個體精神的自由與他對於現代社會生活方式的嚮往並行不悖，批判的力量也並非都呈現為一種「非個人化」的冷峻，它倒是常常伴隨著投入人生的現實的激情！西方現代作家可以循著與世俗尖銳對立的軌道進入他個人的最真實最徹底的內在靈魂的世界，而中國現代作家從魯迅茅盾郁達夫到沈從文張愛玲穆旦都沒有如此徹

---

18 郁達夫：《〈中國新文學大系〉散文二集導言》，良友圖書公司 1935 年版。

底地進入過他們一己的靈魂世界，他們內在的心靈的痛苦都與現實的生存境遇發生著諸多的聯繫。如果我們站在西方現代文學的立場上，的確就可以認為這就是「兩種現代性」的混雜不清，但是，只要我們承認現代中國作家與其他現代中國人一樣有掙脫專制壓迫，追求幸福人生的權利，只要我們承認文化發展的最根本的基點並不是什麼時尚的觀念（哪怕是「發達」的西方的觀念）而是人自我的幸福感受，那麼我們就必須充分重視並且認真思考中國文學這一「現代性」追求的價值、意義和獨特的貢獻。只要我們真能理解和同情於一個執著追求自己幸福權利的現代中國作家的喜怒哀樂，我們就會發現關於中國現代文學的現代性我們還有許許多多的話要說，也有許許多多的話可以說，這樣的現代性與西方並不相同，它屬於中國，但卻是同樣的深刻，同樣的動人，同樣的值得我們深思！而當我們能夠這樣的來理解我們自己的人生形式、文化形式與藝術形式，我們甚至可能會發現，像這樣從西方的（對於他們是獨特的）「兩種現代性」概念出發觀察中國自己的現代性問題，其實並沒有解決作為中國文學的諸多細節，為什麼我們就不可以有我們自己的視角和概念呢？

從現代西方的概念出發又試圖來解決現代中國的問題，這一可疑的思路還體現在我們對「現代性」這一概念本身的追尋方式上。到目前為止，我們所讀到的關於文學「現代性」的描述都幾乎無一例外地以重複這樣的歷史事實的「背景」：馬克斯・韋伯關於社會的理性化過程的洞見如何影響了霍克海默爾與阿多諾對於啟蒙和現代性的理論批判，啟發了哈貝馬斯的交往行為理論及其對現代性的思考，就「現代性」概念而言，哈貝馬斯所作的語源學考察也一再為我們所反覆徵引，至少，已經被我們視為明確無誤的理念就是：「現代性概念首先是一種時間意識，或者說是一種直線向前、不可重複的歷史時間意識，一種與循環的、輪迴的或者神話式的時間框架完全相反的歷史觀。」[19]這

[19] 汪暉：《韋伯與中國現代性問題》，《學人》第6輯。

種「直線向前」的時間意識為現代中國作家所接受，並最終成為一種貌似先進實則荒謬的「進化」的文學思想。作為文學創作的文化說明，這樣的「背景」的尋覓無疑有它重要的價值，然而，在今天當我們紛紛以「走出」文學文本為己任，大量的「背景」鋪天蓋地而來，幾乎已經可以取代對於文學文本本身的閱讀感受之時，我以為就必須警惕這樣的「文學之外」了。作為一種學理上的梳理或思想史意義的考辨，對於影響著現代中國學術或思想發展的西方語彙作這類追尋當然是重要的，然而，現在的問題恐怕在於，當這樣的思想史的學理化梳理，當這樣的理論的「認識」一旦被我們直接「移用」到文學現象的描述當中，作為對於作家心靈世界與創作狀態的簡潔的解釋，這究竟意味著什麼？

文學的歷史其實並不能直接等同於思想的歷史，當然更不能等同於理性概念的歷史。

中國文學的歷史也無法等同於西方文學的歷史，而西方文學的歷史其實也不能等同於西方思想的發展邏輯。

這裏處處橫亙著不同精神範疇的差異和分歧，文學則是最難為明晰的理性邏輯框架所吞沒的自由精神的運動形式，它常常複雜到所有的既往概念都難以理喻的程度。

儘管一個時代的社會思想與理論無疑會以各種方式影響和「進入」所有的作家，但是這決不意味著我們的作家是在按照一個時代的理性思潮進行著填空式的創作，我們對於一個時代的文化思潮的說明並不能代替作家面對實際人生的真切感受。作家作為個體的存在，他個人的藝術感覺狀態不僅不等於大的時代文化的「思潮」，甚至也有別於自己在理性思考時的狀態。魯迅說得好：「好的文藝作品，向來是不受別人命令，不顧利害，自然而然地從心中流露的東西；如果先掛起一個題目，做起文章來，那又何異於八股，在文學中並無價值，更說不到能否感動人了。」[20]在人類豐富的精神現象當中，理性、思想是一套

---

[20] 魯迅：《而已集・革命時代的文學》，《魯迅全集》3卷418頁，人民文學出

思維，而情緒、感覺則又是一套思維，超我與本我與自我本來就有著巨大的差異。問題在於我們的批評家應當意識到，無論自己熟稔多少的思想文化「背景」，都不能用來取代你面對一個生動的文本時的實際感受，能夠真正支持著我們批評話語的並不是那些清晰的理性邏輯和陌生的概念，作為批評者，我們只能緊緊抓住我們自己的閱讀感受，因為只有通過我們自己的心靈的體察，才有可能與作家的真實的感受方式與心靈運動溝通起來。「獨有靠了一兩本『西方』的舊批評論，或則撈一點頭腦板滯的先生們的唾餘，或則仗著中國固有的什麼天經地義之類的」都無法作出真正的有價值的批評。魯迅說：「我對於文藝批評家的希望卻還要小，我不敢望他們於解剖別人的作品之前，先將自己的精神來解剖裁判一回，按本身有無淺薄卑劣荒謬之處，因為這事情是頗不容易的。我所希望的不過願其有一點常識……更進一步，則批評以英美的老先生學說為主，自然是悉聽尊便的，但尤希望知道世界上不止英美兩國，看不起托爾斯泰，自然也自由的，但尤希望先調查一點他的行實，真看過幾本他所做的書。」[21]作為中國現代文學的當然代表，魯迅所提醒的這類拋棄作品的批評之弊的確值得我們深思：我們今天也不妨追問自己，究竟我們對文學史的思想文化關注是為了什麼？離開了文本的事實談思想的「背景」，是不是也會走火入魔？

例如，只要我們努力返回到中國現代文學的文學史現象內部，努力在中國現代作家的實際創作心態中觀察他們之於「現代」所建立的基本感受，我們就會發現，無論是就作家個人還是就文學運動的潮流，其對於「現代」的體會與追求是如此的複雜，這都不是一個簡單的「直線向前、不可重複」的進化思維所能夠概括得了的。中國現代作家——包括所謂「激進」的五四新文化派和「保守」的學衡派都同時眷顧著他們心目中的傳統與現代，而且常常在這二者之間彷徨猶疑、難以適

版社 1981 年版。

[21] 魯迅：《熱風・對於批評家的希望》，《魯迅全集》1 卷 401、402 頁。

從，正如我們在前面所提到的那樣，他們面對「現代」理想的熱望很難被納入西方式的「世俗現代性」的模式之中，而緬懷「傳統」的幽情也似乎無法完全統一到「審美現代性」的單純裏。一個非常明顯的事實是，當許多的西方作家在「反現代性的現代性」中建立著自己思想的同一性時，更多的中國作家卻纏夾於傳統／現代的難以理清的矛盾境界，對歷史的「循環性」的體驗和渴望「進化」的激情如此複雜地糾纏在一起，我們似乎很難用西方「現代性」的時間概念來加以描述。就文學運動的整體進程來看，我們既看到了「進步」的力量（如革命文學在「先進性」的追求中對所謂資產階級文學的否定），同時也目睹了給歷史「補課」的籲求和「回歸」的熱情（如人們一再表達的對於「五四」的緬懷）。從理性上，茅盾是相信社會的進化與文學的進化的，但當他帶著這樣的觀念創作《子夜》，自以為可以借助對吳蓀甫的否定回答託派：「中國並沒有走資本主義發展的道路，中國在帝國主義的壓迫下，是更加殖民地化了。」[22]然而，正如許多的研究者所指出的那樣，茅盾並不能夠控制自己從心靈世界所生出的對於這位受否定的實業家的由衷的敬佩，創作的激情畢竟與理智的思想並不一樣！從社會發展的立場上，我們的批評家曾經將李劼人的《死水微瀾》視作帝國主義在中國內地加強思想侵略和文化控制的文學反映，但是一旦我們能夠隨著李劼人一起返回到那文學的四川，如果我們能夠真正以自己的心靈來感受蔡大嫂、羅歪嘴、顧天成的人生故事，那麼我們所獲得的帝國主義形象就虛無縹緲起來，而所謂中國內地半殖民地化的歷史進程也無關緊要了。李劼人的真正的價值恰恰在於他對於這一處與「進化」無干的「死水」的觀照。顧天成入教一點也不說明他成為了西方列強的侵略工具，一點也不說明西方文明支配了四川人民的生活方式，就像他後來又照樣成為了袍哥一樣，這個典型的中國人選

---

[22] 茅盾：《〈子夜〉是怎樣寫成的》，見《茅盾研究資料》中冊 28 頁，中國社會科學出版社 1983 年版。

擇的是一種典型的中國式的「存活」模式，他是「吃教」而不是真正的「入教」，他其實也並不格外的邪惡，而不過是和無數的蔡大嫂、羅歪嘴一起掙扎在生存的「微瀾」裏。

從時間到空間

在這個意義上，我認為有必要深入總結和考察中國現代文學自身的「現代」理念，這種理念既是「中國」自身的，也是「文學」自身的，也就是說它既不是純粹西方「輸入」的，也不是理性推導的，在中國的「現代性」與西方的「現代性」理念之間，要充分考慮到一些學者所謂的「文化間性」問題，[23]或者更進一步，是要從一般的文化選位中探討更具有本質意義的「空間」問題。[24]

在歷史發展已經一體化的西方，「現代」的確首先是一個時間性的概念，它是西方人在走出王權專制、完成民主政治及工業文明的共同的世紀性時間記載。至於對啟蒙的追求、對進步的信仰、對理性的倚重等等都可以說是這一新的時間記載年代的突出的思想文化特徵，而來自於藝術審美領域的懷疑和否定則代表了敏銳的知識份子對於社會文化的一種「救正」的傳統，這是西方知識份子傳統的批判功能在當下時代的一次生動表現。是社會文化的高歌猛進和藝術世界的猶疑躑躅共同構建了既豐富又單純的西方現代文化。所謂的「豐富」指的是這兩種力量之間所形成的巨大張力，所謂的「單純」指的是整個西方世界在一定層次的思想文化分歧的背後，其實包含了更為深厚的同一性和彼此的認同感。換句話說，啟蒙知識份子對於現代社會有著相對

---

23 汪暉：《韋伯與中國現代性問題》，《學人》第 6 輯。

24 參閱程龍《重構空間：1919 年前後中國激進思想裏的世界概念》（《二十一世紀》1997 年 10 月號）、王富仁《時間・空間・人》（《魯迅研究月刊》2000 年 1-5 期）、鄭家建《魯迅：邊沿的世界》（《魯迅研究月刊 2000 年 11 期》。

樂觀的理性設計，而浪漫時代以降的知識份子尤其是現代的作家藝術家卻懷有冷峻的批判，這是西方的知識份子在彼此的基本空間性體驗有著諸多的本質性溝通之後的對於「空間中的時間」的不同感知；而在其他的文化與人的更為基本的認識上，他們卻又同屬於文藝復興以後所開拓出來的一個更為廣大的西方文明的空間。在神與人的相互關係上，在國家與個人的相互關係上，在人與人的相互關係上，在民族與世界、西方與東方的相互關係上，這些具有著不同的現代姿態的西方知識份子無疑有著眾多的認同，而我們又必須承認，正是這些明顯的相同因素構建了迄今為止的人類文明的根基——也構成了西方與中國的重大差異。

所以，我們可以認為「現代」對於西方人而言主要是時間意義的，對於西方文學而言也主要是時間意義的——儘管我們也發現文學意義的存在常常都體現為一個「空間」的問題，真正確立文學話語「意義」的就是人與人所構成的特殊的空間關係，這種空間關係引導著作家對於特定意義的「發現」，這樣的一個結構又豐富和完善了文學意義的寬度與厚度。但是，與世界其他區域相比較而言，我們卻也可以認為，從 18、19 世紀的傳統文學追求到 20 世紀的現代主義文學追求，與其說其中主要揭示的是西方世界的物質空間形態的本質性變化，還無寧說是西方人內在精神形態的重要變化，而這一內在的精神形態的變化又是西方人在基本物質問題解決之後，外部空間壓力減小的情況下自我演化的結果，其自我演化的方式更帶有一種對於生命流逝、終極歸宿的時間性的體驗，當然這不是說西方現代作家就沒有關注和表現生命的空間壓力，不過與西方文學長期熱切關懷個人成長命運的傳統相比，現代主義的西方文學的確不再以表現反抗空間壓力、爭取自我實現的故事為主體，從托・艾略特的《四個四重奏》到葉芝《麗達與天鵝》，從喬伊絲的《芬尼根們的守靈》到普魯斯特的《追憶似水年華》，從貝克特《瓦特》、《等待果陀》到加西亞・馬奎斯的《百年孤獨》，「時間」和由「時間」而引發出來的主題成為了這一時代文學的常見的景觀。正如安德列・莫羅亞闡釋普魯斯特的《追憶似水年華》所說：時間是這一巨著的「第一主題」，「普魯斯特知道自我在時間的流程中逐漸解體。為期不遠，總有一天那個原來愛過、痛苦過、參與過一場革命的人什麼也不會留下。」「我們徒然回到我們曾經喜愛的地方；我們決不可能重睹它們，因為它們不是位於空間中，而是處在時間裏，因為重遊舊地的人不再是那個曾經以自己的熱情裝點那個地方的兒童或少年。」[25]在這個意義上，我們似乎可以講，西方現代文學的本質意義還在於這種特定空間中的「時間性」體驗。

進入「現代」的中國，當然也進入到了一個全新的時間概念之中。傳統的「五德終始」、「陰陽循環」的歷史意識遭受到了「物競天擇，適者生存」的進化性時間意識的衝擊，自此，中國人對於發展的渴望，對於進步的期盼和對於新奇的嚮往都暢行無阻起來。但是，我們所謂的歷史時間的發展與循環都主要還是以觀念形態存在著，(也正因為它是觀念的，所以今天的西方知識份子才對「進化」提出了異議）這與人的最基本的人生感受還是大有區別的，一旦中國知識份子真正進入到自己對於現實人生的直覺感受的狀態，那麼他們最真切的體會就不會再是什麼現代的進化，因為對於每一個個體而言，文化與人的進化都是複雜而緩慢的，幾乎就很難為我們所感知；相反，時時刻刻都存在和凸現著的正是我們排除社會阻力，擴大生存空間，實現自我人生的問題，如果說類似的問題在現代的西方常常可以通過相對完善的社會性體制來協助解決，那麼在專制而混亂的現代中國，卻主要還得依靠自己，依靠自己營造的社會關係；同時，個人的現實人生奮鬥又常常受制於整個國家的世界地位，受制於中國與其他民族的戰爭或和平關係。王富仁深刻地分析了現代中國空間意識的產生：「正是由於鴉片戰爭之後中國的知識份子發現了一個『西方世界』，發現了一個新的空

---

[25] 安德列・莫羅亞：《追憶似水年華・序》，見李恒基、徐繼曾譯本5、6頁，灕江出版社1989年版。

間，他們的整個宇宙觀才逐漸發生了與中國古代知識份子截然不同的變化。」「在中國近現代的知識份子的面前，世界失去了自己的統一性，它成了由兩個根本不同的空間結構共同構成的一個沒有均勢關係的傾斜著的空間結構，在這裏，首先產生的不是你接受什麼文化影響的問題，而是你在哪個空間結構中生存因而也必須關心那個空間結構的穩定性和完善性的問題。」[26]這一切的一切，都不斷地提示著我們對於現實空間關係的高度重視。這樣看來，現代中國知識份子的「現代」意識遠不如西方的那麼「單純」，它既包含了我們對於新的時間觀念的接受，同時又包含著大量的對於現實空間的生存體驗，而在我看來，後者更是中國社會與中國人自我生長的結果，因而也更具有實質性的意義。現代中國的「現代」意識既是一種時間觀念，又是一種空間體驗，在更主要的意義上則可以說是一種空間體驗。對於現代中國的思想形態是如此，對於文學創作就更是如此。

在現代中國，越是卓有成就的作家越具有自己獨特的空間體驗，相反，他們對於作為觀念形態的「進化」景象總是疑慮重重。在魯迅眼裏，中國的歷史常常不過是「一治一亂」的更替，是「暫時做穩了奴隸」的時代與「想做奴隸而不得」的時代的惡性循環，[27]是「革命，革革命，革革革命，革革……」的夢魘，[28]因為，「曾經闊氣的要復古，正在闊氣的要保持狀，未曾闊氣的要革新。」[29]就這樣，魯迅將進步／落後、改革／保守的歷史時間的「絕對」解構為了現實空間關係的「相對」。40 年代的張愛玲「為要證實自己的存在，抓住一點現實的最基本的東西，不能不求助於古老的記憶」，因為在她看來：「人類在一切時代之中生活過的記憶，這比瞭望將來要明瞭，親切」[30]優秀的中國

26 王富仁：《時間・空間・人》，《魯迅研究月刊》2000 年 1 期。

27 魯迅：《墳・燈下漫筆》，《魯迅全集》1 卷 213 頁。

28 魯迅：《而已集・小雜感》，《魯迅全集》3 卷 532 頁。

29 魯迅：《而已集・小雜感》，《魯迅全集》3 卷 531 頁。

30 張愛玲：《羅蘭觀感》，見陳子善編《作別張愛玲》256 頁，文匯出版社 1996 年版。

現代作家面對「時間」，他們總是更加重視自己的實際感受，並且不時流露出與一般社會發展觀念不相吻合的個性化批評之辭，但這樣的批評卻又還是來自於他們對於個體的生存空間的實際而非如西方那樣來自一個同一的靈魂探險的歷程，所以歸根結底，這些頗有時間意味的批評仍然屬於中國，屬於現代中國作家的空間體驗。空間與空間總是這樣的不同，所以出現在現代中國作家筆下的懷舊、保守、頹廢就總是千差萬別的，蘇曼殊有別於郁達夫，學衡派不等於象徵詩派，沈從文不等於張愛玲，張愛玲不等於新感覺派，「地球上不只是一個世界，實際上的不同，比人們空想中的陰陽兩界還厲害。」[31]如果我們試圖用西方現代作家那種基於空間同一性的「審美現代性」來加以統括，將不得不冒很大的犧牲文學史事實的風險。

特定的時間觀念與豐富的空間體驗在事實上已經成為了我們進入和理解現代中國文學的基礎。一個生存於「後發達時代」的鄉土中國的讀者將可能比大洋彼岸紐約寫字樓裏的美國人更細緻地感受到阿 Q 的精神勝利法、於質夫作繭自縛般的心理與生理的痛苦以及穆旦詩歌中的反復出現的「被圍困」、「被還原」、「一個封建社會擱淺在資本主義的歷史」，大約也只有生活於現代中國這個特定的「空間」中的讀者面對這樣的句子才擁有格外豐富的感覺，作出生動的發言：「年輕的學得聰明，年老的／因此也繼續他們的愚蠢，／誰顧惜未來？沒有人心痛：／那改變明天的已為今天所改變。」[32]換句話說，表達著這樣的人生感受、書寫著這樣的文學主題的魯迅、郁達夫、穆旦等現代中國作家也正是在中國這個特定的「空間」中確證著、實現著自己的意義。

在空間的意義上，文學的原初追求只能是為了「生存」和為了「生命」，即為了在這一特殊的空間結構中尋找自己的位置、開拓自己的活動範圍（包括探測這一活動的可能的限度），理解了這一點，我們就不

---

[31] 魯迅：《且介亭雜文二集・葉紫做〈豐收〉序》，《魯迅全集》6 卷 219 頁。
[32] 穆旦：《裂紋》，見《穆旦詩全集》170 頁，中國文學出版社 1996 年版。

得不重新思考魯迅和許多中國作家所謂的文學「為了人生」這一看似陳舊的話題的深遠含義。這真是一個有趣的參照：當代中國的許多批評家都試圖竭力強調其思想的那種跨越空間的普泛意義，而恰恰是像魯迅這樣的作家卻常常以「世俗」的口吻談論著自己創作的心態：「我自己雖然已經試做，但終於自己還是不能很有把握，我是否真能夠寫出一個現代的我們國人的靈魂來。別人我不得而知，在我自己，總彷彿覺得我們人人之間有一道高牆，將各個分離，使大家的心無從相印。」[33]「到了晚上，我總是孤思默想，想到一切，想到世界怎樣，人類怎樣，我靜靜地思想時，自己以為很了不起的樣子，但是給蚊子一咬，跳了一跳，把世界人類的大問題全然忘了，離不開的還是我本身。」[34]是啊，離不開的還是我們本身，這正是輾轉於現實空間的生存難題的現代中國作家的深刻感受，無論是自覺於現實主義理想的作家還是追求著現代主義的作家都是如此。五四時代的郁達夫常常為我們披露他那頹廢的靈魂，他的頹廢有著明確的現實指向：「知識我也不要，名譽我也不要，我只要一個能安慰我體諒我的『心』。一副白熱的心腸！從這一副心腸裏生出來的同情！」[35]30 年代海派的現代主義作家雖然也表現了西方式的「審美現代性」，但是他們對於自我的關注卻「更多地集中在生活層次上的問題和焦慮，也就更為平民化。」[36]王富仁也指出：「中國的現代主義文學只能是在中國作家的現實生活感受中昇華起來的」，「中國的現代主義不論昇華到何等的高度，你仍然感到它後面的現實生活的基礎。」[37]其實，抓住了某一個特定的空間，才真正抓住了人生，抓住了生命的真實，最終也才確立了自己的文學獨立性。較之於魯迅的樸素的真誠，我感到，現在的問題是，與其將

[33] 魯迅：《集外集・俄文譯本〈阿 Q 正傳〉序及著者自敘傳略》，《魯迅全集》7 卷 81 頁。
[34] 魯迅：《集外集拾遺補編　・關於知識階級》，《魯迅全集》8 卷 192 頁。
[35] 郁達夫：《沉淪》，《郁達夫文集》1 卷 24 頁，花城出版社 1982 年。
[36] 李今：《海派小說與現代都市文化》330 頁，安徽教育出版社 2000 年版。
[37] 王富仁：《中國現代主義文學論》，見《現代性與中國文學》262 頁。

我們的文學研究在越來越抽象的理論模式中帶離我們的實際感受，不如再探我們文學啟動的「原點」，讓我們首先返回文學需要的人生基點，然後再重新考察現代中國文學的所謂「現代性」，因為，這樣的「現代性」的結構本身就只能是中國現代作家為了他們的現實人生、為了在現實人生中爭取自我的生存空間、探詢這一空間所可能給予他的自由與意義的方式。除此，豈有它哉？

如果我們作一番適當的清理就不難看出，中國現代文學的諸多「現代」問題歸根結底其實都屬於這種極具中國特色的空間關係問題，諸如京派海派的分歧衝突問題，抗戰時期國統區與解放區的文學追求及後者對於前者的整合所構造的當代文學性質問題，中國作家之於城市與鄉村的矛盾體驗的問題，文化中心與邊緣之於中國作家的不同的影響問題，鄉土文學與區域文學的存在與發展的問題等等，可以說正是這些空間問題構成了中國現代作家其他時間意識的基礎，中國現代作家之於傳統／現代體驗的個體差異都可以在空間的分割與空間的壓力差異中獲得深刻的解釋。

中國現代作家對於空間生存的重視也體現在了他們的藝術思潮之中，應該說，藝術思潮的演變帶有明顯的「時間」的意味，但是，出現在現代中國的事實卻是，西方文藝復興以降的文藝思潮在短短的時間之內幾乎同時出現，中國的現代主義包含了「在中國現代主義文學的形成和發展過程中，現實主義、浪漫主義與現代主義的發展是一個統一過程的不同側面，在外來的影響中，西方的現實主義、浪漫主義和現代主義共同促進了中國文學的現代化過程，共同構成了中國現代主義文學的特徵。」「中國現代文學史上的任何一個階段，都是不同文學流派共同發展的結果，而不是一個流派壓倒一個流派的結果。」[38]這正說明，儘管一些中國作家在理性表述自己的藝術發展觀時不時流露出明顯的進化論思想，然而在具體的文學創作之中，他們還是自覺不

[38] 王富仁：《中國現代主義文學論》，見《現代性與中國文學》250頁。

自覺地打破了這些時間發展的藝術壁壘，將不同時代的意識思潮通通調動，為我所用，因為，更能掀動他們心靈的最難以忘懷的畢竟還是自己獨特的人生體驗，現實空間體驗。

對於中國現代文學獨特的空間體驗的逐漸重視往往也會帶來我們研究的深化。例如，較之於過去長期流行的以現代社會歷史的分期劃分現代中國文學，錢理群、陳平原、黃子平三人於 1985 年提出的「20 世紀中國文學」的概念曾經產生了十分重要的影響，因為前者純粹是一種時間的定位，而後者則是以新的時間定位的方式傳達了中國現代作家隨著 20 世紀到來的越發清晰的具體生存感受——一種較以往的政治性描述更切合「空間」實際的人生體驗。[39]10 餘年以後，又有一些學者從不同的角度對於這一概念提出了質疑，而這些質疑所依據的其實也是他們對於中國現代文學內部表現出來的更具體更豐富的生存感受，他們是為了揭示中國現代作家的更細緻更獨特的各自空間體驗才試圖對於「20 世紀中國文學」作出新的調整。[40]是不是可以這樣認為，與中國現代文學的「空間」體驗基點相適應，我們的中國現代文學研究的每一次真正的創新其實並不來自於時間意義的新潮理論的輸入，而恰恰是我們能夠平心靜氣地返回「原點」，努力進入更多的中國現代作家的「體驗空間」，去認識和理解他們各種各樣的實際的人生感受。

---

[39] 黃子平、陳平原、錢理群：《論「20 世紀中國文學」》，《文學評論》1985 年 5 期。

[40] 參閱王富仁：《當前中國現代文學研究中的若干問題》，《中國現代文學研究叢刊》1996 年 2 期，譚桂林：《「20 世紀中國文學」概念性質與意義的質疑》，收入《現代性與中國文學》，山東教育出版社 1999 年 11 月出版。

中國現代文學之「傳統」

中國現代文學的「現代」特徵都發生於中國現代社會複雜的空間結構中，是中國現代作家在各自的空間體驗下所彈奏的繁複的藝術旋律。在這樣的一個基本認識中，我們不妨來探討一下究竟什麼是中國現代文學的「傳統」。

通常，人們比較容易將「傳統」理解為所有的「過去」的總和，一個將所有的「過去」都囊括其中的整體。正是在這種思維的影響下，我們曾經將當代中國發生的幾乎所有的問題都歸咎為「傳統文化」與「傳統思維」，在這裏，「傳統」就成了一個包羅萬有的東西，似乎我們所有的不滿都可以裝入其中；後來又指摘五四新文化運動切斷和拋棄了中國悠久的文化傳統，在這裏，「傳統」又彷彿成了一個僵硬不變的整體，可以為我們任意地切割和終止。

這些理解其實都忽略了我們提出並討論「傳統」的前提與意義——歷史的「過去」之所以還可以在「今天」加以討論，就是因為它並不僅僅存在於「過去」，更重要的是它以某種形式繼續在「今天」產生著重要的影響。中華民族的歷史的「過去」所發生的「事實」肯定遠遠大於今天載入史冊的能夠為我們所閱讀的部分，在我們遠古的思想發展中也許還出現過更多的思想家與更多的學說，然而今天被我們作為「傳統文化」談論的卻主要還是儒釋道等幾家，這主要不是因為它們曾經「存在過」這一事實，而是由於它們對於今天的精神和心理繼續產生著影響；我們為什麼如此頻繁地談及孔子和儒家，不是因為孔子和他的儒家思想在他生活過的時代有多麼的顯赫，而是由於這一思想在孔子的時代之後逐漸產生了巨大的影響並且這種影響一直持續到我們的今天，相反，眾所周知的事實是，孔子的一生恰恰是奔波勞苦，鬱鬱不得其志的。能夠繼續對今天的文化發展產生規範與影響，這就是今天還能夠被稱謂「傳統」的前提和意義。

我們今天談論「傳統」，其潛在的真實的意義就是關注、思考和談論我們自己，發掘依然存於我們現實的今天的某種歷史性，這也就是托・艾略特曾經論述過的「過去的現存性」。我以為，英國作家托・艾略特在大半個世紀之前的關於文學「傳統」的著名見解在今天仍然對我們有著重要的啟發意義，正是托・艾略特告訴我們：「不能把過去當作亂七八糟的一團」，「歷史的意識又含有一種領悟，不但要理解過去的過去性，而且還要理解過去的現存性」，「就是這個意識使一個作家成為傳統的」。[41]

對於所謂的中國現代文學傳統，我們亦當作如是觀。理解中國現代文學傳統，我以為必須重視兩點：其一，我們的文學傳統是一種鮮活的感性運動中的存在；其二，這一「傳統」的具體內涵與我們今天的認識與選擇有著緊密的關係，就是說它並不能夠脫離開「今天」的人的理解與選擇。

所謂「鮮活的感性運動中的存在」，這就意味著我們的文學的傳統應該是現代中國作家實際人生體驗的感性的彙聚，它與同樣存在於現代中國的思想運動與一般文化的運動有著重要的聯繫，但是卻在存在形態上與後二者有著本質的不同。更不是我們今天的文學史家從一般的思想史出發所作出的理性邏輯的推導與組合。在今天，我以為對於中國現代文學傳統的認識極有必要與我們對於中國現代思想史與文化史的概括區別開來，極有必要在「文學之內」的基礎之上理解和消化「文學之外」的影響，而不應該以對「文學之外」的敘述來代替我們在「文學之內」的實際體驗。對於影響現代中國的一系列基本的思想觀念如啟蒙、進化、理性、現代民族國家、國民性等等都不能夠僅僅

[41] 托・艾略特：《傳統與個人才能》，《西方現代詩論》73～74 頁，花城出版社 1988 年版。

以概括它們在西方社會的存在狀態為滿足，也不能夠以它們在西方文學中的表現為準繩，我們應當格外關心的是，現代中國文學自己所表現出來的思想觀念是什麼，在中國作家的心目中，啟蒙、進化、理性、現代民族國家、國民性究竟意味著什麼，它們又是怎樣產生的，在實際的創作中獲得了怎樣的處理。在這裏，無疑也存在一個中國現代文學的「正名」的問題，也就是說，我們不應該再簡單移用西方的思想的與文學的概念，而必須從中國現代文學的實際出發，尋找和使用僅僅屬於我們自己的理念。[42]

作為「過去的現存性」，中國現代文學傳統之所以能夠繼續在今天存在和引起關注與討論，其前提就在於它對今天的文學發展繼續產生著價值與意義。也就是說，中國現代文學的「傳統」是為今天的文學繼續提供強有力支持及內在動力的那一部分。

人們比較容易注意到的事實是，隨著我們價值觀念的不斷變化和發展，是什麼樣的「部分」還可以繼續為我們的文學提供動力這也不是一個立即就能夠回答的問題，因此我們的文學史需要不斷的「重寫」，能夠進入中國現代文學「傳統」的部分也在發生著變化，總會因為有新的「發現」而豐富的內容，但是，這是不是就意味著中國現代文學傳統是一個可以永遠擴大容量、不斷「提升」無名作家地位的無限的空間呢？是不是一切存在過的現象都最終會成為我們津津樂道的「傳統」呢？

我以為這又是不可能的。因為顯然並不是所有存在過的文學現象都為我們文學的發展提供了足夠的動力，也不是所有的被忽略的作家都包含了巨大的文學價值。最近幾年我們力圖將中國現代文學從「上」、「下」幾個方向延伸（近代、當代），向「左」、「右」幾個空間拓展（通俗文學、舊體詩、右翼文學），從被「淹沒」作家隊伍中不斷

[42] 王富仁：《中國現代文學研究中的「正名」問題》，《北京師範大學學報》1995年1期。

尋覓和提拔「大師」，其用心實在良苦。我感到，對「傳統」所作的這份認真的勘探和清理自然是十分必要的，不過，一旦我們需要將這些複雜的文學現象總結為「傳統」中彌足珍貴的部分卻不得不十分的小心。作為中國現代文學存在過的文學現象是一回事，而作為能夠稱為「傳統」的則又是另外一回事。其判別的標準就在於這一部分的文學現象是否在中國古典文學的千年之後為我們文學的新的創生提供了真正的動力和資源。要證明晚清的狹邪小說、科幻烏托邦故事、公案狹義傳奇、譴責小說、黑幕小說存在「被壓抑的現代性」，證明它們具有決不低於五四的文學價值，就必須說明它們具有中國古典文學所沒有的藝術獨創性，具有在中國古典文學美學模式之外的藝術魅力，而其中的那些頹廢氣與情感氾濫的確就是名副其實的「現代性」而不是過去那種司空見慣的中國抒情模式的重複；[43]要將舊體詩納入中國現代詩歌的陣容，就必須在中國詩歌發展的歷史長河中估量其思想藝術的獨創性，我們就應當證明這樣的一些舊體詩詞已經具有了比唐詩宋詞更大的藝術價值，是現代中國作家在白話新詩之外另外發現的一條中國詩歌的更生之路；要為通俗文學「正名」，將之納入中國現代文學的寶貴傳統，其根據也不能是它本身的數量和擁有的讀者的數量，我們必須說明正是它們的存在為我們的中國文學貢獻了過去所沒有的東西，而且這些東西（精神上的、藝術上的）的確又對整個現代文學的發展產生了不可替代的作用；同樣，一個被「淹沒」的作家之所以獲得了提升與肯定的必要，絕對不僅僅因為它被淹沒的命運，它的價值只能由它自己的獨創性來加以證明。

在這個意義上，我以為作為「傳統」的中國現代文學，永遠不會是一個單純的時間概念，不是「現代」社會裏出現的所有的文學現象的彙聚，它只能是那些為文學的蓬勃發展提供巨大動力與精神資源的

---

43 參見王德威《被壓抑的現代性》（見王曉明編《批評空間的開創》）、劉納《嬗變》（中國社會科學出版社 1998 年版）。

部分，是中國現代作家自覺建構的區別於中國古典文學的「現代性」的文學。

第二節
「現代性批評話語」與中國現代文化傳統

在「現代性批評話語」重估中國現代文學傳統的背後，是對現代中國文化傳統的重估，在這些理論闡述中，我們同樣發現了諸多的困惑。

反叛西方與皈依西方

回顧「現代性」批評話語的起源與演變，我們可以發現它大體上有過這樣的自我調整過程，即從 90 年代初的中國後現代思想的「新知識的探尋」發展到 90 年代後期對於中國「現代性」過程「未完成」的確認，並在此基礎上謹慎地解讀其相關的特徵。

「90 年代以來，隨著商品化與大眾傳媒的高度發展，隨著社會話語的進一步世俗化和日常生活化，『後現代性』越來越被理論界所關注，日益成為對當代文化情勢進行描述和歸納的最引人注口的代碼。」[44]在一些學者眼裏，90 年代就是這樣的一個充滿了「後現代性」的「後新時期」，作為「後現代」的我們，當然有足夠的理由對於中國曾經有過的「現代性」趨向進行反思與批判，這一質「疑現代性」努力被中國的後現代思想者譽之為「新知識型的探尋」，中國的後現代性

[44] 張頤武：《從現代性到後現代性》60 頁，廣西教育出版社，1997 年。

思想者們不僅依仗西方的「後現代高度」解構了「現代性」思想的殘損，而且還著重批判了中國在認同西方現代性的過程中被「他者」異化以至喪失了民族身份的尷尬：「中國承認了西方描述的以等級制和線型歷史為特徵的世界圖景，這樣，西方他者的範圍在中國重建中心的變革運動之中，無意識地移位元為中國自己的規範，成為中國定義自身的根據。在這裏，他性『無意識地滲入我性』之中。這就不可避免地導致了如下的事實：中國『他者化』竟成為中國的現代性的基本特色所在，也就是說，中國現代變革的過程往往同時又呈現為一種『他者化』的過程。」[45]

這些中國後現代思想者的後現代立場早就引起了人們的懷疑，因為，在這些表面的「後現代」追求的內部，恰恰充滿了與「後現代性」所不相容的而其實正好是他們要批判的現代性」的思維方式，「在『中國後現代主義』的文化批評中，後殖民主義理論卻經常被等同於一種民族主義的話語，並加強了中國現代性話語中的那種特有的『中國／西方』的二元對立的話語模式。例如沒有一位中國的後殖民主義批評家採取邊緣立場對於中國的漢族中心主義進行分析，而按照後殖民主義的理論邏輯這倒是題中應有之義。具有諷刺意味的是，有些中國後現代主義者利用後現代理論對西方中心主義進行批判，論證的卻是中國重返中心的可能性和他們所謂中華性的建立」。[46]「有意思的是，後現代訴在對現代性的追問中忘記了追究構成了現代性本質的時問神話。後現代解構了理性、主體、歷史、意義等神話，卻並不打算解構時問的神話」。[47]用「後現代性／傳統性或西方／中國這樣的二元對立來言說中國歷史的方式，乃典型的西方現代性話語，因而它根本無助於消解、相反卻複製著它所批判的二元對立或現代性」。」[48]

---

[45] 張法、張頤武、王一川：《從「現代性」到「中華性」——新知識型的探尋》，《文藝爭鳴》1994年2期。

[46] 汪暉：《當代中國的思想狀況與現代性問題》，《文藝爭鳴》1998年6期。

[47] 曠新年：《現代文學與現代性》，26頁，上海遠東出版社1998年。

[48] 陶東風：《從呼喚現代化到反思現代性》，《二十一世紀》1999年6月號。

的確，如果我們在根本上操縱著它的思想資源，卻又竭力標明一種決絕的反叛姿態，這在本質上就已經陷入了一處難以自拔的怪圈，其所有的「質疑」和「批判」都大可懷疑了！難道，所謂的「現代性」思維真的就這樣地銘心刻骨麼？在這種學理的迷亂背後，我更願意相信存在著一種事實上的現實學術的「策略」。因為，一個十分明顯的事實就是，從 80 年代中標舉啟蒙「現代性」追求到 90 年代「超越啟蒙」、質疑現代性「後現代」思潮，這並不單純是中國學術界沿著自己的思想路徑對於中國社會文化深入思考的結果，在很大的程度上，它與 80-90 年代之交的特殊政治性轉換有著密切的關係。當 80 年代的現代性啟蒙因為暴露了自身在政治理念上的危險」而遭受狙擊之後，它不得小進行的「自我清算」就不僅僅是政治方而的選擇，而且還包括自己一整套的思想體系與思維方式。一時問，本來就已經習慣了以啟蒙的現代性來言說問題的學人們盡皆「失語」。90 年代的中國學術自然還要「發展」，自然還要在「失語」之後找到自己的語言，但此時此刻的我們已經體會到了自我約束的必要性，我們的學術話語既要反映出自己不落後於世界（西方）潮流的「先進」性，也要在民族主義的「世界」內中規中矩，謹慎從事。這實在是一種思想方式上的矛盾與尷尬：一方面，我們實在不能抹去「落後」的我們對於「先進」的嚮往以及 20 世紀以來所形成的在西方文化的最新動向中自我定位的思維模式，另一方面，現實中我們又似乎有必要與當下的民族主義要求相協調，於是，雙重複雜的牽引導致我們格外看重了像後殖民主義、東力一主義、第三世界民族國家理論，它們既屬於「先進」的後現代思想，可以以此批判已經「落後」了的「現代性」追求，同時也充分滿足了我們維護民族自尊的現實要求，在表而形式上也有助於我們對於 80 年代「西化」風潮的反省——至於這些後現代思想在其本來的語境中有什麼真實的含義，至於我們為什麼就再也小需要「現代性」了，至於我們「90 年代以後」的商品化、市場化與世俗化究竟是不是中國「後現代」到來的標誌，甚至「後現代」與「現代」究竟有著什麼真實的區別，我們似乎都無暇辨別了！

「語言漂浮物」

這就是我們的以「反叛現代性」為旗幟的後現代思想在事實上經歷的尷尬，一種現實的目的與自我的實際精神衝動相互對立的困境，一種言說的思想的已經脫離了自我生存感受的危局，一種學術的觀點不再服從於人類思想的普遍的邏輯運動、蛻變為單純的「語言漂浮物」的難堪。

然而這樣的「語言漂浮物」卻繼續在我們的「現代性」批評話語中存在著。

任何一個理論框架的意義都在於它能夠「釋放」出較先前更多的歷史事實：在這樣的理論闡釋框架中，我們豐富的歷史事實不是更加混沌不清地糾纏成一團，而是在彼此的分別中更加清晰地呈現自己的內涵。從這個意義上講，90 年代後期「現代性」批評活動是有它的積極作用的，並且正是這樣的積極作用才能使得這一角度的分析和這一概念的使用都已經超出了原先的「後現代」學人的範圍轉而在整個的中國現代文化與中國現代文學研究領域內發生著重要的影響，甚至可以說是正在推動著這些領域中的「思維更新」與「概念更新」。

然而，就是這些新的言說也同樣存在著為數不少的「語言漂浮物」，仍然繼續掩蓋了中國現代歷史的諸多實際，並且，還大有愈演愈烈之勢，這，就是我們今天必須對之加以「質疑」的原因所在。

這些必須「質疑」的問題包括：

對於歷史現象理解的本質主義傾向。即力圖將中國現代文化與現代文學的諸多現象都納入到既成的「現代性」規律中去，作為對於「現代性」社會文化發展的必然體現的一種證明。似乎所有的中國現代知識份子和中國作家都在一種「共同」的觀念下「別無選擇」，他們的最有特色的工作也只是對於「現代性」的領悟和實踐，在後現代姿態咄咄逼人的 90 年代前期，這一證明甚至常常就只剩下了西方文化的霸權在現代中國的又一次的「體現」。我們曾經認為「現代性」視角的提出給了我們沉滯的文化與文學研究以新的啟示，但現在新的問題卻是這些經常被我們「簡化」了的現代性「規律」又最終「簡化」了我們的原本豐富、複雜甚至矛盾叢生的歷史現象（幾乎將自己局限在了歷史的「類」的概括——忽略的恰恰是個體的差別與個體的創造）。

對於「現代性」的定位過分倚重於西方後現代時代的闡釋。眾所周知，今天我們對於「現代性」的探討從概念到內涵都離不開幾位西方後現代時代的思想大家，馬克斯・韋伯、霍克海默爾、阿多諾與哈貝馬斯等等，以至與我們對於「現代性」的語源學考察也是對哈貝馬斯既往考察的肖接徵引。這裏，存在著一個重要的思維上的問題，即現代中國可不可以存在自己的「現代」需要？中國現代文化的「現代性」思想難道不應當是自己文化需要的一種「生長物」，外來的西方影響與自身文化發展就能形成這樣的「直接過渡」？在這裏，也再一次暴露了中國後現代文化追求中的重大悖論：即表面追求中的對於西方文化的疏離和對民族意識的呼喚與其骨子裏的思維習慣中的對於西方「前提」的認可，這兩者已經形成了巨大的觸口驚心的矛盾。

對於理性思維的適用範圍多有誇大之嫌。這裏又出現了中國後現代思想的一個悖論，他們在嘲笑和批判啟蒙時代的「理性」，卻又常常將歷史的複雜現象認定為一個全民族的性「理性」認同的結果。於是，從「現代性」批評話語中我們讀到的邏輯是，西方思想史發展的成果肖接轉化成了中國的理性的思想內涵，而中國的這一思想史的發展又直接成了一切社會文化現象與文學現象的動力、目標和基本的內容。這種對於理性思維的適用範圍的誇張的描述最是可疑地出現在了中國現代文學的研究當中，我們發現，今天的中國現代文學研究似乎正在為思想史的考察所代替，一部文學史正在「淪落」為思想史的附注，「文學之外」真正混同於「文學之內」。

創造力之於文化的「現代」

以「現代性批評話語」來作歷史的描述，其最大的問題就在於漠視了作為一個文化人的基本的創造能力。無論我們的外部世界存在著多少的整體性的「規則」，無論那些共同性的理性的「思想」有著多麼大的控攝力量，也不管西方的文化追求怎樣地衝擊和改變著我們今天的一切，我們都必須首先正視一個重要的事實，即歸根結底是人自己的創造性改變和完成著歷史，是人自己的認知組成了我們的文化。

王富仁先生在質疑我們長期以來所存在的中國／西方的二元對立性研究模式之時曾經相當深刻地指出「這個我們過去常用的研究模式有一個最不可原諒的缺點，就是對文化主體——人——的嚴重漠視。在這個研究模式當中，似乎在文化發展中起作用的只有中國的和外國的固有文化，而作為接受這兩種文化的人自身是沒有任們一作用的，他們只是這兩種文化的運輸器械，有的把西方文化運到中國，有的把中國古代的文化從古代運到現在，有的則既運中國的也運外國的，他們爭論的只是要到哪裏去運。」實際上，在文化與人的關係上，文化永遠是服務於人的，是中國的近、現、當代知識份子為了自己的生存和發展吸取中國古代的文化或西方文化，而不是相反，因而他們在人類全部的文化成果而前是完全自由的，我們小能漠視他們的這種自由性。」[49]顯然，王富仁所質疑的這種現象貫穿了我們整個的 20 世紀，又是在 90 年代以後的現代性批評話語中有著史為突出的表現。

在這樣的批評思維下，我們的現代文化與文學事實自然無法獲得史細緻史豐富史真切的呈現現了。因為，我們常常在具體的事實觀察之前就已經預定了結論：所有中國現代文化的問題都不過是西方的

---

[49] 王富仁：《對一種研究模式的置疑》，《佛山大學學報》1996 年 1 期。

「現代性」問題的表現。這一結論的預定性掩蓋了一個人類發展的基本事實：任何民族可以接受其他民族的複雜的影響，但任何一個民族都不是在思考遙遠的其他民族的問題與理論的基礎之上發展的思想來解決自己的生存問題。有時候，為了尋找到與西方「現代性」特徵相一致的東西，我們還不時地不得不削足適履，過分突出一個文化現象的某一部分的特徵而忽略其作為完整個體的總體性。例如近年來我們突出了魯迅思想中的猶疑、徬徨，似乎以此可以說明他超越啟蒙理性的審美現代性特徵，但我們是不是因此也掩蓋了一個重要的事實，即魯迅之所以區別於任何一個感傷的中國古代知識份子，正在於他還有著不能為這些情緒性因素所支配的意志化追求。一個完整意義的魯迅並不是放棄而恰恰是堅持著啟蒙理性的現代人。同樣，當我們也將沈從文的「湘西世界」作為審美現代性的典刑體現，那麼魯迅與沈從文之問的原本是十分明顯的區別也就模糊不清了。至於我們還將從晚清作家到張愛玲的所謂「頹廢」提取出來作為現代性的標誌，這就史容易將中國現代文學史混同於中國古代文學史，因為，如果但凡「頹廢」就是現代性的話，那麼無數的中國古代作家也完全有資格成為現代性的先驅和典範！

其實，「後現代」的所有結論也不過是西方知識份子在這一特定的時代對於他們那個特定的空問所作的發言而己，這些發言既不能取代另外一些知識份子在另外的時空環境中的實際體驗和遇到的實際問題（如 20 世紀東亞大陸的中國知識份子的問題），也不能取代他們的所有前輩在其他的歷史條件下所作的發言。對於「人」的發現，確立人「為萬物立法」的主體性地位這是西方自文藝復興以來的最重要的成果，是西方知識份子振聾發聵的重要「發言」，沒有人類創造能力和主體精神在近代以來的發揚，也就沒有今天西方文明的一切，甚至也沒有「後現代」時代的如此銳利的反省和批判，在今天，「為萬物立法」的人類主體精神和新的懷疑精神一起都是重要的思想資源，哪一方而都不可能被抹殺，被取代。

20世紀的中國知識份子當然會有種種的「現代」問題，不過，這應當是我們自己的問題，是我們在自己的文化環境中體會和感受到的東西，既然我們的文化環境、文化格局就根本地不同於西方，那麼我們的體會和感受自然也就有所小同了，那種將西方人在特定階段中發現的某些結論直接移作我們憂慮的對象，將西方知識份子的「會議發言」譯作我們的日常語言，顯然小會對這些真實問題的解決提供多少的方便。

現在，我們真正需要思考的是，究竟我們在20世紀中國的這個特定時空中遇到了什麼？「現代」對於中國人、對於中國知識份子究竟意味著什麼？我們究竟有著怎樣「現代」體驗？如果「現代」在我們這裏也成為一「性」的話，那麼它究竟有著怎樣的獨立特徵？只有厘清了這些基本的「問題」，我們才可能扎扎實實地討論中國文化的「現代」與中國文學的「現代」，以至於考慮在我們中國，「後現代」是如何的可能或如何的不可能。

中國現代文化之「傳統」

在借助西方的「現代性」視角觀照中國問題的論述中，最富有啟發性的是關於兩種現代性在中國一體化的見解：在中國，基本上找不到「兩種現代性」（世俗的與審美的）區別，大多數中國作家，「確實將藝術不僅看作目的本身，而且經常同時（或主要）將它看作一種將中國（中國文化，中國文學，中國詩歌）從黑暗的過去導致光明的未來的集體工程的一部分」。[50]這樣的見解開始將中國現代文化與文學的追求與現代西方區別開來，不過，我這裏想提出的是，既然事實表明，用西方的兩種現代性的概念已經無法統攝中國文學的實際，那麼我們

[50] 轉引自賀麥曉：《中國早期現代詩歌中的現代性》，《詩探索》1996年4輯。

為什麼小乾脆放棄這樣的概念？為什麼我們就不可以在細緻體味中國文化現實的基礎上提煉我們自己的概念？

我以為，中國現代文化的發展至少包含這樣一些方而的動向，而就是在這些方而，中國恰恰表現出了與西方很少一致的特點：

探尋和建構個體的生存自由。值得注意的在於，這裏的「自由」並不僅僅是個人純精神意義的，因為那樣的「自由」我們完全可以在中國根深蒂固的道家傳統中獲得某種實現，現代中國人所要探尋的新的自由更帶有社會性，更與我們的實際生存現實有關。只有在現代社會的條件下，中國人才必須去考慮任何以自己的（而不可能再是宗族的倫常的）力量去爭取自己的生存空間，去營造這一空間生存所必須的個體自由。在這裏，自由的「現實生存」指向明顯要遠遠重於現代西方，因為在西方，自文藝復興以降，個體自由的爭取本身就是來自於人的現實生存感受，西方人的自由問題本身就與現實的生存緊密地聯繫在一起，到了現代，自由的「現實生存」指向也就不是一個什麼新鮮的問題了，現代社會西方對於現實生存問題的不斷克服與解決恰恰是進一步地把人們對於自由的探詢引入了精神的領域，並山此與東方、與中國拉開了距離。

探尋和建構能夠包容個體自由的群體關係與民族國家形式。現代中國的社會組織與真正的民族意識其實就是這樣誕生的。過去人們們習慣將現代中國的民族國家形式與西方列強對我們擠壓相聯繫，這固然不無道理，但同時也忽略了一個事實，即中國人的大量的直接的生存困難還是常常表現在山中國人所組成的這個「空間」的內部。現代中國的群體關係與民族意識就是這樣的複雜，它們既與中國自己的內部關係有關，也與外部壓力的擠壓有關，這就絕非一個簡單的「第三世界」民族國家意識所能夠概括的。

嘗試著與世界其他民族建立起廣泛的平等的國際關係。只要我們承認鴉片戰爭之後的中國不得不介入到廣泛的世界性聯繫中來的這一事實，只要我們接受今天的中國再也不可能在自我封閉的「老大帝國」

的幻想中持續發展這一事實，那麼我們必須重視這一事實在現代中國文化發展中的特殊意義，一種其他的西方民族所無法體會到的文化衝撞與文化融合的意義，我們也小會將這種國際關係的建立簡單地視作是中國被迫地卑曲地「臣服」於西方文化的霸權。因為，鴉片戰爭中的「挨打」是一回事，現代中國文化需要中國人自己的主動發展又是一回事。

重建自己的理性批判意識，同時重新發現個體的生命意識。這是豐富和完善現代中國人靈魂的雙重努力。理性性的批判意識是直覺主義的中國傳統所缺乏的，卻又是現代機械化明晰化的工業社會所需要的，史是處理現代複雜的人際關係、民族關係，表達自由的精神價值觀念所需要的；對於自由人生的的投入和享受也使得現代中國人有可能走出傳統禮教的自我約束，重新發現自己的個體生命意識。值得注意的在於，這一系列的「重建」與「發現」在西方表現為文藝復興以後-個漫長的歷史過程，且常常表現為彼此的抵牾和交鋒。但是，在現代中國卻幾乎就同時出現在了許多知識份子的追求中，單純抓住西方文化在某一個時代的追求來測量現代的中國，許多問題都含混得讓你難以說清。

這種不適用首先就體現在「現代性」這一概念的基本內涵上。眾所周知，我們自西方引入的這一概念具有它特定的內涵。正如我們目前已經達成的共識那樣：現代性概念首先是一種時問意識，或者說是一種直線向前、不可重複的歷史時問意識，一種與循環的、輪回的或者神話式的時問框架完全相反的歷史觀。」[51]也就是說，現代性」是西方人在走出王權專制、完成民主政治及工業文明的共同的世紀性時問記載。至於對啟蒙的追求、對進步的信仰、對理性的倚重等等都可以說是這一新的時問記載年代的突出的思想文化特徵，而來自於藝術審美領域的懷疑和否定則代表了敏銳的知識份子對於社會文化的一種

[51] 汪暉：《韋伯與中國現代性問題》，《學人》第6輯。

「救正」的傳統。它最突出的特點的確就在於與「時間」體驗密切相關的一系列內涵。它的「世俗」的一面充分體現了歷史發展的新的內容，而「審美」的一面則反映了外部空間的特質壓力減小的情況下，西方知識份子對於生命流逝、命運歸宿的時間向度的焦慮。這正如現代西方文學已經不再以表現反抗空間壓力、爭取自我實現的故事為主體，從托・艾略特的《四個四重奏》到葉芝的《麗達與天鵝》，從喬伊絲的《芬尼根們的守靈》到普魯斯特的《追憶似水年華》，從貝克特《瓦特》、《等待果陀》到馬爾克斯的《百年孤獨》，「時間」和由「時間」而引發出來的主題成為了這一時代文學的常見的景觀。

然而，這種明確的「時間性」的體驗卻並不能夠準確地概括現代中國文化與文學的基本特徵。進入「現代」的中國，當然進入到了一個全新的時間概念之中。傳統的「五德終始」、「陰陽循環」的歷史意識遭受到了「物竞天擇，適者生存」的進化性時間意識的衝擊，但是進化性時間意識卻往往不過是現代中國知識份子支撐自己新的人生追求的道德力量，在更頻繁更直接的感受中，他們不得不經常而對的還是「現實是什麼？」「我如何一在眼前的社會實現自己的理想？」「什麼是當下的理想的人生？」或者如魯迅當年在日本與許壽裳常常討論的那樣：「怎樣才是理想的人性？中國國民性中最缺乏的是什麼？它的病根何在？」——這都是一些與我們現實生存直接相關的空間生存的問題。王富仁先生指出：在中國近現代的知識份子的前面，世界失去了自己的統一性，它成了由兩個根本不同的空間結構共同構成了的一個沒有均勢關係的傾斜著的空間結構，在這裏，首先產生的不是你接受什麼文化影響的問題，而是你在哪個空間結構中生存因而也必須關心那個空間結構的穩定性和完善性的問題，而是你在哪個空間結構中生存因而也必須關心那個空間結構的穩定性和完善性的問題。」[52]在中國現代文化史與中國現代文學史上，最傑出的知識份子（作家）的

---

[52] 王富仁：《時間・空間・人》，《魯迅研究月刊》，2000 年 1 期。

最精彩的思想往往都來自於他們特殊空間感受（而非單純的時間感受）。魯迅就是這樣，雖然我們常常說進化論的思想任何讓魯迅看清了舊中國的落後與黑暗，但其實魯迅卻更頻繁地表達著這樣的生存實感：所謂的現實不過就是：革命，革革命，革革革命，革革……」的夢魘，[53]因為，「曾經闊氣的要復古，正在闊氣的要保持現狀，未曾闊氣的要革新」。魯迅就這樣將進步／落後、改革／保守的歷史時間的「絕對」解構為了現實空間關係的「相對」。他甚至還不用這樣「世俗」的空間生存體驗來消解指向未來的「時間」前進的神聖：「到了晚上，我總是孤思默想，想到一切，想到世界怎樣，人類怎樣，我靜靜地思想時，自己以為很了不起的樣子，但是給蚊子一咬，跳了一跳，把世界人類的大問題全然忘了，離不開的還是我本身。」[54]在魯迅精神的同一方向上，成長起來了現代中國的優秀詩人穆旦，他的詩歌中的反復出現「被圍困」、「被還原」的空間的痛苦，深刻地揭示出了「一個封建社會擱淺在資本主義的歷史」。

對於中國現代文化與中國現代文學的「現代性」的解讀，就必須真正進入到這樣的空間體驗中去。

與此同時，「現代性」批評話語中所概括的一系列現代性」觀念——如致力於啟蒙、對於科學的信仰、相信線性進化、以理性為中心等等——對於現代中國所存在所發生的事實來說也常常小過是一種似是而非的定位，中國似乎呈現了如上的因素，但定睛觀察又不完全是那麼回事。這些在西方世界裏基本上已經形成的思想的同一性在現代中國的知識份子那裏並不存在，中國現代知識份子並沒有在如上的觀念方而達成全社會性的共識——不僅是這些外來的「現代性」觀念，就是我們前文所述中國現代文化發展的幾個方而的「取向」在不同的現代中國人、現代中國知識份子那裏也有著並不一致的認識。從某種

53 魯迅：《而已集‧小雜感》，魯迅全集》3卷532頁，人民文學出版社1981年。
54 魯迅：《集外集拾遺補編‧關於知識階級》，《魯迅全集》8卷192頁。

意義上講，現代中國的文化是多種複雜的文化取向的混合體，既有現代中國人對於當下人生的體味和追求，也有他們對於西方文化的理解和追求，還包括對於中國古化文化的理解和追求，不同的人對於小同的文化趨向都有著小同的喜好，各自喚起的心靈共鳴也不等同，在魯迅、胡適、吳宓、梁漱溟、章鴻銘、徐志摩這些現代知識份子之問，顯然具有相當大的文化差異，前述種種的「現代性」觀念就不能將他們統一起來。在這裏，出現於中國古代的實用主義思維已經在很大的程度上消解著傳統知識份子的價值同一性，而在中國古代文化格局打破之後的現代中國，各種文化的遺留物與飄忽物又再次彼此衝撞，新的價值同一性的建立同樣遇到了重重的阻力。這就是我們與西方現代文化的根本的不同：如果說西方社會在經歷了全民族的文藝復興的價值重建過程之後，已經獲得了一個相對穩定的具有史多的同一性基礎的「思想的平臺」，那麼在任何一個全民族的文化運動都沒有徹底完成的現代中國，這一「思想的平臺」卻是極不穩定的，甚至可以懷疑它是否已經真正建立了起來。現代中國文化的「格局」大於西方，但也因此就格外地複雜和混沌。

這就是我們今天試圖用某一個同一的觀念標準來解釋現代中國時所不得不而對的現實，正因為這樣，我們就有足夠的理由質疑那些如「現代性」批評話語一樣的對於中國歷史的簡捷概括了。

對於現代中國文化與現代中國文學的把握還必須再回到「中國」裏去，深入體會我們自己的境遇，不斷破除「語言飄忽物」的阻礙，「再正名」，再「命名」，然後方有我們可靠的「現代性」發現。

第三章　比較：
中國「反現代性」思潮的國際背景

在「現代性批評話語」之於中國現代文學與現代文化的重估聲浪當中，最根本的動力便在於一種可以被稱作是「反現代性」的國際性的思想文化思潮，這一思潮又聯繫著二十世紀以來的保守主義趨向。那麼，在這樣的國際背景中，中國的「反現代性」還給人什麼樣的啟發呢？

90 年代以「後現代」的輸入和傳揚為契機，中國忽然「發現」了保守主義的價值。一方面，在中國後現代主義的攻擊之下，從近代到五四一直到 80 年代的由啟蒙所開闢的「現代性」追求似乎已經千瘡百孔，衰勢畢現；另一方面，中國後現代主義的對於現代歷史的質疑及其文化民族主義立場又鼓勵我們「重新」發掘了自近代以來的中國保守主義思潮，從國粹派、學衡派到新儒家，我們彷彿真可以理直氣壯地將這些曾經灰頭土臉的文化流派歸結到「世界意義的保守主義趨向」中去了，在「世界」圖景的光彩裏，我們所有「保守」都揚了眉吐了氣，它們不僅不意味著「封建」、「落後」，而且代表著中國乃至世界意義的睿智與遠識。中國保守主義命運的這一戲劇性的變化和「後現代」的「反現代性」一起，催促著我們從一個新的角度，亦即在一個更大的世界的範圍內來思考和研究它們的相關問題，現在，我們必須追問的是，包括 90 年代的「後現代」和現代歷史上的種種「保守主義」，它們究竟在何種意義上可以被稱作是「世界的」？一個曾經自我封閉於外部世界的民族的「保守」，與這個世界的其他部分有什麼不同？

第一節　保守主義：從中國到西方？

今天，我們在如下問題上大體已經達成了認同：作為「主義」的保守追求有別於人類久遠以來就存在的的那種戀舊懼新的「天然傾向」，它來自於西方學人對於自身歷史的自覺的反省。首先，它在近代宗教改革中初步顯示了自己的存在，「在宗教改革之前，要在政治上識別守舊傾向是不可能的，這不是因為當時沒有那種傾向，而是因為除此以外沒有別的傾向了。」[1]但此時人們自覺追求的是改革的激進，所謂的「保守」不過是改革活動的反襯面而已；真正的「主義」的自覺肇始於英國政論家柏克對於「激進」的法國大革命的反思。正如休・塞西爾所說：「『保守主義』的出現歸因於法國大革命。」「由於法國大革命及其原則的影響，英國的全部政治活動就被分為兩個部分；那些斷然反對革命運動的人在政治上形成了我們現在所說的保守黨。」「柏克成為闡明『保守主義』的第一個、也許是最偉大的大師，他以非凡的修辭才能傾寫出反對革命信仰的篇章，賦予『保守主義』運動以哲學信條的尊嚴和宗教十字軍的熱情。」[2]在 19 世紀和 20 世紀的，保守主義代表了西方社會意識形態的最基本組成和最典型的文化取向之一。

在數千年的封建歷史中，中國始終保持了專制主義的政治形態和大一統的文化格局，自先秦「百家爭鳴」的繁盛終結於「獨尊儒術」之後，中國從此失去了各種「主義」、「思潮」交相運動的熱烈景象。所有的政治都是維護專制權威的政治和爭奪個人權利的政治，所有的文化學說都只是對於既有的經典的學習心得，儘管在我們的政治史上，也曾有過改革與反對改革的爭論，但這些爭論在很大的程度上已經淹沒在現實利益與權利爭奪的硝煙之中了，真正作為思想文化追求的「主義」的保守，我們卻並沒有看到。這也正像是休・塞西爾所說

---

[1] 休・塞西爾：《保守主義》13、14 頁，商務印書館 1986 年版。
[2] 休・塞西爾：《保守主義》24、25 頁，商務印書館 1986 年版。

的那樣，在一個隻存在一種思想傾向的時代，實質上是什麼傾向也不存在了。

我以為，正是在中國社會文化發展的角度上，貫穿於 20 世紀始終的這些「保守」，才真正具有了「世界」的意義。因為，從世紀之初的國粹派、學衡派到世紀之末的中國「後現代」，它們所有的思想都掙脫了對於現實政治權利的依附，沒有一個思想者是為了自己的現實政治權利在利用文化，20 世紀的中國知識份子文化已經開始在與政權形態的分離中尋找自己的獨立價值，傳統文化的大一統格局已經破裂，作為知識份子自己的不同追求，各種不同「主義」的保守得以生長。國粹派、學衡派到世紀之末的中國「後現代」，在這些中國思想者的知識結構當中，相當部分都屬於西方最新的思想文化的各種因素，「1920 年出現的『國粹主義勃興的局面』，是敏感地接受了歐美的超近代、反理知、反科學萬能主義的思潮。」[3]現代新儒學的第一代思想家如梁漱溟、熊十力都接受了柏格森生命哲學的影響，第二代思想家如唐君毅、牟宗三、徐復觀和張君勱等人接受了康德哲學與黑格爾哲學的影響，學衡派與 90 年代的「後現代」更是在現代學院中接受了系統的西方文化教育。他們都不再將最古老的經典所代表同時也是現實政權所尊重的權利作為自己的天然合法性，而是在新的知識文化的動向中尋找支持。這也說明，世易時移，給這些中國思想者精神力量的已經不再是人在權利結構中的地位，而是世界性的文化知識的發展。

不僅如此，20 世紀中國的保守主義追求本身還往往直接承襲了西方相關的種種文化潮流，特別是學衡派和 90 年代的中國「後現代」，在這一方面表現得尤為明顯。

正如學衡派主帥吳宓所說：「宓所資感發及奮鬥之力量，實來自西方。」[4]學衡派的力量就來自於白璧德的新人文主義——一種西方 20 世

3　森紀子：《二十年代中國的「國粹主義」和歐化風潮》，見《東西方文化交融的道路與選擇》233 頁，四川人民出版社。

4　吳宓：《吳宓詩集》卷末《空軒詩話》，中華書局 1935 年版。

紀的保守主義思潮。白璧德通過對於人文主義（Humanism）與人道主義（Humanitarianism）的甄別，突出了人文主義的「新」的內涵：理性、紀律與道德，從而與文藝復興以來的所謂「功利與情感主義」的人道主義傳統劃清了界限，也由此完成了對於「現代性」追求的懷疑和批判。關於新人文主義的述評佔據了《學衡》雜誌世界文化介紹欄目的將近1/3，白璧德的一系列價值觀念包括對於東方文明、中國文明的期許都在學衡派同人那裏獲得了最充分的呈現。「在許多基本觀念及見解上，美國的新人文主義運動乃是中國人文主義運動的思想泉源及動力。」[5]

90 年代的中國「後現代」更是與西方的後現代主義思潮建立著密切的聯繫。從某種意義上說，沒有西方後現代主義思潮的引進，就沒有中國學者所津津樂道的什麼「後現代性」，包括它對於現代性的批判，甚至也包括這一名詞概念本身。西方「後現代」時代的主要思想資源如後殖民主義理論、第三世界理論、文化帝國主義理論、東方主義理論、知識—權力理論、解構主義等等是中國的後現代論者用以批評中國啟蒙的「現代性」的主要武器。西方當代思想家哈貝馬斯甚至就將消解現代性敘事模式的解構主義稱為「青年保守主義」。

恐怕正是在這些意義上，我們可以確定 20 世紀中國保守主義的世界性。

第二節　保守主義：民族主義的選擇？

然而，辨認 20 世紀中國保守主義與給予它們影響的世界其他思潮之間的聯繫這僅僅是我們問題的初步，現在更重要的事實在於，

[5] 梅光迪：《梅光迪文錄》26 頁，轉引自樂黛雲《世界文化對話中的中國現代保守主義》，收入《第一屆吳宓學術討論會論文選集》，陝西人民教育出版社 1992 年版。

我們自己的保守主義與西方世界的相關思潮仍然有著十分明顯的不同。

我們注意到，對於西方世界的種種思潮而言，無論它是古典的還是現代的，也無論它是激進主義、是自由主義還是保守主義，貫穿於其中的一個重要趨向就是對於自身文化的質疑與批判。影響過中國第二代新儒家的康德哲學與黑格爾哲學最終完成了對於中世紀哲學體系的徹底否定，「人為萬物立法」這一嶄新的「現代性」原則賦予了它們全新的思想體系，影響過新儒學第一代思想家的生命哲學是在質疑和批判現代文明的物質主義與「理性萬能」的基礎上發展起來的，影響過學衡派的白壁德新人文主義是對於西方文藝復興以來科學與民主潮流的一種反撥，白壁德「認為十六世紀以來，培根創始的科學主義發展為視人為物、泯沒人性、急功近利的功利主義；十八世紀盧梭提倡的泛情主義演變為放縱不羈的浪漫主義和不加選擇的人道主義。這兩種傾向蔓延擴張，使人類愈來愈失去自製能力和精神中心，只知追求物欲而無暇顧及內心道德修養。」[6]至於「後現代」時代的種種西方思潮，更是以對於「現代性」傳統的大膽懷疑、否定和反叛而著稱，後現代主義就是要擊毀現代社會已經確立的一切信念的價值標準，作為後現代主義哲學基礎的解構主義，則以披露語言與意義之間的游移關係的方式宣佈了一個重要的現實：西方文化傳統中所倚重所信仰的一切「思想」、「原則」、「真理」和制度都面臨著空前的挑戰和懷疑。正如伊格爾頓所分析的那樣：「後結構主義無力動搖國家政權的結構，於是轉而在顛覆語言的結構當中尋得可能的代替。」[7]雖然哈貝馬斯將解構主義也不無爭議地稱為「保守主義」，但至少我們可以知道，在西方思想的發展中，「保守」並非就是一味的退縮與維持現狀，它本身也是對於社會文化的一種犀利的批判，本身也充滿了「反傳統」的銳氣和力量。

6　樂黛雲：《世界文化對話中的中國現代保守主義》，《第一屆吳宓學術討論會論文選集》257、258 頁，陝西人民教育出版社 1992 年版。

7　轉引自張隆溪《二十世紀西方文論述評》168 頁，三聯書店 198 年版。

也就是說，即便是保守主義，它在西方思想史上的出現也有一個「傳統」的對立面，它本身就是作為對於這一業已形成的「傳統」的對立面而存在的，在對於自身傳統的挑戰和批判方面，保守也是一種獨立的理想，一種新銳的個性，一種推動歷史發展的力量，從 17 世紀的新古典主義到 18 世紀的英國保守主義，從 20 世紀初年的白璧德新人文主義到二次大戰之後哈貝馬斯所謂的青年保守主義，在法國、英國與美國，所有的可以被稱為「保守主義」的思潮其實它們的內涵都有著很大的差異，中國的學者似乎更願意為這些「保守」尋找到一處共同的歸宿（比如對於古典文化、對於道德的態度等等），從而確立關於「世界保守主義」發展的「共同規律」，然而事實是，古希臘羅馬所代表的「古典」早已經成了西方人包羅萬象的「美夢」，在不同的時代和不同的國度，人們都擁有各自不同的「古典」，至於「道德」，從古希臘將「智慧」列為「道德」之首到「後現代」時代無所顧及的叛逆精神，這裏該有多少驚人的變化，當然更與中國人所理解的千年不變的人倫準則判若雲泥。特別是在被哈貝馬斯稱作「青年保守主義」的解構主義那裏，任何「古典」的因素都無從尋找了。一句話，從總體上看，與其說保守主義在西方是某一古老理想與原則持續釋放的結果，還不如說是不同的知識份子在各自掙脫業已形成的「傳統」之時不同理想與不同個體選擇的產物，雖然他們掙脫傳統壓力的方式與激進主義、自由主義有別，但畢竟是他們個人的獨立思考與獨立的文化理想的表達，他們不必也不曾為某一個固定不變的歷史文化模式而「保守」。

但情況到了現代中國卻有了不同。與上述西方的保守方式大相徑庭的是，中國林林種種的保守主義基本都保持了對於中國文化「傳統」的由衷的依戀，而且其所闡發所宏揚所據守的「古典」理想也有著太多的相似！

從國粹派、學衡派到現代新儒家，其所進行的批判活動並不是業已形成的什麼中國的「傳統」，而是在他們看來的正在發生著的「西化」

傾向，他們所擔憂的與其說是現代中國文化（包括現代中國文學）發展的諸多實際，還不如說是一種內心理想在西方文化衝擊下的失落，就這樣，西方的與外來的尚未在中國形成「氣候」的文化成了他們批判的對象，而業已形成的中國自己的「傳統」倒成了他們捍衛和維護的對象！90 年代的中國「後現代」似乎是質疑著現代中國已經形成了的啟蒙的「現代性」傳統，但其實他們對於這一中國的「現代性」傳統也缺少真正的細緻分析，他們所批判的若干現代性特徵更像是從西方「同行」的現代性批評中移植過來的。在這裏，引發中國「後現代」論者火力的同樣也是現代中國所表現出的對於西方現代性的認同——一種為國粹派、學衡派和現代新儒家都擔心不已的「西化」傾向。而且，無論是國粹派、學衡派還是現代新儒家、中國後現代主義，他們雖然出現在不同的歷史時段，擁有不同的學術教養，其所遭遇的社會文化現實也大有差異，但是卻都是維護著一種共同的信念，即對於古老的中國文化的人生理想與道德模式的信仰。可以說，正是這一份恒久不變的執著的緬懷和眷念，給他們的「反現代性」追求以持續的支持。換句話說，現代中國無論有多少的保守主義派別，總是可以在古老的中國文化理想中找到最終的理想統一，是中國古老傳統這一個繞不開的「結」規定了它們統一的心態、思維與價值準則。

在這個意義上，中國的保守主義必然同時也是民族主義的。在批判「西化」的現代性之時，他們必然高高舉起文化民族主義的旗幟。美國學者本傑明・史華慈在對比中西保守主義思潮時指出：「在中國環境下，保守主義改頭換面了。首先，人們將驚奇地發現，中國的民族主義成分居主導地位。」[8]

[8] 本傑明・史華慈：《論五四前後的文化保守主義》，見《五四：文化的闡釋與評價》158 頁，山西人民出版社 1989 年版。

在西方，由於保守主義就是知識份子從生存感受出發對於自身文化傳統阻力的一種反抗方式，所以這裏不是要維護自己的民族傳統而恰恰是對於傳統的抗擊和批判，它們的苛刻是指向自我的，它們所要挑剔的本來也不是外來的文化，相反，其他民族的文化往往還會成為它們「遠距離」欣賞、想像和用以自我批判的武器。西方的反現代性追求即便「保守」也並不同時就具有民族主義特質。在這方面，對於20世紀中國影響較大的新人文主義與後殖民主義就是最好的例子。白璧德在批評西方文明的同時褒揚了東方文化特別是中國儒家文化中的人文主義精神，他說：「儒家的人文主義傳統是中國文化的精華，也是謀求東西文化融合、建立世界性新文化的基礎」，「十九世紀之一大可悲者即其未能造成一最完美之國際主義，造成一人文的國際主義，以中華禮讓之道，聯世界成一體。」[9]後殖民主義理論所抨擊的也是存在於西方國家那裏的一種文化霸權，詹姆遜作為第一世界的批評家，他所痛心的卻是自己世界對於第三世界的文化擠壓，他孜孜以求的是第三世界如何應對第一世界文化侵略的問題。

此外，我們還應該看到，在西方，對於現代性的質疑和批判也不都屬於「保守主義」的思想陣營，比如後現代主義中的許多傾向都是相當激進的，相對於現代主義而言，後現代主義以自己更極端的形式，打破一切，進行價值的重估，後現代文化就是一種「走極端」的文化。在後殖民主義理論中，其奠基人之一的法農甚至還是暴力革命的支持者，他認為：「只有暴力，只有那些由人民所運用，並且由一些人民的領導者組織和宣傳的暴力，才會使得群眾理解社會真理，並給他們以真理的鑰匙。」[10]像哈貝馬斯將解構主義也稱為「保守主義」，這本身就存在很大的爭議。

[9] 胡先驌譯：《白壁德中西人文教育說》，《學衡》第3期。

[10] 轉引自王嶽川《後殖民主義與新歷史主義文論》18頁，山東教育出版社1999年出版。

第三節　保守主義：理論還是實踐？

在中國的保守主義與西方的保守主義之間，還存在著一個極其重要的背景的差異，即西方保守主義思潮是在人類文明發展的一系列基本共識已經達成的前提下發展起來的，這些共識——對於人的個體自由及其他基本權利的肯定和尊重——使得保守主義所「保守」的目標天然地就是以個人的自由發展為基礎，「人類要保守『自由』作為人這個物種中最美好的東西，就要珍視作為過去的智慧之凝聚的傳統。保守主義保守有價值的傳統，保守自由的傳統，非為傳統而守傳統。」[11] 這一「理直氣壯」的基礎賦予了保守主義穩定的文化追求與強勁的歷史力量，同時也有利於它與激進主義、自由主義等文化取向在相互爭論中完成更大意義的社會文化的互補與協調，因為，對於人的個體自由及其他基本權利的肯定和尊重，這就是西方文化發展諸種取向的共識。正如美國學者本傑明・史華慈所說：「保守主義作為一種自覺的理論，是以三位一體——保守主義、自由主義、激進主義——之不可分割的整體而出現的。我認為，這三範疇共生的事實有力地證明，它們是在一個共同的觀念框架中運作，而這些觀念產生於歐洲歷史的特定時期。」[12]相反，20 世紀中國文化的發展卻沒有能夠通過一場全民族的廣泛而深入的「文藝復興」運動中建立這樣共識的。於是，恰恰是在社會文化發展的一系列最基本的問題上，我們的保守主義不僅很難與激進主義、自由主義構成有效的互補與協調，而且就是保守主義自己也失去了反映現代社會發展基本要求的能力。

中國保守主義的理論表述，就生動地體現了這種無法包含現代社會基本發展要求所造成的自我含混與悖謬。從國粹派、學衡派、現代新儒家到世紀之末的「後現代」，他們都不再認為自己是一個單純的傳

[11] 劉軍寧：《保守主義》13 頁，中國社會科學出版社 1998 年版。

[12] 本傑明・史華慈：《論五四前後的文化保守主義》，見《五四：文化的闡釋與評價》150 頁，山西人民出版社 1989 年版。

統文化的承受者，相反，他們在不同的程度上都力圖強調自己對於「西學」的熟悉和把握，他們顯然都更願意被人們視作是「學貫中西」的代表，他們對於中國傳統文化維護和宏揚是包含在一系列恢弘浩大的「中西文化相交融」的理想當中的。學衡派認為「中國之文化以孔教為中樞，以佛教為輔翼；西洋之文化以希臘羅馬之文章哲理與耶教融合孕育而成。今欲造成新文化，則宜於以上所言之四者為首當著重研究，方為正道。」[13]具體來說，就是要「宜博採東西，並覽古今，然後折衷而歸一之。」[14]因為，他們確信：「東西文化，殊途同歸」，「古今事無殊，東西跡豈兩」。90 年代的中國後現代主義提出了探尋「中華性」的「新的知識型」目標，在他們的理想之中，「中華性具有一種容納萬有的胸懷，它嚴肅地直面各種現實問題，開放地探索最優發展道路。對任何事物，無論是物質領域還是精神領域，不問社與資，不管西與東，無論新與舊，只看利與弊。有利的就拿來，就繼承，有弊的就懸擱就拒斥。」[15]這些中西文化交融的理想無疑都具有理論的「全面性」，也相當的激動人心，然而，當他們試圖作這樣「不問社與資，不管西與東，無論新與舊」的一網打盡時，卻忽略了一個極其重要的問題，即這些不同時代與不同地域不同範疇的東西恐怕還缺少一個共同的認識基礎，中國傳統文化與文藝復興以後的西方文化對於「人」的基本理解就存在很大的差異，對於人的個體自由及其他基本權利的肯定和尊重這並沒有成為「東西古今」的「共識」，就在現代文化發展的這一最基本的問題上，我們很難說就是「東西文化，殊途同歸」，「古今事無殊，東西跡豈兩」的，我們需要在重新確立人的自由權利的基礎上發展現代文化，也很難「不問」、「不管」和「無論」。當我們試圖作這樣的不加分別的中西融合時，其實就是將這些文化思想中本來就

[13] 吳宓：《論新文化運動》，《學衡》4 期。

[14] 吳宓：《吳宓詩集》卷末《滄桑豔傳奇序言》，中華書局 1935 年版。

[15] 張法、張頤武、王一川：《從「現代性」到「中華性」——新知識型的探尋》，《文藝爭鳴》1994 年 2 期。

存在矛盾和裂隙毫無意識地納入到了我們自己的追求中，於是，其他「東西古今」的客觀矛盾都通通內化成為了我們自己的主觀矛盾。80年代中期，王富仁先生曾在分析過近現代以來廣有影響的這種「中西融合」理想，他指出：「這種中西文化融合心態的建構基礎，便是中華民族自身發展的現實需要。但這種需要，並不是極其容易判斷的，特別是對於帶有高度抽象性和多方面資訊職能的精神形態的文化成果。」「在中外文化的這種融合中，有些以西方文化為基礎吸收傳統文化的有關因素，有些則以傳統文化為基礎吸收外國文化的有關因素，有些則兩種情況都有，這有可能豐富、發展中外兩種文化，但同時又可能給中外各種文化成果、特別是精神形態的文化成果帶來不明確性、模糊性或者蝕化了它們的實際內容。」「總之，儘管中西融合的文化心態在理論主張上帶有全面、正確、有利於人們接受的特徵，但它自身的矛盾性也是無法依靠自己的力量加以克服的。」[16]從學衡派到「後現代」，我們都一再認同著這樣的「中西融合」理想，也因此同其他「吸取精華、去其糟粕」的正確學說一樣，一再陷入到內在理路的含混與矛盾當中，最終，我們所獲得的也只有一種理論意義的「全面」與「正確」。

西方思想的歷史表明，「保守主義的一個重大特色就是輕視抽象的理論，注重實際和經驗。」[17]有趣的在於，我們中國20世紀的所有保守主義都恰恰相反，它們所追求的往往不是對於中國現實的精細觀察和實際體驗，而是一種理論的完善和全面，倒是被它們經常指責為「激進主義」的許多啟蒙思想家較多地道出了現代中國生存的諸多事實，也更加明確更加堅定地建構著現代人的「自由」與「尊嚴」，在傳達中國人的實際體驗與捍衛人的「自由」這一「基本平臺」上，我們常常只看到了那些所謂的「激進主義」的孤獨的身影，保守主義令人遺憾

---

[16] 王富仁：《兩種平衡、三類心態，構成了中國近現代文化不斷運演的動態過程》，《東西方文化研究》第5輯，河南人民出版社1986年版。

[17] 劉軍寧：《保守主義》3頁，中國社會科學出版社1998年版。

地「缺席」了！正如有學者所說：「在大多數沒有自由傳統的社會，傳統的保守主義就碰到了一些棘手的難題。傳統的保守主義不能回答這樣一個問題：如何改造一個土崩瓦解的專制社會？」人們甚至據此認為：「中國近現代的『保守主義』其實是守舊思想，而根本不是保守主義。」[18]

中國保守主義這種立足於理論而脫離於現實的特徵大大降低了它們作為現代思想組成部分所應有的力量。當年學衡派對於五四新文化派的批評就常常給人空洞無力之感，同樣，90 年代人們對於中國啟蒙文化的批評和對於 21 世紀中國文化主宰世界的預言也顯得那樣的虛無縹緲。

但有趣的還在於，在整個 20 世紀中國的文化保守主義追求中，能夠公開地理直氣壯地以「保守」自居，承認和捍衛「保守」的學人也並不多見，這倒與我們時時可見的那些「保守」的傾向形成了鮮明的對比。直到 90 年代中期，面對由趙毅衡、徐賁提出的「中國新保守主義」的定位，許多「思潮中人」都明確表示了拒絕，[19]這是不是表明，世紀之交的中國學者其實還是缺乏對於作為「主義」的保守的信心，並且還還沒有作好在一個共同的現代思想的平面上發掘自己，闡發自己，與其他思想流派形成有力對話的準備。

---

[18] 劉軍寧：《保守主義》196、256 頁，中國社會科學出版社 1998 年版。

[19] 參閱趙毅衡《「後學」與中國新保守主義》、徐賁《第三世界批評在當今中國的處境》（均載香港《二十一世紀》1995 年 2 月號），鄭敏《何謂「大陸新保守主義」》（收入李世濤主編《知識份子立場：激進與保守之間的動盪》，時代文藝出版社 2000 年版）、張頤武《批評的轉型》（收入《從現代性到後現代性》，廣西教育出版社 1997 年版）等。

第四章　考古：中國「反現代性」的歷史淵源

中國後現代主義的聲名鵲起與學衡派等保守主義的「昭雪平反」是 90 年代中國思想文化發展中的引人注目的事件。從一開始，這兩大思想文化現象就具有了跨越時空的重要的溝通與聯繫：以質疑和批判 80 年代的「現代性」啟蒙為目標的中國後現代主義找到了半個多世紀之前的理論「先驅」，而學衡派當年對於五四啟蒙文化的質疑也在半個多世紀以後找到了自己的「回應」。這樣的溝通與聯繫也啟發我們從歷史發展的視角中來思考中國的「現代性」問題與「反現代性」的問題，因為，如此貫穿始終的「現代性」質疑顯然生動地反映了 20 世紀中國文化人面對「現代」的某種典型心態，在歷史運動的「變」與「常」裏，我們的問題本身有可能獲得更深入的理解。

第一節　反現代性：從學衡派到「後現代」

反現代與反西方

中國的後現代主義是在 80 年代的文化啟蒙運動遭受強大的政治阻擊之後出現的，同樣當 1922 年《學衡》創刊、學衡派以一個獨立的思想文化派別出現在中國的時刻，五四新文化運動高潮已過，白話文為國內重要報章所接受且已經由教育部欽定為基礎教育語言，參與五四啟蒙的思想家們正在醞釀著 20 世紀中國知識份子的第一次大規模的「分化」與「重組」。可以這樣認為，沒有 80 年代那場轟轟烈烈的思想啟蒙運動所構建的社會改革、思想解放，就不可能有西方「後現代」思想的自由引入，沒有從近代到五四的思想啟蒙所開創的新的人文環境，留學美國的學衡派同人也不可能在白璧德主義的支持下，同五四新文化派展開「自由的論辨」，這些事實都說明了一個重要的問題：即無論是 20 世紀早期的學衡派還是末期的「後現代」都不得不「承襲」著較多的啟蒙文化，他們的「反現代性」只能在啟蒙所開闢的「現代性」的生存空間中進行，中國啟蒙文化所提出、所面對的「現代」發展的基本問題同樣為「反現代性」的思想家們所擁有，其理解和解決問題的方式也自然會呈現出諸多的相互影響。

在中國「反現代性」的追求中，這樣「啟蒙」與「反啟蒙」、「現代性」與「反現代性」的交互影響，讓種種的質疑與批判都陷入到自相矛盾的理論悖謬當中。

一方面，一個十分明顯的事實是，學衡派與「後現代」都表現出了鮮明的文化民族主義特徵。學衡派痛感於五四的「歐化」之偏，決心在「闡求真理」中「昌明國粹」。在他們看來，「吾國數千年來，以地理關係，凡其鄰近，皆文化程度遠遜於我。故孤行創造，不求外助，以成燦爛偉大之文化。先民之才智魄力，乃吾文化史上千載一時之遭遇，國人所當歡舞慶幸者也。然吾之文化既如此，必有可發揚光大，久遠不可磨滅者在，非如菲律賓、夏威夷之島民，美國之黑人，本無文化可言，遂取他人文化以代之，其事至簡也。」[1]90 年代的中國後現代主義者也宣稱要在對「現代性」的質疑中尋找「民族文化定位的新可能」，從而「悉心關切民族文化特徵和獨特的文明的延展和轉化。」[2]

---

1 梅光迪：《評提倡新文化者》，《學衡》1 期。

2 張法、張頤武、王一川：《從「現代性」到「中華性」》，《文藝爭鳴》1994 年 4 期。

但是，在另一方面，我們注意到，支持著這些民族主義取向的恰恰並不是中國傳統的什麼文化理論，而是在當時看來十分新鮮的西方思想學說。在學衡派那裏，是 20 世紀剛剛出現的白璧德新人文主義，在 90 年代，則是比現代主義還要新銳的後現代主義，特別是後殖民主義、第三世界理論和東方主義。我們知道，從西方新近的思想動向中獲取支持，這正是 20 世紀中國思想文化發展中的典型現象，理當被作為西方文化殖民的「現代性」的重要表現，也就是說，屬於學衡派尤其是 90 年代的中國後現代主義批判、反思的對象！

難道我們的「反現代性」也落入了「現代性」的巨大陷阱？

我們進一步獲知的事實是，不僅「反現代性」的民族主義立場仍然在尋求著西方文化的支持，依然沒有擺脫其所批判的「現代性」的思想資源，而且在更具實質意義的思維方式上，它們也落入到了其批判物件的一方，例如「進化論」的歷史觀和二元對立的思維方式。

眾所周知，「進化論」的歷史觀和二元對立的思維方式這正是「反現代性」思想之於「現代性」的尖銳的抨擊。中國後現代主義批判了我們從五四到 80 年代的「線性歷史觀」，質疑了那種習見的傳統／現代、舊文學／新文學、中國／西方的思想方式，在 90 年代，這些質疑和批判幾乎就成了中國的後現代主義者們最引以自豪的成果，正是沿著這些成果的思路，人們才反過來發現了半個多世紀以前的學衡派，發現了他們作為進化論與新舊二元對立論批判「先聲」的可貴之處。然而，今天的問題在於，如果我們真正仔細勘探從學衡派到「後現代」的內在思路，我們得出的結論卻是：無論是哪一派別都沒有克服歷史進化論的潛在影響，無論哪一種追求都依然籠罩在二元對立的思維模式當中。正如一些當代學人所指出的那樣：「後現代主義在消解了主體、歷史、意義之後，在一個懸浮的時間神話中以『新陳代謝』、『前仆後繼』的方式來創造自己時代霸主的地位。」[3]「用現代性／傳統性

---

[3] 曠新年：《現代文學與現代性》26 頁，上海遠東出版社 1998 年。

或西方／中國這樣的二元對立來言說中國歷史的方式，乃典型的西方現代性話語，因而它根本無助於消解、相反卻複製著它所批評的二元對立或現代性。」[4]半個多世紀以前的學衡派也並沒有在「無偏無黨」、「不激不隨」的口號中真正體現出對於多元化的包容，相反，在他們「輸入歐美之真文化」的自詡中，五四新文化派的其他文化取向都通通被冠上了「偏頗」之名，殊不知，這真／假、全面／偏頗的二元對立恰恰是最大程度地排斥了其他豐富的文化遺產，最後，我們獲得的僅僅是有關白璧德新人文主義的極其有限的知識而已，在學衡派主帥吳宓的那裏，構成其人生與宇宙理論基礎的正是古典主義的「二元論」，吳宓認為：「人與宇宙，皆為二元」，「凡人不信人或宇宙為二元者，其立說必一偏而有弊。」[5]

看起來，在西方最新思想學說的結論中尋覓中國文化的發展方向，又暗暗信奉著以「新」、以「先進」為基礎的進化論，並自覺不自覺地將自己所掌握的理論作為真理與他人相對立，這已經成了包括「反現代性」思想流派在內的眾多現代文化人的基本理念。所不同的在於，由於我們的學衡派和「後現代」都同時恪守著鮮明的文化民族主義立場，所以最終是他們陷入了自相矛盾的思想悖謬當中。

這種文化立場與思想方式的深刻悖謬其實正反映了近現代以來中國知識份子精神世界裏所橫亙著的兩重矛盾：由近現代中國政治軍事危機所激發出的強烈的民族自衛意識，以及由爭取個體生存發展權利與自由所產生的同樣強烈的文化革新意識，這兩者原本可以出現更多的溝通和協調（就像我們今天的主流意識形態所竭力宣傳的那樣），但問題卻在於我們向來缺乏全民族共同的精神信仰與生存理念，每一個個體都很少從內心深處體會和意識到自我與他人、個體與民族的真實聯繫，「一盤散沙」的現實不時將中國人的「民族自衛意識」與「文化革新意識」

[4] 陶東風：《從呼喚現代化到反思現代性》，《二十一世紀》1999年6月號。
[5] 吳宓：《文學與人生》77頁。北京：清華大學出版社1993年。

劃分開來，當我們痛感於鴉片戰爭以後的民族衰亡，決意強調民族主義的價值，就常常同時強調個人對於群體的服從，從而將民族與自我割裂了，當我們突出個人的需要，又常常體會到了來自群體的阻力，從而又將個性解放的道路置於反抗群體的方向，所謂「任個人而排眾數」。[6]

在這個意義上我們來看所謂的「文化民族主義」，在現代中國文化發展的意義上，這一名目本身就暗含著相當深刻的自我矛盾，在某種意義上說，它是將本來就存在的那兩種意識的矛盾大大地加深了，而且更加的「內在化」了。「民族主義」表達的是我們對於群體政治軍事危機的極大的憂患，而「文化」所包含的又往往是自我發展對於現實的改革訴求。「文化」讓我們視野開闊，誘惑我們不斷參照西方的生存優勢來返觀自己，從而在客觀上常常不能擺脫西方經驗的持續進入，而「民族主義」則格外警惕外來的任何一種資訊，對於西方的欺凌和殖民保持了異常的敏銳，它總是借助於民族固有的文化賦予自己精神的支撐。在新文化的生存空間裏成長起來的「反現代性」的中國知識份子既產生了強烈的民族主義的衝動，卻又無法拒絕新文化的啟蒙和「現代性」生存的事實，因而他們的民族主義也就被納入到現代的「文化」的思考中，而非單純的政治目標的實現（所謂政治民族主義），但愈是這樣，他們就愈是將那些橫亙著的矛盾內化成了自我精神的一部分，從而形成了自我理念的巨大背謬！

反現代性與現代中國的生存狀況

陷學衡派、「後現代」於理論背謬的境地，這除了他們自我精神的矛盾而外，還有一個值得注意的原因，那就是這些所謂的「現代性」追求的反對派實際存在著對於現代中國狀況的深刻隔膜。

6　魯迅：《墳·文化偏至論》，《魯迅全集》1卷46頁，人民文學出版社1981年。

90 年代的中國後現代主義將近代至五四一直到 80 年代的啟蒙運動的歷史都一律視作西方文化的東方「殖民」的過程，視作現代知識份子聽命於帝國主義文化霸權，喪失了民族身份，自我「他者化」的過程。但是，這樣的一種歷史描述的方式，顯然與我們實際看到的中國歷史並不吻合，事實是，經由近代以來的多次文化啟蒙，在社會文明的「現代性」追求中，中國人的自我意識不是淪喪了而恰恰是被空前的激發了起來，他們的生命追求不是被壓抑了被扭曲了而恰恰是前所未有地蓬勃升騰了起來，「老中國的兒女」不是像過去那樣一味麻木地掙扎在生存的底線上，他們已經開始修復自己千年以來的精神奴役的創傷，探尋現代的「立人」理想，與此同時，我們的民族也不是因為有帝國主義的擠壓而卑躬屈膝、軟弱無力了，恰恰相反，中華民族真正的民族憂患意識正是隨著啟蒙一起誕生的，並且協同著「現代性」追求的展開而生長、發展。中國的古老文化傳統不是在過去而恰恰是在現代獲得了更加自覺的保護和更加科學更加廣泛更加有效地闡釋、研究，為數眾多的現代中國知識份子不是成為了帝國主義文化的卑曲的「譯員」，他們同樣以獨立不依的主體精神批評、考辯和選擇著所有的外來文化，並且同時也成了中國傳統文化的稱職的整理者、研究者和宏揚者。無數的中國知識份子絕不是按照西方人的願望和要求來設計現代中國的文化發展，他們魂牽夢縈、念茲在茲的分明是現代中國人自己的生存和發展。對此，有學者曾深刻地指出：「也許五四時代的中國知識份子，尤其是魯迅最能代表非官方的西方主義，以當代西方理論的眼光看來，可以說魯迅完全襲取了賽義德所抨擊的那套東方主義的觀念和語彙。」「可是我相信，頭腦正常的人大概不會說魯迅是在為西方殖民主義或帝國主義張目，於西方當代理論無論有多少深厚修養的人，大概也不至於說魯迅膚淺，說他對待西方文化的態度是浮躁、盲目、非理性的。」「中國知識份子這樣做的目的不是為了證明西方文化的高明，而是想把中國由弱變強，不再受西方列強的欺侮。」[7]

就像中國的後現代主義指責「現代性」追求中的啟蒙知識份子「對待西方文化的態度浮躁、盲目而非理性」一樣，學衡派當年也曾以類似的語言攻擊五四新文化派，但問題的還不僅僅在於學衡派以自己「新人文主義」的「一偏」作為「西方文化之全體」去攻擊五四新文化派，[8]更加嚴重的還在於其實他們對於這撥啟蒙知識份子的所思所慮所作所為完全就缺乏必要的觀察和理解。閱讀學衡派同人當年對於五四新文化派的批評言論，我們就會發現，無論是在文化現象的分析還是文學作品的理解方面，他們都缺少最基本的耐心和起碼的同情，因而他們的議論常常都是一些與實際狀況無干的「架空了的理論自語」。[9]

就這樣，從學衡派到「後現代」，我們的「現代性」批判者們遠遠地離開了中國人的「現代」生存事實，他們把複雜的歷史進程簡化為一種外來的強勢文化的自由擴張過程，在現代中國，也就是西方文化的輸入過程，或者說是帝國主義文化對於中國的佔領、支配的過程。按照這樣的純粹的理論推演模式，似乎中國人在自身民族生存發展過程中的種種複雜的體驗、遭遇和要求都無關緊要了，彷彿現代的中國人不是按照自己的人生體驗在選擇自己的發展，而是按照遙遠的異國他鄉的思維在確定中國的一切，好象這個世界就只有一種不可改變的「現代性」模式，我們只有亦步亦趨地重複著人家的「現代性」而不會出現任何切合中國實際的「改變」，又現代中國人都喪失了起碼的主體創造意識，一切現代中國的事物都不過是外來文化的簡單複製。顯然，這樣的對於「現代性」問題的探討方式不僅不能反映出物件的豐富而完整內容，而且在根本上也無助於我們對於「問題」的真正發現——我們對於「反現代性」的批評並不是說現代中國的「現代性」過

7　張隆溪：《關於幾個時新題目》，《讀書》1994 年 5 期。
8　吳宓：《論新文化運動》，《學衡》4 期。
9　關於這方面的詳細論述請見本章第二節。

程就沒有值得質疑和批評的地方了，但現在的更為可怕的現實是，從學衡派到「後現代」，如此脫離實際的批評基本上就無法觸及到「現代性」所存在的真正的「問題」！

從學衡派到「後現代」，中國現代知識份子的理論話語脫離了中國的事實，這是一個發人深省的典型現象。其原因也許是多方面的，值得我們加以專題研究，但僅就知識份子的生存方式而言，我覺得有必要注意其共同的特點，那就是一種學院化的生存及其對於思維方式的重要影響。

學院是走出科舉的古代、進入現代人生的中國知識份子的新的生存空間之一。在政治決策、經濟管理等等現代社會的專業分工當中，學院的出現實際上是為社會提供了一個儲備、匯集、傳播知識和產生思想的獨立世界，廣大的知識份子以學院的虛擬的「獨立」為依託，專心於知識本身的種種活動。從本質上講，人類之所以需要這樣的知識，也是出於我們基本的生存與發展的現實，然而，接下來的問題卻是，一旦我們的學院制度建立起來，一旦我們學院的圍牆高高地將知識份子的視線阻擋在了學院之內，那麼學院的文化就可以在自己的軌道上運行和發展，我們的新近出現的學院派知識份子就有條件沉醉於自己的理論運動而不必再時時關注「外面世界」的萬千變化了，這就是學院派知識份子與學院派文化的天然具有的特點：既保持著自己理論自足的純粹，也的確呈現出了某些脫離開社會生存現實的偏頗。當然，沒有任何一個思想文化派別能夠對人生世界作出全面的把握，學院派作為現代文化中一個重要的派別無疑有著它獨立的價值。只是，在一個習慣於思想專制、缺少真正的多元意識的中國，學院派要作為現代文化的「一個」流派與其他文化追求平等存在，卻也遇到了不少的「問題」，至少，我們通常看到的事實就是：不是東風壓倒西風，就是西風壓倒東風。也就是說，不是其他外部社會上的文化派別實行對學院派的壓制，就是學院派以超越於一般社會意義的流派而以絕對的「真理」自居。在建國以後的很長的日子裏，我們幾乎就不承認學院派文化的價值，而在 90 年代以後，由於客觀政治環境的變化，一時間，又似乎出現了學院派文化復興甚至大有惟我獨尊之勢。半個多世紀以前的學衡派生活於學院，90 年代的「後現代」也多半出之於學院，他們對於現實社會的理解方式以及對於自我的估價方式，不也體現出了明顯的「學院」文化的偏頗嗎？

對於現代中國的「現代性」問題的探究，應當呼喚有更多的社會派的知識份子的進入，在社會派知識份子的實際人生體驗與學院派知識份子的學理考辯之間，應當出現更加積極的對話。

「思想的平臺」

顯然，就目前而言，這樣的多派別的積極對話還是不夠有效、不夠深入的。原因何在？我以為這就是我們在前一章裏所提及的那樣：現代中國文化諸種流派之間還缺少一些共同認可的理念，特別是由這些共同理念所建構起來的「思想的平臺」。

所謂「思想的平臺」，在我看來就應當是一個民族文化發展所必須存在的共同的思想的基礎，它包含了一系列共同的思想準則、信仰認同乃至最基本的語言概念。這並不是說一個民族所有的成員都必須認同於一種思想，而是說在所有豐富的思想個性的「底部」，還存在一些把彼此共同連接起來以有效對話的重要原則。在西方文化當中，中世紀的存在實際上已經為西方人建立了十分深厚的共同信仰的基點，在以後，即便你要否定和批判這樣的信仰，也必然是以這一信仰的基本概念為對話的起點，尼采要打倒的只能是「上帝」而不是什麼別的東西。文藝復興以後，西方人又在古老的古希臘羅馬文化的啟發下為自己的找到了「現代性」追求的人文主義觀念，在整個西方世界的範圍之內，隨著文藝復興運動的深入展開和普遍的被接受，這一人文主義的觀念便成為了西方文化的最基本的理念，連宗教改革都必須回答人文主義的挑戰，連以後所有的保守主義者都不得再懷疑人的最基本的權利和自由。從這個意義上看，我們就可以知道，西方現代文化的發展實際上就依託於這樣的「思想的平臺」，是這一「平臺」的存在造成了他們對話的健康和有效，是這一「平臺」的支撐給了他們真正的發展的活力，即使是彼此的論爭也構成了更大意義的補充和豐富，那些不同的思想學說不是因為彼此的差異和對立就陷入了無休無止的糾纏當中，他們恰恰還可以因為這樣的對分歧的爭論而獲得進一步發展自己動力和方向，最終，他們發展起來的社會文化就是多元化的，因為在最基本的「思想平臺」上，他們彼此能夠理解和接受有別於自己的其他「元」的存在，這樣的多元，便是充滿活力卻又並不紊亂的「多元」，相反，如果沒有這樣的「思想的平臺」，我們也就不可能出現真正的多元文化的繁榮。

我們的問題正在於缺少了這樣的基本「平臺」。在傳統中國，我們缺少個體宗教信仰的相通，但還是在「儒道互補」的人生模式中維持了最基本的生存理念的同一，這雖然可以說是一種頗為簡單的認同模式，但借助於政權專制之上的思想專制依然有效地扼殺和排除了那些思想的歧義，雖說我們的人生理念不夠多樣和豐富，但也維持了一個農業社會對於社會文化存在的樸素的需要。

然而，在中國進入近現代社會之後，這一問題卻變得複雜多了。

一方面，由於科舉制度的廢除，中國知識份子所習慣的那種讀書——做官、入仕——出仕的人生道路就此結束，仕與隱的問題不再是現代中國人的基本問題，因此，傳統的由「儒道互補」的人生模式所構成的樸素的社會思想「平臺」面臨著崩潰的危險。與此同時，現代社會既並沒有為中國大眾提供新的足以統攝靈魂的宗教信仰，也沒有能夠通過一個成功的全民族的文化運動（像文藝復興那樣）使得某一種引進的西方文化成為全民族共同認可的思想基礎，現代中國的知識份子也在不斷的繼承、不斷的創造，不斷地應付當代生活中發生的一切，但好像種種的努力並沒有讓我們更加緊密地聯繫在一起，愈是學科與專業分工的細緻化，我們的愈好像被分割在了不同的文化板塊之中，彼此的精神差異也越大：在政治家、經濟家、軍事家、教育家與文學家之間，在普通工人、農民、商人、職員與知識份子之間，在留學生與本土學生之間，在不同國度的歸國留學生之間（如英美與日俄），在農村居民與城市居民之間，在發達城市與欠發達的鄉鎮之間，在東西南北不同的地域之間，在國統區與解放區之間，在大陸、臺灣與香港澳門之間，在不同的政黨之間，彼此都擁有很不相同的人生與社會的信念。西方的思想被引進了，但我們卻無法同時獲得他們的「思想的平臺」，所以這些思想只呈現了其分歧、對立、衝突的一面；現代中國的人生我們體驗了，但缺乏彼此精神聯繫、常常單憑個人私利指引的我們在事實上更少溝通的可能；傳統文化「儒道互補」的精神紐帶崩斷了，「豐富」的傳統以紛亂的個體存在的方式撒向現代知識份子，儒、道、釋、法……這樣的「豐富」為不同的人在不同的境遇中使用，再一次地加強了我們在整體上的精神迷亂。

並且，值得注意的還在於，隨著中國現代社會的持續發展，這樣缺少「思想平臺」而產生的整體精神價值的迷亂和彼此有效溝通的困難還呈現為一種逐漸加深的危險，因為，我們的社會經濟在持續發展，我們面對的外來文化在持續發展，我們的人生社會感受亦變得日益的複雜，一句話，我們所承受的信息量在不斷加大，那麼中國現代文化在整體上消化這些分歧、達成最底層的基本認同的難度也就在繼續增加。從近代、現代到當代，我們可以比較明顯地發現這一點。如果將20 世紀中國的「反現代性」追求也放在這樣一個近代——現代——當代的文化演變序列中，那麼我們真能發現他們彼此也存在著耐人尋味的差異：愈是「遙遠」的反現代性者，其思想和命意越單純，而越是「接近」我們的人們，其包含在學術理論背後的複雜人生用意就似乎越多，也更難於從簡單的思想史的角度加以解釋。學衡派無論怎樣的自我矛盾，都體現著知識份子一種單純而執拗的學術理想，「後現代」則有所不同，在他們關於超越「現代性」的理想模式——小康社會的深情描述中，我們分明可以讀到一位當代知識份子的諸多自我表述的尷尬和生存的無奈：「（小康目標的提出）意味著一種跨出現代性的、放棄西方式的發展夢想的方略，它不再將西方視為中國必須趕超的『他者』，而是悉心關切民族文化特性和獨特的文明的延展和轉化。『小康』象徵著一種溫馨、和諧、安寧、適度的新生活方式和新價值觀念的形成。它是超越焦灼的新策略。」[10]

第二節　學衡派與五四新文學運動

追溯現代中國「反現代性」選擇的歷史淵源，我們不妨來重點討論一下學衡派之於五四新文學運動的複雜關係，看一看在中國式保守主義的現代起點處，所謂的「傳統」與「現代」究竟有著怎樣的連接。

在中國現代文學史上，「學衡派」的遭遇是充滿了戲劇性的。一方面，眾所周知的事實是，人們長期以來追隨新文化運動主流（「五四新文化派」）人物的批評，將它置於五四新文學運動的對立面，視之為阻擋現代文化進程的封建復古主義集團，甚至是「與反動軍閥的政治壓迫相配合」的某種陰暗勢力；另一方面，90年代以來，它又隨著文化保守主義思潮的「復興」而大有身價陡增之勢，一些學者甚至重蹈「學衡派」當年的思路，把「學衡派」諸人的努力作為救治「五四」偏激的更全面更深刻的文化追求。其實，無論是先前的近於粗暴的批評還是當下的近於理想化的提升，都不一定符合「學衡派」的實際。

我們試圖在清理「學衡派」自身思想體系的基礎上，重新檢討它與五四新文學運動的複雜關係，這種檢討一方面是要拭除覆蓋在它身

---

[10] 張法、張頤武、王一川：《從「現代性」到「中華性」》，《文藝爭鳴》1994年4期。

上的那些不切實際的意識形態色彩，從而顯現這一思想派別對於現代中國文化建設與文學建設的獨特理解；但另一方面，我們又無意通過這樣的檢討來追隨當下文化保守主義思潮的皇皇高論，無意在「學衡派」獨特但遠非完善的思想體系中竭力尋找中國式人文主義的重大意義，甚至賦予其復興中華文化的巨大歷史使命。

「逆流」中的學衡派

要在「學衡派」和20世紀初出現的其他幾大新文學「逆流」之間劃出界線其實並不困難。一個明顯的事實是：組成這些派別的人員有著千差萬別的文化背景和政治背景，他們對於中國文學現狀的估價、對未來的設想都各不相同，介入新文學運動的方式、態度及其使用的語言也不一致，這些都在他們各自的刊物或文章中獲得了充分的展現。

宣導尊孔讀經的孔教會出現在五四新文化運動之前，它的出現開啟了20世紀中國文化保守主義思潮的源頭，由此也成為「打倒孔家店」文學革命批判、抨擊的目標。考察孔教會，我們便不難把握這一派別的基本形態：幾近純粹的中國傳統文化知識結構和文化視野，在維護傳統文化學說的背後有一種壓抑已久的參政慾。孔教會會長康有為「一方面努力把意識形態化的孔子升格為宗教信仰對象，另一方面又刻意把宗教化的孔子直接用來統攝意識形態，影響民國政治」。「在1912-1915年的一系列尊孔、建教活動中，康有為對宗教所關懷的人生、宇宙意義，反而顯得漫不經心。結果，僅僅是以宗教方式解決非宗教問題本身，已經足以把重建信仰的命題搞得支離破碎、面目全非。」[11]孔教會代表了中國傳統知識份子試圖借助古老的文化力量干預時政、實現自身政治抱負的思想傾向。

---

[11] 許紀霖、陳達凱主編《中國現代化史》，上海三聯書店1995年版，第298頁。

創辦《國故》的黃侃、劉師培等人實際上代表了活躍在20世紀初年的「國粹主義」勢力，可以劃入這一「主義」圈的還有章炳麟、嚴復等人，他們雖然在不同程度上接受過西方文化的影響，但是，在五四新文化運動時期卻更多地體現了中國知識份子的傳統文化底蘊及思想視野。與孔教派構成顯著差別的是，這批知識份子此時並無強烈的以學術活動來干預政治的企圖，他們主要還是從自身的知識份子身份出發進行著文化意義的探索和思考，儘管黃侃在他的《文心雕龍札記》裏毫不客氣地將白話詩文斥為驢鳴狗吠，章炳麟堅持「詩必有韻」，拒不承認白話自由詩的文學價值，[12]嚴復根本就不相信新文學有長存於世的可能，[13]但所有對新文學的這些批評都不過是上述幾位知識份子站在傳統文化立場上做出的判斷，或者說是他們在推進自身文化理想的時候與新文學運動的宣導者們發生了觀念上的分歧，而分歧的最根本的基點卻不在政治的態度而在文化的觀念。

林紓作為第一個公開反對新文學運動的代表人物，在本質上也是一位「國粹主義」者，不過在他的身上，在他抨擊新文學運動的一系列言論中，卻包含了更多的文化的矛盾，折射出中國傳統知識份子文化意識與政治意識的更為複雜和微妙的關係。林紓，這位雖然在小說翻譯上成就斐然但終不脫傳統文化知識結構的「桐城」弟子，對於新文學運動尤為痛心疾首，他所沒有想到的是，自己先前所展開的大規模的翻譯活動，恰恰就奠定了當下的文學運動的基礎，而他對新文學運動的激烈批判，其實也是對他自身文化意義的一種消解。更值得注意的是，當林紓在無可奈何之際，將對新文化運動者的怨毒之情交給大權在握的「偉丈夫」，這實際上又折射出中國傳統知識份子心靈深處的一種並不光彩的政治意識。林紓反對新文學的言論集中體現了一位傳統知識份子的內在矛盾及精神狀態。

---

[12] 章炳麟：《答曹聚仁論白話詩》，《華國月刊》第1卷第4期。

[13] 嚴復：《書劄六十四》，《中國新文學大系・文學論爭集》。

如果說章炳麟、黃侃等人曾經有過的政治熱情並沒有挫傷他們所進行的嚴格的學術探索，那麼同樣投身過政治革命的章士釗則將他的文化活動納入到了現實政治的需要之中。1925 年 7 月，章士釗以段祺瑞政府司法總長兼教育總長的身份復刊《甲寅》，在中國新文學史上的這一有名的「反派」雜誌始終未脫它的「半官報」特徵，其命運也就只能聽由政治權力的擺佈了。

「學衡派」的流派特徵和思想走向與前述各派都很有不同。

首先，與康有為、林紓、章炳麟不同，「學衡派」中的主要成員都接受過最具有時代特徵的新學教育，擁有與 20 世紀更為接近的知識結構，其中如吳宓、胡先驌、梅光迪、劉伯明、湯用彤、陳寅恪、張蔭麟、郭斌和等都是留洋學生，他們所受到的西方文化教育與嚴複、章士釗等人差異很大，後者相對而言似乎少了一些完整性和系統性，尤其是在對西方文化的整體發展以及西方文學實際成就的認知方面，「學衡派」成員所掌握的資訊絕對是所有的傳統知識份子無法匹敵的，即便是與五四新文學的宣導者們相比也未必就一定遜色。一些學者將「學衡派」的傳統文化意識與梁啟超《歐遊心影錄》中的「東方救世論」相聯繫，其實，在梁啟超和「學衡派」代表人物之間，仍然有著知識結構及眼界上的差別。比如湯用彤就曾在《學衡》第 12 期上發表《評近人之文化研究》一文，文章相當犀利地指出：「主張保守舊文化者，亦常仰承外人鼻息」，「間聞三數西人稱美亞洲文化，或且集團研究，不問其持論是否深得東方精神，研究之旨意何在，遂欣然相告，謂歐美文化迅即破壞，亞洲文化將起而代之。其實西人科學事實上之搜求，不必為崇尚之徵，即於彼野蠻人如黑種紅種亦考研綦詳。且其對於外化即甚推尊，亦未必竟至移易風俗。」湯用彤的這番見解是相當深刻的，它表明新的知識結構和人生經歷已經培育著新一代學者的主體意識，而主體意識的有無正是現代和傳統學者的重要差別。

其次，與孔教會和「甲寅派」相比，「學衡派」顯然缺少那種令人窒息的政治欲望和政治色彩，通讀《學衡》我們便不難知道這一點。《學衡》竭力為我們提供的是它對中西文化發展的梳理和總結，是它對中西文學經驗的認識和介紹。在這方面，《學衡》上出現的一系列論文和譯文，如《白璧德之人文主義》（吳宓譯）、《印度哲學之起源》（湯用彤）、《希臘之精神》（繆鳳林）、《論歷史學之過去與未來》（張蔭麟）、《近今西洋史學之發展》（徐則陵）、《最近二三十年中中國新發現之學問》（王國維）、《希臘文學史》（吳宓）、《世界文學史》（吳宓）等都遵循著嚴格的學術規範，迄今仍然具有重要的學術參考價值。即便是經常被引作「反馬克思主義」證據的幾篇論文（如肖純錦《中國提倡社會主義之商榷》、《馬克斯學說及其批評》）其實也並不是那種張牙舞爪的政治性謾罵，它們與中國馬克思主義的分歧仍然是思想觀念上的和文化理想上的，這與章士釗《甲寅》週刊在愛國學生運動中同政府當局的鎮壓一唱一和實在有著本質的不同。正如周作人在 1934 年所指出的那樣：「只有《學衡》的復古運動可以說沒有什麼政治意義，真是為文學上的古文殊死戰，雖然終於敗績，比起那些人來要勝一籌了。」[14]

第三，全面審視《學衡》言論之後我們就會發現，「學衡派」諸人對於五四新文學的態度其實要比我們想像的複雜。這裏固然陳列著大量的言辭尖銳的「反潮流」論述，如胡先驌「戲擬」胡適之語稱：「胡君之《嘗試集》，死文學也，以其必死必朽也，不以其用活文學之故，而遂不死不朽也。」甚至進而宣判當時的白話新詩皆「鹵莽滅裂，趨於極端」。[15]又如梅光迪攻擊文學革命是「標襲喧攘」，「衰象畢現」，「以肆意倡狂，得其偽學，視通國無人耳」[16]但是，除了這些被反復引證的過激言論以外，「學衡」諸人其實也在思考著新文化和新文學，探討著文化和文學的時代發展路向，他們並不是一味地反對文學的創新活動，甚至在理論上就不是以「新文化」、「新文學」為論爭對手的。吳宓自述：「吾惟渴望真正新文化之得以發生，故於今之新文化運動，有

---

14 周作人：《〈現代散文選〉序》，1934 年 12 月 1 日《大公報・文學副刊》。

15 胡先驌：《評〈嘗試集〉》，《學衡》第 1-2 期。

16 梅光迪：《評提倡新文化者》，《學衡》第 1 期。

所訾評耳。」這就是說，他所批評的不是新文化和新文學而是目前正以「不正確」的方式從事這一運動的人，所以他又特別申明：「新文化運動，其名甚美，然其實則當另行研究，故今有不贊成該運動之所主張者，其人非必反對新學也，非必不歡迎歐美之文化也，若遽以反對該運動所主張者，而即斥為頑固守舊，此實率爾不察之談。」[17]吳宓的這一番表述在「學衡派」中極具代表性，幾乎所有的「學衡派」諸人在批評新文學的同時都不忘闡述一下他們心目中的新文學或新文化，儘管這些闡述大多相差無幾，不外「兼取中西、融貫古今」之類的高屋建瓴之辭。而《學衡》上確也推出過三篇白話小說，其中一篇《新舊因緣》就出自主編吳宓之手（筆名「王志雄」）。由此觀之，「學衡派」其實應當屬於現代中國知識份子中的一個思想文化派別，同宣導「文學革命」的「五四新文化派」一樣，他們也在思考和探索現代中國文化和文學的發展道路，他們無意將中國拉回到古老的過去，也無意把中國文學的未來斷送在「復古主義」的夢幻中。在思考和探討中國現代文化的現實與未來方面，「學衡派」與其說是同各類國粹主義、同「甲寅派」沆瀣一氣，還不如說與五四新文學運動的宣導者們有更多的對話的可能。

「學衡派」接近「五四新文化派」而與形形色色的真正意義上的復古主義的又一個重要區別在於，支持它的文化學說的現實動力並不來自於對傳統的緬懷而是一種發展中的西方文化理想。正如吳宓所說：「世之譽宓毀宓者，恒指宓為儒教孔子之徒，以維護中國舊禮教為職志。不知宓所資感發及奮鬥之力量，實來自西方。」[18]從實際來看，吳宓所說的這種「來自西方」的支持著「學衡派」諸人的力量便是白璧德的新人文主義，「學衡派」的幾大主將吳宓、梅光迪、胡先驌、湯用彤等都曾留學哈佛，受教於白璧德門下；「通論」、「述學」兩欄是

[17] 吳宓：《論新文化運動》，《學衡》第4期。
[18] 吳宓：《吳宓詩集》卷末，《空軒詩話》，中華書局1935年版，第197頁。

《學衡》雜誌的重頭戲，全部 79 期《學衡》在這兩個欄目中共推出了 69 篇討論西方文化的論文和譯文，而其中介紹白璧德新人文主義的就達 20 篇之多。作為 20 世紀出現的一大保守主義思潮，白璧德新人文主義的一系列價值觀念都在「學衡派」諸人那裏得到了充分的表現，如他們對文學浪漫主義趨向的批評和對古典主義的崇尚，他們所追求的以理智約束情感的理想，以及他們竭力標榜的辦刊宗旨：「以中正之眼光，行批評之職事。無偏無黨，不激不隨。」「學衡派」對中國傳統文化的肯定和維護其實也與白璧德的「東方文明觀」和他對 20 世紀中國的期許密切相關，因為白璧德曾「一針見血」地指出：「中國在力求進步時，萬不宜效西之將盆中小兒隨浴水而傾棄之。簡言之，雖可力攻形式主義之非，同時必須審慎，保存其偉大之舊文明之精髓也。」[19] 關於這方面的情況，學界近年來已多有論及，本文就不再贅述了。

「人文主義」中的學衡派

以上的論述似乎讓一度「臭名昭著」的「學衡派」可愛了許多，他們視野開闊、學貫中西，融合新舊、改良文化，闡求真理、昌明國粹，眼光中正、不偏不倚……歸根結蒂，他們是中國現代知識份子中所存在的一個思想文化派別。那麼，他們與五四新文學運動的宣導者究竟有著怎樣的區別呢？或者說，作為與「五四新文化派」相區別的現代知識份子，他們的獨特性又究竟在哪裏？目前學界的一個普遍觀點便是將「學衡派」昌明國粹、融化新知的理性精神概括為「人文主義」，並試圖在這樣的理性立場全面解釋「學衡派」諸人對於五四新文學態度，諸如他們對於文學進化論的批評、對於中國傳統文學較多的肯定以及就文言和白話關係的獨特見解等等。從這一思路出發，「學衡

[19] 胡先驌：《白璧德中西人文教育說》，《學衡》第 3 期。

派」與「五四新文化派」的分歧便來自於「人文主義」的終極關懷和「啟蒙主義」的功利目標的根本衝突。應當說，這一概括是有根據的，它基本上反映了「學衡派」的文化承受路徑及其話語特徵，對「學衡派」構成重大影響的白璧德就是以弘揚古希臘、羅馬及文藝復興時期的「人文主義」（Humanism）為己任的，「學衡派」不僅從白璧德那裏接過了人文主義這面旗幟，而且還努力在中國傳統文化之中尋找「人文主義」的精神。一時間，「人文主義」成了「學衡」諸人頻繁使用的一個辭彙，如吳宓說過的具有典型意義的話：「儒家的人文主義是中國文化的精華，也是謀求東西文化融合，建立世界性新文化的基礎。」[20]

儘管如此，我仍然感到這一概括並不特別準確，因為「人文主義」本身就是一個含義複雜、眾說紛紜的概念，正如英國學者阿倫．布洛克所說：「我發現對人文主義、人文主義者、人文主義的、以及人文學這些名詞，沒有人能夠成功地作出別人也滿意的定義。這些名詞意義多變，不同的人有不同的理解，使得辭典和百科全書的編纂者傷透腦筋。」[21]西方人將人文主義的源頭上溯到了古希臘、羅馬時代，而恰恰在那個時代，人的感性與理性都獲得了同等重要的發展，它們各自在自身的立場上完成著對人的肯定，在許多時候，這些感性和理性又是渾然一體、難以分割的。隨著人類社會的發展，古典時代的這種令人著迷的「渾然」消失了，當後來的人們因為各種各樣的失落而企圖重返古典之時，他們實際上發掘出來的僅僅只是古典的「片段」，而正是這些不同的「片段」構成了不同的「人文主義」。文藝復興時代的人文主義是以肯定人欲、高揚感性的形式對抗神學理性；白璧德的人文主義則是以重建理性、追求和諧的形式反撥 20 世紀初葉的物質主義和感官沉溺。在中國，文化傳統的差別和語言的隔閡更使得「人文主義」

---

[20] 轉引自《華夏文化》1994 年第 2 期，第 62 頁。

[21] 阿倫．布洛克：《西方人文主義傳統》，董樂山譯，三聯書店 1997 年版，第 2 頁。

歧義叢生，把「學衡派」稱為人文主義而將「五四新文化派」稱為啟蒙主義，這恰恰忽略了五四新文化運動的宣導者們其實正走著一條文藝復興式的道路，啟蒙本身就包含了人文主義的基本精神（為了加以區別，白璧德把文藝復興式的人文主義稱為人道主義即 humanitarianism），而一旦我們站在文藝復興的立場上認識人文主義，那麼白璧德式的人文主義事實上就成了不折不扣的新古典主義。或許，新古典主義與人文主義的差別倒正可以反映「學衡派」和「五四新文化派」的不同。

有人從對待傳統文化的姿態出發區別了「學衡派」和「五四新文化派」，很明顯，前者更多地表現出了對於傳統的肯定和頌揚，而五四新文化運動的宣導者們卻對傳統提出了更多的批評。然而，這只是最表面的現象，正如有的學者對「學衡派」代表吳宓思想所做的分析：「涉及到對孔儒學說的篩選時，他頑強地保持口頭上的緘默而在實際上悄悄進行。例如，作為中國儒學之核心的『三綱』（君為臣綱，父為子綱，夫為妻綱）在吳宓的『世界大文化』體系中就沒有位置，而且可以用吳宓全部撰述證明他的思想是同『三綱』相悖的，但他卻絕不公開討伐『三綱』。」[22]到了後來，像吳宓這樣的「學衡派」靈魂人物其實也對文學運動中的反傳統形成了較客觀的認識：「一國之文學枯燥平淡無生氣久之必來解放發揚之運動。其弊則流於粗獷散亂紊亂無歸，於此而整理收束之運動又不得不起。此二種運動方向相反如寒來與暑往，形跡上似此推彼倒，相互破壞，實則相資相成，去其瑕垢而存其精華。」[23]很顯然，「五四新文化派」所進行的就是「解放發揚之運動」，而「學衡派」所進行的則是整理收束之運動，吳宓在這裏所闡發的捍衛傳統與反叛傳統的關係至少從理論上符合「學衡派」的宗旨：「以中正之眼光，行批評之職事。無偏無黨，不激不隨。」

---

[22] 徐葆耕：《吳宓的文化個性及其歷史命運》，《第一屆吳宓學術討論會論文集》，陝西人民教育出版社 1992 年版，第 150 頁。

[23] 吳宓：《馬勒爾白逝世三百周年紀念》，原載《大公報·文學副刊》，又見《吳宓詩集》。

與此同時，我們也可以清楚地看到，所謂五四新文化運動徹底拋棄傳統文化、一意孤行「全盤西化」的判斷與歷史事實不相吻合。姑且不說從事著新文化運動的主要人物都具有相當高的傳統文化修養，他們從未放棄過對傳統文化的整理研究工作，也從來不曾掩飾對於歷史傳統的個人興趣，單就我們重點討論的文學運動而言，我們也不難舉出大量的例子，如「五四」新詩對中國古代的《詩經》、《樂府》及屈騷傳統的承接，[24]五四小說對中國古典小說藝術的汲取。[25]就是被我們稱為「全盤西化」代表的胡適，他的「白話文學史觀」也充分體現了對中國傳統文學的高度重視，而他為文學革命發難的《文學改良芻議》根本就不是對整個中國文學傳統的批判和抨擊，引起胡適強烈不滿的僅僅是「吾國近世文學之大病」，也就是說，促使胡適「改良」和「革命」的並不是中國文學的優秀傳統，而是近代以來這一傳統已經逐漸衰落的事實。痛感於自身文化傳統的現實境遇，並力圖以自身的努力加以改善，這究竟是延續了傳統還是破壞了傳統呢？我想，每一個真正體察過 20 世紀中國文學處境的中國人都是不難得出正確答案的。胡適等五四新文化派的這一思路正如吳宓在理論上所闡述的那樣：「一國之文學枯燥平淡無生氣久之必來解放發揚之運動」。

由此可見，「學衡派」與「五四新文化派」其實都同樣重視中國傳統文化與文學，他們各自所設想的中國文學的現代發展都包含著對於我們古老傳統的繼承。在這一點上，我們沒有必要也不可能將他們對立起來。他們的真正差異，在我看來主要還在於他們各自對於具體的文學創作實踐中文學傳統修養的作用和地位有著不同的理解。「五四新文化派」在理論上並不反對學習和接受中國古典文學，但他們更注意

[24] 參閱拙著《中國現代新詩與古典詩歌傳統》，西南師範大學出版社 1994 年版，第 162 頁。

[25] 參閱陳平原《中國小說敘事模式的傳統》，上海人民出版社 1988 年版，第 98 頁。

強調當今文學發展的創造性，在他們看來，一位作家的傳統修養固然重要，但在實踐的過程中知識的修養往往處於「背景」狀態，傳統的養分對於正處在實踐中的作家的影響總是潛在的和不知不覺的，而排除一切干擾，盡力發揮作家的主觀創造力才是第一要務。「五四新文化派」之所以堅持這樣的觀點，是因為他們對近代以來中國文學的實際狀況有著深刻的體察：中國文學在這一時代的衰落，正是因為許許多多的中國作家不是將發揮創造力而是將呈現傳統知識修養視作為文學實踐的首要任務。胡適在他的《文學改良芻議》中就批評宋詩派領袖陳三立為「古人的鈔胥奴婢」，他的文學改良「八事」主張也主要是針對「摹仿古人」、「無病呻吟」、「濫調套語」之類的當今文風；同樣，陳獨秀在《文學革命論》中也並不是對中國古典文學一概打倒，令他痛心疾首的是「今日吾國文學，悉承前代之敝」。與「五四新文化派」不同，「學衡派」堅持要將傳統文化的修養直接運用到文學創作中去，讓當今的文學創作成為中國優秀文化傳統的繼承，於是，為「五四新文化派」所抨擊的「摹仿」卻成了「學衡派」最基本的文學主張。吳宓為「今日文學創造」指出的「正法」是「宜從摹仿入手」，在他看來，「作文者必歷之三階段：一曰摹仿，二曰融化，三曰創造」，並且「由一至二，由二至三，無能逾越者也」。[26]胡先驌也在對胡適《嘗試集》的批評中認為：「夫人之技能智力，自語言以至於哲學，凡為後天之所得，皆須經若干時之模仿，始能逐漸而有所創造。」「思想模仿既久，漸有獨立之能力，或因之而能創造。雖然有創造，亦殊難盡前人之影響。」[27]吳芳吉則提出，摹仿和創造之於文學都是重要的，「不摹仿，則無以資練習，不去摹仿，則無以自表現」。故不必將二者對立起來，「創造與否，摹仿與否，亦各視其力所至，各從其性所好而已。能創造者，自創造之，不能創造，摹仿何傷？」[28]「學衡派」從理論上闡

---

[26] 吳宓：《論今日文學創造之正法》，《學衡》第 15 期。
[27] 胡先驌：《評〈嘗試集〉》，《學衡》第 2 期。
[28] 吳芳吉：《再論吾人眼中之新舊文學觀》，《學衡》第 21 期。

述了一個真理：所有人類文化的創新活動都不是憑空產生的，不管創造者意識到與否，他的「新」都是以「舊」的存在為前提的。假如我們暫不考慮近代以來中國文學發展的具體事實而僅僅從學理上加以觀察，那麼「學衡派」的文學理論可謂是天衣無縫的，這樣的文學思想的確體現了「學衡派」諸人所孜孜以求的「客觀」和「公允」，用梅光迪的話來說就是「以冷靜之頭腦、公平之眼光，以推測事理」，[29]反觀「五四新文化派」的諸多激憤感慨之辭，似乎也真有那麼一點「偏激」之嫌了！

以「客觀」和「公正」的姿態抨擊對手的「偏激」和「片面」，這正標識出「學衡派」之於五四新文學運動的獨特存在。然而，「五四新文化派」就真的那麼偏激和片面嗎？或者，究竟什麼叫做真正的「客觀」和「公正」，什麼又叫做「偏激」和「片面」呢？這卻是一個並不容易回答卻不得不回答的問題。

全面的與偏激的

「學衡派」的「公正」與「五四新文化派」的「偏激」之分別，集中表現在對於文學創作的理解以及如何認識西方文化兩大方面。

正如我們在前文已經談到的那樣，同樣宣導現代中國文學的發展，但究竟是應該強調「創新」還是應該強調「繼承」，換句話說，究竟是「創造」還是「摹仿」最終決定了文學的價值，「學衡派」和「五四新文化派」存在著不可忽視的意見分歧。從純粹理論的角度看，似乎是論述了「繼承」和「摹仿」的「學衡派」更客觀更全面更公允，而相比之下，「五四新文化派」則是更主觀更片面更偏激；問題是，我們在這裏用以判斷「公允」和「偏激」的根據是什麼？

---

[29] 梅光迪：《論今日吾國學界之需要》，《學衡》第 4 期。

人類文化的發展在本質上都會呈現出一個調動新舊文化因素加以「融鑄之、貫通之」的演進過程，所謂「偏激」與否，其實就是調動和配製這些新舊因素的「度」的問題：我們的目的是既要激發新的生長活力，又要保持文化系統本身的適當穩定性。因為文化的發展需要解決的問題是多種多樣的，而解決不同問題的方式也就有著很大的差異，所以這樣的「度」其實是大不一樣的，就是說，事實上並不存在著絕對不變的「度」，不存在「不偏不倚」的固定標準；雖然我們總是希望自己能夠融會古今之精華、兼取中外之寶藏，但是，這種「融會」和「兼取」的具體物件、方式和數量又都得根據實際問題以及我們所要達到的目標來確定。在這個意義上，要在文化發展之初就明確得出一個恰到好處的度量幾乎是不可能的，甚至我們要討論的「偏激」與否的問題也並不是一個抽象的理論問題，關於文化發展的「度」的問題最終還是只能交由文化的實際發展結果來判斷。因此，魯迅在他的《文化偏至論》中一方面認為「明哲之士，必洞達世界之大勢，權衡校量，去其偏頗，得其神明，施之國中，翕合無間」，另一方面卻又承認：「蓋今所成就，無一不繩前時之遺跡，則文明必日有其遷流，又或抗往代之大潮，則文明亦不能無偏至」。[30]「去其偏頗」和「不能無偏至」，這就是魯迅分別表述的對於文化發展的理論認識與實際體驗。今天，在甄別五四新文學運動的「偏激」的時候，我們也有必要首先明確我們面對了什麼樣的文化現象，它的性質是什麼，它的發展的特徵是什麼？

我認為，面對五四新文學運動，我們應當明確：這是一個完全應該由實踐本身來顯示其意義的運動。雖然我們在文學創作的基礎上建立了一系列的理論框架——諸如文學理論、文學批評以及文學史等等，但是文學創作最終卻只能依靠作品本身的存在和實績來證明自己，作品的獨立特質能夠溢出甚至拆散那些宏大的文學理論框架，文學理論、文學史以及文學批評不過是客觀的外在的「社會」按照自己的價值觀念和

---

[30] 《魯迅全集》第1卷，人民文學出版社1981年版，第56、46頁。

時代需要所進行的一種對文學的「梳理」與「整合」。從這個角度上說，倒是一種特殊的文學話語——來自作家的創作自述（這是一種零散的很不嚴密的理性思維）傳達了相對豐富的關於創作自身的原始資訊。

在這個背景上我們再來看「學衡派」與「五四新文化派」的文學主張。我們發現，學貫中西、義理圓融的「學衡派」所闡述的理論更像是對於文學現象的宏觀的整體的認識，它更接近我們今天所說的文學理論或文學批評的範疇——它是自成體系、自圓其說的，但與文學創作的實際狀況卻比較隔膜。考察「學衡派」諸人之於文學的關係，我們就會發現，在文學理論和文學創作之間，他們都顯然更長於前者，雖然胡先驌、梅光迪係「南社」詩人，吳芳吉早以「白屋詩人」聞名於世，吳宓也一直從事著詩歌創作，他們的作品均取得了各不相同的文學成就（特別是吳芳吉的成就更加引人注目），但是，我們依然得承認，所有的這一類文學創作都沒有從根本上走出傳統文學的大格局。這並不是說遵從傳統的創作路數就沒有前途，而是說正因為中國古典文學已經取得了巨大的成就，並且在客觀上成為屹立在後來者前進之途上的一座難以逾越的高峰。所以平心而論，傳統的輝煌事實上大大地降低了「學衡派」諸人的創作分量。我們無意貶低吳宓等人的藝術才華，但站在整個中國文學的高度，我們確實無法簡單認同出現在「學衡派」內部的這樣一些相互激賞之詞，例如繆鉞稱吳宓的詩歌是「嘉禾秀出，穎豎群倫」，甚至說「擷莎士比亞之菁英，揚李杜之光焰，創為真正之新詩者，舍雨僧外，誰克當此」，[31]吳宓對吳芳吉詩作的褒獎也是「他日能傳一代之業，且振衰世之音」。[32]

更重要的是，「學衡派」對於他們所批評的五四新文學的創作思路實際上是相當陌生的，這種陌生使得他們的文學主張沒有能夠獲得豐富的新文學創作現象的支撐，他們的文學思想只是部分反映了他們所

---

[31] 見《吳宓詩集》卷首、序跋。

[32] 吳宓：《致吳芳吉函》，見《吳芳吉集》，巴蜀書社 1994 年版，第 1392 頁。

掌握的西方文學知識和遠非獨到的舊體文學的創作經驗。《學衡》上一共發表過三篇白話小說，除琴慧的《留美漫記》敘寫美國風情較有特色外，胡徵的《慧華小傳》所揭示的戀愛與孝道的矛盾與「五四」同類小說相比並無卓絕之處，而出自主編吳宓之手的《新舊因緣》似乎頗能反映「學衡派」代表人物面對新文學創作時的躊躇。發表在《學衡》第 36 期上的小說第一回，其絕大篇幅都在討論小說的創作原理和作者構思這篇小說時的種種矛盾和猶疑，一直到了小說的結尾，才稍稍出現了一些較有小說「模樣」的描寫性語言。而且就是這樣一篇小說，我們也僅僅只能讀到這第一回，以後再也不見下文了！

考察「學衡派」對於五四新文學的批評，我們更能感受到批評者與批評物件之間的隔膜。我注意到，「學衡派」對五四新文學的批評大體都有這樣一個現象：理論上的體大精深、鏗鏘有力與論據的稀少形成了鮮明的對比，有不少論文甚至基本上就沒有涉及它所要批評的文學作品的具體內容，「學衡派」的文學批評基本上是一種架空了的理論自語。如胡先驌那篇著名的《評〈嘗試集〉》。這篇在《學衡》第 1-2 期連續推出的長達 2 萬多字的宏篇巨構，真正論及《嘗試集》的部分卻屈指可數。其中最集中的論述莫過於此：「胡君所顧影自許者，不過枯燥無味之教訓主義，如『人力車夫』、『你莫忘記』、『示威』所表現者；膚淺之徵象主義，如『一顆遭劫的星』、『老鴉』、『樂觀』、『上山』、『周歲』所表現者；纖巧之浪漫主義，如『一笑』、『應該』、『一念』所表現者；肉體之印象主義，如『蔚藍的天上』所表現者；無所謂的理論，如『我的兒子』所表現者。」當然不能說胡先驌的批評就沒有他的道理，因為《嘗試集》的「嘗試」特徵就是足以讓我們反思不已的，問題是胡先驌這種不屑一顧的批評姿態已經再難真正區分胡適作品的價值和缺陷了。[33]再如吳宓以這樣的語言來描述他印象中的五四新文學：

---

[33] 胡先驌發表於《南京高等師範日刊》的另一篇文章《中國文學改良論》也

以體裁言，則不出以下幾種：二三字至十餘字一行，無韻無律，意旨晦塞之自由詩也；模擬俄國寫實派，而藝術未工，描敘不精詳，語言不自然之短篇小說也；以一社會或教育問題為主，而必參以男女二人之戀愛，而以美滿婚姻終之戲劇也；發表個人之感想，自述其經歷或遊蹤，不厭瑣碎，或有所主張、惟以意氣感情之凌厲強烈為說服他人之具之論文也。而終上各種，察其外形則莫不用詰屈聱牙、散漫冗遝之白話文，新造而國人之大多數皆不能識之奇字，英文之標點符號。而察其內質，則無非提倡男女社交公開，婚姻自決，自由戀愛，縱慾尋樂，活動交際，社會服務諸大義。再不然，則馬克思學說，過激派主張，及勞工神聖等標幟。其所攻擊者，則彼萬惡之禮教，萬惡之聖賢，萬惡之家庭，萬惡之婚姻，萬惡之資本，萬惡之種種學術典章制度，而鮮有逾此範圍也。其中非無一佳製，然皆瑜不掩瑕。且以不究學問，不講藝術，故偶有一長，亦不能利用之修繕之而成完美之篇章。[34]

其實，到吳宓發表此文的 1923 年為止，我們的新文學已經湧現了不少足以彪炳史冊的佳構華章，如郭沫若的《女神》，魯迅的《狂人日記》、《阿 Q 正傳》，郁達夫的《沉淪》，還有許地山、王統照、冰心等人的一些優秀小說，但吳宓卻通通以「不出」、「無非」之類的概括「一言以蔽之」了，這倒並不是說吳宓要固執地採取這種不夠公正的立場，而是說我們從中可以深深地體會到「學衡派」諸人對於新文學的指責與新文學本身的實際狀況存在著多大的距離！

由於「學衡」諸人並不熟悉新文學的創作實際，對於新文學發展的狀況、承受的壓力和實際的突破都缺少真切的感受，所以他們在與「五四新文化派」論爭過程中所堅持的一系列文學思想就成了與

表示他本人根本無法讀出沈尹默《月夜》等詩歌作品的「詩意」。

[34] 吳宓：《論今日文學創造之正法》，《學衡》第 15 期。

現實錯位的「空洞的立論」，文學「摹仿」說和反「進化」的思想都是這樣。

從文學藝術整體發展的高度來看，「摹仿說」顯然具有無庸置疑的正確性，但問題是我們目前面對的是一種誕生之中的新文學，面對的是一位作家在幾千年的文學輝煌之後尋找和建立自身的獨立位置的需要。對於一位正在從事文學創造的作家而言，需要解決的不是文學的基本原理而是如何利用新鮮的材料來表達自己獨特的感受，這位作家也許崇拜莎士比亞，也許崇拜杜甫，莎士比亞或者杜甫很可能成為他終身受用的文學遺產，並且也不排除他文學創作的起點就是摹仿這兩位文學大師，但是，當他努力要尋找一個真正的自我的時候，他卻必須將這些大師統統「忘掉」，「沒有衝破一切傳統思想和手法的闖將，中國是不會有真的新文藝的」。[35]這正是文學創作與一般文學原理的根本區別。在這個意義上，當我們讀到胡先驌謂「中國詩之體裁既已繁殊，無論何種題目何種情況皆有合宜之體裁」，「尤無庸創造一種無紀律之新體以代之也」，[36]讀到吳宓稱「今欲改良吾國之詩，宜以杜工部為師」，「能熟讀古文而摹仿之，則其所作自亦能簡潔、明顯、精妙也」，[37]我們實在難以相信這就是指導當前文學創作的「正法」！至於吳芳吉所謂「創造與否，摹仿與否，亦各視其力所至，各從其性所好而已」，[38]這樣的「寬容」顯然更是未曾觸及文學創作的實質。

「學衡派」對於文學「進化論」的批評在近年來博得了一片讚揚之聲，的確，精神財富的產生畢竟與生物物種大不相同（更何況生物物種是否「進化」目前也還有不同的看法），「文學進化，至難言者」，[39]「後來者不必居上，晚出者不必勝前」。[40]而在「五四新文化派」那裏，「進

[35] 魯迅：《墳・論睜了眼看》。
[36] 胡先驌：《評〈嘗試集〉》，《學衡》第 1 期。
[37] 吳宓：《論今日文學創造之正法》，《學衡》第 15 期。
[38] 吳芳吉：《再論吾人眼中之新舊文學觀》，《學衡》第 21 期。
[39] 梅光迪：《評提倡新文化者》，《學衡》第 1 期。
[40] 吳宓：《論新文化運動》，《學衡》第 4 期。

化論」的影響是顯而易見的。不過，富有理論遠見的「學衡派」似乎也沒有仔細體味「五四新文化派」極言文學進化的特殊心境。這正如有的學者所指出的那樣：「『進化論』在『五四』新文化人物那裏並不是作為科學真理，而是作為道德命令出現的，當他們發現歷史進程與這種『道德律令』的衝突時，心中湧現的是更加洶湧和悲憤的批判的激情。」「這個學說是以傳統文化和現實秩序的挑戰者和控訴者的面目出現的，它根本不再是一種關於自然的理論，而是試圖為人的思想和信仰樹立一種規範的律令。」[41]文學事實上就成了表現這種「洶湧和悲憤的批判的激情」的有力武器，於是，「五四新文化派」關於文學「進化」的種種言論其實本來就不曾建立起一套束人手腳的理論體系，它們只不過是暫時擔當了突破固有文學格局的道德支撐，而這種理論與現實的奇特差別，也只有真正浸潤於新文學創造活動中的人才能深有所感。

總之，五四新文學創造者們在突破傳統文學格局、創立新的文學樣式之時所表現出來的種種情緒性的語言，的確不及「學衡派」那麼「公正」、「客觀」和富有科學性，但是，文學創作首先是藝術而不是科學，種種情緒性的語言從來不曾影響新文學作家對中外文學遺產的借鑒和學習，更不曾成為他們文學創新的障礙，而且事實很明顯，開拓了中國現代文學發展道路的並不是「學衡派」的「公正」的理論和他們作為古典詩詞「餘響」的舊體詩創作，五四新文學創造者們固然「偏激」，但恰恰是「偏激」的他們創造了我們今天還在享受著的無數的文學財富。正如我在前文所說的那樣，對於文學這樣一個實踐性的活動而言，藝術的最終成果才是判斷「偏激」與否的真正尺度。

「學衡派」以他們所追求的「公正」來反對「五四新文化派」之「偏激」的又一重要方面，是在對待西方文化和西方文學的態度上。

---

[41] 汪暉：《無地彷徨》，浙江文藝出版社 1994 年版，第 17、16 頁。

他們認為「五四新文化派」「所主張之道理，所輸入之材料，多屬一偏」，「其取材則惟西洋晚近一家之思想，一派之文章，在西洋已視為糟粕、為毒鴆者，舉以代表西洋文化之全體」。[42]而「學衡派」的主張卻是「務統觀其全體」，「輸入歐美之真文化」，特別是新文學，決不應當專學西洋晚近之思潮流派，「各派中之名篇，皆當讀之」。這種被我們的當代學者譽為「文化整體主義」的思想確實是頗有價值的，如果我們考慮到彌漫於 20 世紀中國文學中的那股炙人的浮躁之氣，考慮到我們今天也屢見不鮮的文學的功利主義態度，那麼「學衡派」當年的這些設想真可謂是切中時弊的真知灼見！然而，「學衡派」在當時為自己理論所設定的「標靶」卻似乎不夠準確。因為無論是從文化史還是從文學史來看，中國 20 世紀的「浮躁」都是出現在 20 年代中期以後，恰恰是在「五四」，在新文化運動的初期，我們的先驅者們表現出了一種前所未有的全面開放的姿態。新文學運動開展以來的短短的幾年間，有關書刊上介紹西方文藝思潮和文化思潮其數量之多、範圍之廣是近代以來所不曾有過的，西方文藝復興以後幾個世紀的文學文化思潮在如此短的時間內即被中國所吞食、所梳理，這種現象雖不能說明中國知識份子的嚴謹，但充分證明了那一代人並不存在什麼樣的偏見，他們真正是「放開度量，大膽地、無畏地、將新文化儘量地吸收」。[43]當然，由於個人興趣的差異，他們各自對於西方思潮的介紹也各有側重，如胡適對易卜生的介紹，陳獨秀對歐洲現實主義的介紹，郭沫若對浪漫主義的介紹，茅盾對自然主義的介紹，魯迅對北歐文學、俄國文學的介紹，周作人對日本文學的介紹等等；不過這種側重對於有著自身藝術追求的作家來說卻是完全正常的，他們所擁有的廣博的胸懷已足以使之能夠彼此參照、相互補充，共同構成了「五四新文化派」在整體上的全面開放的姿態。

---

[42] 吳宓：《論新文化運動》，《學衡》第 4 期。

[43] 魯迅：《墳・看鏡有感》，《魯迅全集》第 1 卷，第 200 頁。

如果說「學衡派」的理想可以被稱作是一種「文化整體主義」的話，那麼「五四新文化派」所表現出的襟懷也同樣可以說是「文化整體主義」的生動表現。

那麼，「學衡派」諸人對於新文學運動的批評究竟是基於什麼樣的立場呢？仔細清理他們的思路，我們就會發現一個有趣的事實：原來「學衡派」也是在用一種西方的理論來反對他們所不能接受的其他西方理論，而這種理論就是他們所頂禮膜拜的白璧德的新人文主義。比如「學衡派」在「輸入歐美之真文化」的口號下實際介紹的主要是西方 19 世紀以前的文化與文學，因為白璧德的思想學說正是建立在對 19 世紀以降的文化文學思潮的批評之上：「妄自尊大，攘奪地位，滅絕人道者……此 19 世紀鑄成之大錯也。以崇信科學至極，犧牲一切，而又不以真正人文或宗教之規矩，補其缺陷，其結果遂致科學與道德分離。而此種不顧道德之科學，乃人間之大魔，橫行無忌，而為人患也。」[44]所以「學衡派」也認為西方的「浪漫派文學，其流弊甚大」，「而 19 世紀下半葉之寫實派及 Naturalism，脫胎於浪漫派，而每況愈下，在今日已成陳跡」，「故謂今日吾國求新，必專學西洋晚近之 Realism 及 Naturalism 然後可，而不辨其精粗美惡，此實大誤」。[45]按此邏輯，為「五四新文化派」所重點介紹的 19 世紀浪漫主義、現實主義、自然主義和 20 世紀的現代主義文學，以及這些文學思潮背後的文化思潮，當然就該被指摘為「多屬一偏」了！

文學和文化的發展一樣，本來就是不斷以一種「偏至」去抵消另一種「偏至」，就個體而言，似乎都不無偏頗，而就整體而言，卻可以呈現出一種相對的「全面」和「完善」來。「學衡派」對於白璧德主義的接受和「五四新文化派」對其他思想的接受一樣都是合理的，甚至可以說是必不可少的，然而當「學衡派」諸人立足於「一偏」卻又不

---

44 吳宓譯：《白璧德之人文主義》，《學衡》第 19 期。

45 吳宓：《論新文化運動》，《學衡》第 4 期。

想承認自己屬於「一偏」，甚至還要竭力將這事實上的「一偏」說成是文化的全部或者精華之時，[46]那麼這一努力本身倒是真正出現了問題，至少它是與「學衡派」所追求的「客觀」、「公正」自相矛盾了——魯迅的名篇《估〈學衡〉》正是一針見血地挑破了「學衡派」的這種無法自圓的尷尬！順便一提的是，魯迅在他「評估」中並沒有否定「學衡派」的學術探索而只是調侃了這種令人備覺難堪的內外矛盾，可是在以後文學史寫作過程中，人們卻又據此而大加發揮，一篇《估〈學衡〉》竟成了為「學衡」定性的有力武器！從某種意義上說，這裏所反映的來自「五四新文化派」和它的後繼者之間的分歧同樣令人尷尬。

在今天，在我們「重估」學衡派歷史地位的時候，我認為有一個重要的原則應當明確，這就是歷史的波詭雲譎早已證明了這個規律：在奔流不息的時間長河中，任何個人、任何派別終歸不過是一次短暫的存在，誰也不可能成為真正的「全面」和「完善」，誰也不可能做到絕對的「客觀」和「公正」，如果企圖以自己所掌握的「最高」、「最完美」的理論來清除他人的所謂「偏激」與「片面」，那麼這種立論本身就帶有明顯的二元對立思維的痕跡。二元對立思維不僅在中國現代文學的主流話語中體現著，它同時也可以在如「學衡派」這樣的非主流話語中存在。90年代，在復興的文化保守主義思潮中，不少中國學者都試圖將「學衡派」作為結束二元對立思維的傑出代表大加肯定，現在看來，這種肯定本身就值得我們懷疑和反思。

我認為，「重估」學衡派重要的是將他們重新納入到新文化建設的大本營里加以解讀，重新肯定這麼一批特殊的現代知識份子在現代文化探索中的特殊貢獻。就新文學而言，他們的價值就在於將中國文學

---

[46] 吳宓就認為，白壁德的學說「在今世為最精無上而裨益吾國尤大」（《白壁德論民治與領袖》，《學衡》第32期），又稱：「欲窺西方文明之真際及享用今日西方最高理性者，不可不瞭解新人文主義」（《莫爾論現今美國之新文學》譯序，《學衡》第63期）。

的建設引入到了一個相當宏闊的世界文學的背景之上，而他們所描述的世界文學的景觀又正好可以和「五四新文化派」相互補充；此外，他們也在如何更規範地研討作為「學術」的文學問題方面，進行了有益的嘗試，而這種嘗試的確為一些忙於文學創作的新文化人所暫時忽略了——在所有這些更具有「學術」性而不是具有「藝術」性的研究工作中，「學衡派」的價值無疑是巨大的。

第三節　悲劇性：「反現代性」理想的遭遇——以吳宓的文化追求為例

現代中國「反現代性」思潮的給我們留下的最深刻的印象便是它們脫離現實中國的巨大的尷尬，在這一思潮的起點，尷尬常常又體現為某種文化理想與悲劇性處境與作為這一文化理想的真誠追求者個人的悲劇命運，真誠，是悲劇之所以為「悲」的原因，從某種意義上，這倒是與 1990 年代以後某些「反現代性」宣導者的虛無主義底色形成了很大的反差。

作為「學衡派」主要組織者和思想家的吳宓就是這樣一個悲劇。這種悲劇一方面體現為他的古典主義理想與現代中國的文化發展實際明顯脫節，另一方面則在於就是吳宓自己也無法調和「亦新亦舊」的內外矛盾，正是這樣的矛盾使得他成為了新與舊之間的孤獨的文化旅人。

回顧吳宓先生的一生，他的整個人生履歷與全部文化活動，我越來越清醒地感受著這樣的道理。吳宓，從詩人到學者再到教授，從白璧德主義的忠實信徒到所謂五四新文化運動的「逆流」再到 90 年代以後學貫中西的現代大儒、學術大師，從清華大學到西南聯大再到西南師大，其間流注著多少的光榮與輝煌、辛酸與沉淪、寂寞與喧嘩。

不是「理性」而是「古典」

到了 90 年代，吳宓和他的「學衡派」似乎是穩穩地坐在了理性主義的寶座上。在不少人的眼裏，高舉啟蒙主義大旗銳意改革的「五四新文化派」因為「急於用世」的功利主義目標而難免流於偏激和情緒化，他們在一意的「西化」中遠離了中國自身的傳統與文化，割斷了現代文化與傳統文化之間的血緣聯繫；相反，正是吳宓和其他的「學衡」同人以「無偏無黨」、「不激不隨」的客觀、公允的中正態度對待古今中外的諸種文化，不薄今人愛古人，從而為中國新文化的發展貢獻了一條全面而合理的理性主義的思路。只可惜，由於特定歷史際遇的關係，這樣的理性的態度並沒有為當時激進的文化改革大潮所接受，從而留下了一段深長的遺憾。這就是所謂的「悲劇」，即歷史發展的合理要求與這一要求一時之間還得不到實現的錯位。

發掘吳宓悲劇的歷史錯位性這顯然是一個相當富有啟發意義的論述，然而問題的關鍵還在於這種錯位的具體內涵究竟是什麼。如果說吳宓及他的同人所提出的文化理想是最理性最合理的，那麼拒絕這一合理理想的力量又來自何方，歷史的合理要求為什麼在一個「百家爭鳴」的思想自由的時代被棄而不顧了，難道真正是「五四新文化派」以自身的話語霸權阻擋著中國文化向著更健康、穩重的方向發展？

我以為未必就是這樣。我們的判斷似乎不僅無助於說明歷史事實的複雜內涵，就是「理性」、穩健、客觀、公允等概念也未必能夠準確地概括吳宓及其所歸屬的白璧德主義。

具有新人文主義之稱的白璧德主義代表了西方文化在 20 初葉的一種自我調整與自我反撥，它將對於 19 世紀科學主義惡果的反思上溯到了對於整個文藝復興以降的「舊」的人文主義（為了區別，白璧德將之稱為「人道主義」）的批評上，在他看來，正是以培根為代表的科學人道主義和以盧梭為代表的感情人道主義導致了本世紀彌漫於西方的精神危機。白璧德主張以「紀律」來節制我們的私欲，以道德的自我完善來實現人與禽獸的區別，這裏顯然體現了一種所謂的理性主義精神，然而問題卻還在於究竟什麼是所謂的理性主義，是不是理性就一定意味著思想的遠見、成熟和睿智？至少，我們既看到了啟蒙主義時代的理性，也看到了十七世紀新古典主義時代的理性，儘管這兩種理性都可以從遙遠的古希臘羅馬精神中找到自己的淵源，但事實上卻各自包含著相當不同的內蘊。前者以追求智慧的遠見卓識，努力建構解釋人類歷史、設計未來的宏大思想為己任，而後者的主要目的在於倫理的規範和衛護，在於道德的遵守與完善；前者的根本立場在於保障個體權利與自由的理性原則，後者的根本立場則在於社會整體的穩定與秩序；前者以寬闊的胸懷包孕了人類幾乎所有的豐富的情緒和感受，正如法國啟蒙思想家拉美特利所說：「我們愈加深入地考察一切理智能力本身，就愈加堅定地相信這些能力都一齊包括在感覺能力之中，以感覺能力為命脈，如果沒有感覺那裏，心靈就不可能發揮它的任何功能。」[47]而後者則信奉「永遠只憑理性獲得價值和光芒」（布瓦洛語），從而異常鮮明地將最具有個體特徵的感性與感情因素加以排斥。

不難看出，吳宓及其承受的白璧德主義的所謂「理性」和整個思想體系顯然並非來自激進的啟蒙主義文化而是相對保守的新古典主義文化。就像十七世紀的新古典主義以人性的善惡二元論對於個人情感的竭力排斥一樣，白璧德也從幾乎完全相同的二元人性立場將以盧梭為代表的「感情主義」作為自己決戰的對象。在這些方面，作為白璧德的受業弟子與白璧德學說的積極紹介者，吳宓都可以說是比較準確地把握了這一學說的實質。吳宓也正是以對於人性的二元論作為其道德立論的基礎，並在此基礎上提出了「克己復禮」、「行忠恕」、「守中

47 《十八世紀法國哲學》236 頁。北京：商務印書館 1963 年。

庸」等實踐措施。[48]現在，也有研究者發現：吳宓「在日記中，有時把 Humanism（人文主義）與 Classicism（古典主義）等同。」[49]

相應地，其實所謂的激進的「五四新文化派」也並非當下一些人所想像的那樣情緒化到了喪失理智的程度，事實在於，構成這一派別思想基礎的恰恰正是西方式的啟蒙理性。我們看到的現實是，不是理性與非理性的差異而是對於理性的不同的理解成了區別吳宓和他當年的論爭對手的重要基礎。

白璧德主義的中國遭遇

理解吳宓這一特殊的古典主義立場的「理性」，是讀解他的文化理想的一把鑰匙，也是真正認識其精神悲劇的關鍵。

構成吳宓人生觀與宇宙觀理論基礎的正是古典主義的「二元論」。吳宓認為：「人與宇宙，皆為二元」，「凡人不信人或宇宙為二元者，其立說必一偏而有弊。」[50]

構成吳宓價值體系基礎的是古典主義的道德理想。吳宓將人類的價值從低到高得列序為：

> ①官能滿足的價值（如飲食男女欲望的滿足之上的價值）→②經濟價值→③實用價值（如謀生手段）→④美的價值→⑤哲學價值→⑥道德價值→⑦精神的或宗教的價值（最高真理，圓善之具體化）。

在這樣的序列中，最引人注目的是他的道德價值，它高高地居於美的價值與哲學價值之上，按照白璧德的理解，宗教意義的神性畢竟

---

48 吳宓：《我之人生觀》。《學衡》1923 年第 16 期。
49 沈衛威：《回眸「學衡派」》38 頁。北京：人民文學出版社 1999 年。
50 吳宓：《文學與人生》77 頁。北京：清華大學出版社 1993 年。

太高，因而合於「中道」、更具有現實意義的還是作為人的道德價值，所以道德價值實際便成了吳宓討論的中心。

構成吳宓社會歷史觀念基礎的也是白璧德式的「常變觀」。作為古典文化傳統的承繼者，白璧德比較強調對於歷史文化的繼承與接受，即比較看重歷史文化變遷中的「常」態，比較注意其中那些相對穩定的因素。對此，吳宓是這樣譯述的：「夫為人類之將來及保障文明計，則負有傳授承繼文化之責者，必先洞悉古來文化之精華，此層所關至重。」[51]這既是對於白璧德思想的闡述，同時也更是對於自身的歷史文化態度的表白。正是從這一基礎出發，吳宓在五四新文化運動的「革命」浪潮中，發出了十分獨特的維護中華傳統的聲音；在五四白話文學的高歌猛進之時，大唱反調，強調「模仿」的意義，突出舊文學「恒久不變的價值」。就是這樣的從文化到文學的對於中國古老傳統的推重，吳宓也是直接獲得了來自於恩師白璧德的理論支持。白璧德認為：「今日在中國已開始之新舊之爭，乃正循吾人在西方所習見之故轍。」「但聞其中有完全主張拋棄中國古昔之經籍，而趨向歐西極端盧騷派之作者，如易卜生、士敦堡、蕭伯納之流。」「須知中國在力求進步時，萬不宜效歐西之將盆中小兒隨浴水而傾棄之。」「治此病之法，在勿冒進步之虛名，而忘卻固有之文化，再求進而研究西洋自古希臘以來真正之文化。」[52]

古典主義作為知識份子的一種文化理想與文化立場，它昭示著人類對於歷史與未來的一種審慎與穩健。然而，就像人類的其他思想文化一樣，它也有自身的生成與「生效」的特殊語境。換句話說，古典主義是有意義的，但卻並不是在所有的時代都具有同樣大的合理性，與此同時，站在另外的時代語境之中，有時也很難真正理解這種「主義」的內涵與真髓。例如，人們通常都將古典主義的源頭追溯到遙遠

51　（法）馬西爾：《白璧德之人文精神》（吳宓譯）。《學衡》1923 年第 19 期。
52　胡先驌譯：《白璧德中西人文教育說》。《學衡》1922 年 2 期。

的古希臘羅馬，其實古希臘的價值取向與古羅馬並不能簡單地等同起來，而且在那樣一個所謂的「古典時代」，後來在 17 世紀規範、成熟的一些理性原則也幾乎都具有特殊的「混沌」形態。在「古典時代」，人的感性與理性其實是獲得了同樣的發展，它們各自在自身的立場上完成著對於人的肯定，在許多時候，這些感性與理性又是渾然一體、難以分割的。這便與 17 世紀新古典主義時代以國家政權立場的「以理節情」大不相同，而後者作為「古典主義」的合理性在於世俗君主政權在從「神」到「人」的權利轉換中出現的一系列必然要求與規範。歷史的事實也充分證明，一旦這一從「神」到「人」的權利轉換大體完成，一旦我們再次回到個體生命的立場，那麼對於個性與自我的發覺與肯定就再次成了人類精神的「主流話語」，浪漫主義對於新古典主義的激情式批判，啟蒙主義對於新古典主義的理性重建，都是如此。同樣，在 20 世紀初葉，白璧德等人針對西方現代化過程中的某些「物質主義氾濫」的事實，企圖以古典主義的節制、理性來規範人們的言行，這也有某些救正時弊的合理性。但問題又在於，白璧德是不是就概括了本世紀西方文化發展的全部事實？顯然，他沒有這個力量，因此白璧德主義僅僅也是本世紀出現於西方的諸多文化思想當中的一種，而且顯然還不是最有代表性的，這也就是這一古典主義自身的局限性。

值得注意的是當吳宓在 20 世紀的中國現代化建設之初舉起白璧德古典主義的旗子，這究竟意味著什麼？

我以為，吳宓的這一行動幾乎是無可選擇得將自己置於了歷史的尷尬境地。

20 世紀的中國現代化，中外文化的歷史性交融衝撞，民族思維方式的大調整，傳統人生理想與價值觀念的的嬗變，這種種的一切究竟該以怎樣的眼光來看待，究竟該以怎樣的標準來評價，一個根植於嚴格的西方文化背景的白璧德是否可能準確地說明它？同樣，一個來自於傳統中國文化的價值體系又是否可以判斷它？當認知對象已經發生著巨大的演變，我們固有的知識結構是不是應當作出根本性的調整？

顯然，吳宓和他的「學衡」同人還沒有清醒地意識到這些問題的複雜性。因為，在他們的心靈深處，用以解釋這變化多端的世界的還是傳統中國文化的理論模式：在社會歷史觀中是儒家的王道皇極思想，例如面對西方世界這樣的觀感好象是表述著《尚書》的訓誡：「無有作惡，遵王之路。」吳宓認為：「凡古今叛亂，雖其假借之名各不同，而實則皆由生人好亂之天性，所謂率獸食人，爭奪擾攘、殺人放火之行為。但使禮教衰微，法令不行，則蜂起不可收拾。如法國大革命，則以『平等』『自由』為號召；我國之亂徒，以『護法』等為號召；今之過激派，以『民生主義』為號召。其實皆不外漢高祖『取而代之』之一中宗旨。」[53]在人生觀上還一度保留著傳統的尊卑等級意識。有謂：「昔在希臘及歐美盛世，與吾國同。人之尊卑貴賤，以學、德之高下為斷。故首重士，次農，次工，次商。晚近商貴於工，工又貴於農，猶可云時勢之所趨；若乃賤士黜學，而尊勞工，恣所欲為，則誠所謂倒行逆施，是亂世之道也。」[54]十分明顯，吳宓的這種農業中國時代的觀念並不符合西方現代社會的事實，也有悖與中國現代化歷史的實際要求。他還以「正邪之別」來看待複雜的現代學術論爭，將「五四新文化派」的正常學術見解視作不屑一顧的歪理邪說。

我以為，吳宓這種來自中國傳統的思維習慣其實就是他理解和接受西方文化特別是白璧德思想的基礎。他是以中國式的道德背景和道統觀念來認同與讀解著白璧德，較之於白璧德所背負的整個西方文化的理性傳統，一向缺少理性精神的中國文化之中的吳宓似乎對於「理性」的抽象更多，其理論追求與中國現代化現實的脫節度甚至比白璧德之於西方文化更大。

---

[53] 吳宓：《吳宓日記》第 2 冊 23 頁。北京：三聯書店 1998 年。
[54] 吳宓：《吳宓日記》第 2 冊 55 頁。北京：三聯書店 1998 年。

我敬仰吳宓，因為他是現代中國一位執著於自身學術理想，追求學術獨立的知識份子，然而，他所孜孜以求的人生與文化理想卻是於中國文化現代化的諸多事實相抵牾的，這便在很大的程度上限制了他的發展、他的意義。這，不能不說就是一出莫大的悲劇。

古典主義的現代挑戰

然而，作為中國現代文化語境中一位真誠的知識份子，吳宓的悲劇還不僅在於此。一個引人注目的事實是，這位感情豐富、體驗深刻的現代文人已經無法拒絕現代人生與現代社會所給予他的複雜資訊了。於是乎，出現在我們面前的景象是：他既無法否認這些新的人生體驗的實際影響，同時又還在極力維護著固有理想的合理性，這恐怕就是一種格外的尷尬了。

幾乎所有的評論都注意到了這樣一個事實，即所謂的「學衡派」同人其實具有並不完全相同的思想事實，例如陳寅恪更多的體現了這一派別的文化「學者」的本質特徵，可以說，在整個「學衡派」的學人中，以他對於中西文化的博大內涵的理解最深入也最為獨到，而最為偏激最為執著地體現了其古典主義立場的是梅光迪、胡先驌，這兩位元知識結構並不完全相同的學者在捍衛其中國式的新人文主義理想方面卻立場堅定、旗幟鮮明。相對而言，吳宓卻呈現了這一文化理想與理想背負者之間的異常沉重的矛盾。

我們注意到了，儘管吳宓秉承白璧德的新人文主義觀念，認為以盧梭為代表的感情人道主義是導致本世紀精神危機的重要原因。然而，在事實上，吳宓並沒有擺脫由盧梭所開啟的西方浪漫主義所給予他的重要影響。拜倫、雪萊都是他向中國讀者介紹的重要的文學家。他還明確表示，自己追慕的西方三詩人有拜倫、安諾德和羅色蒂，其中拜倫就是具有「雄奇俊偉之浪漫情感」。他們的作品都在一定程度上體現了「西洋文明之真精神」，所謂「積極之理想主義」。[55]吳宓不僅擁有這樣的明顯區別於白璧德的認識，更重要的還在於他以自己作為一位作家的真情實感在創作中不斷表露出這種衝破古典主義理性束縛的性情與自由，正是在藝術創造中，吳宓為我們展現了一個情感豐富、個性鮮明、有著自己獨特人生見識與追求的浪漫主義詩人的精神世界，特別是他的那些著名的情詩。早就有學者指出：「在閱讀吳宓那些獻給女人的詩時，人們會覺得有『兩個吳宓』：在思想文化觀念上非常『守舊』與『古板』的吳宓和在情感生活中非常『浪漫』的吳宓。這似乎是一種性格上的不和諧。」[56]

尤其值得注意的是，20世紀中國對於「自我」的發現，對於個性主義的宣導所給予人的影響是全方位的，在這裏，我們可以發現由「五四新文化派」所闡發的現代化理想不僅僅是一種「思潮」，事實上它已經構成了現代中國人生活的基本現實，從而在生存的方方面面都不斷進行著對於人的具體「塑造」。作為著刻意堅持著自我個性的吳宓，他不僅在自己的詩歌創作中袒露心扉，而且在現實的人生實踐中也試圖完滿著自己的「浪漫理想」：在流傳一時的「吳毛愛情」中，在他個人生活裏的不絕如縷的異性交往中，吳宓都是一位至情至性的現代人；而在「十年內亂」、文化塗炭的荒蕪歲月，他依舊巋然不動，「頑固」堅持著自己的古典主義信仰，這實在又是將古典主義作了理想主義的處理，此時此刻，在吳宓的內心深處，起著支撐作用的是不是也包括一種浪漫主義式的個性與傲岸？而當他是如此詳實如此坦白地將自己的所思所想所動都載入《日記》並試圖傳諸後人的時候，這不就是再寫了一部盧梭式的《懺悔錄》？

但悲劇也正在於此了。現實的問題在於，這樣一個以堅持古典主義觀念、組織古典主義學術活動而著稱的似乎是相當保守而迂闊的「傳

[55] 吳宓：《吳宓詩集》卷首。上海：中華書局1935年。

[56] 徐葆耕：《吳宓的文化個性及其歷史命運》，《第一屆吳宓學術討論會論文集》154頁。陝西人民教育出版社，1992。

統文人」，當他最終無法拒絕心靈的真實而「直抒胸臆」的時候，這個習慣於「歸類」和「劃圈」的世界以及這世界的人們將以什麼樣的目光來打量他呢？我們發現，在新文化人士那裏，他成了表裏不一的虛偽之人，甚至被新文學作家引著諷刺、挖苦的素材！而在自己的一些同人那裏，他這種有違新人文主義道德理想的「悖謬」之舉，也是相當不可理解的。吳芳吉是吳宓的畢生摯友，但當吳芳吉也對他的離婚事件加以指責的時候，吳宓簡直是「殊為憤慨」了，他甚至認為這是「從井下石，極力攻詆，以自鳴高。」在這樣的「憤慨」語詞中，我們不難見出吳宓內心世界的孤獨與淒涼。

一位執著於自身文化理想的知識份子竟然就沒有意識到這一理想與當下生活軌道的嚴重脫節。

一位真誠的人生追求者似乎恰恰因為他的真誠而不為這個慣於掩飾的世界所容忍。

一位原本就充滿了自我矛盾自我痛苦的「亦新亦舊」的人物既遠離了「新」的支持，也失去「舊」的同情。

這是怎樣的人生，怎樣的文化，怎樣的悲劇呀！

追溯吳宓上個世紀之前的悲劇，我們似乎還應當感慨當下中國文化虛無主義流行的現實：無論吳宓等人何等的脫離中國的實際，何等的命運尷尬，它們都保留著一份來自內心深處的執著追求的誠摯，而當一些當代的中國知識份子卻在市場經濟的蠱惑下恣意支取著所謂的「後現代」的虛無，「反現代性」有時不過是他們賺得名利的方式，在這個時候，個人的悲劇也就演變成為了極具行為藝術效果的「喜劇」了，或者也可以說是無數個人的喜劇表演構成了更大的時代與文化的悲劇。

但是，這後一齣悲劇卻常常不為我們所察覺了。

第五章　可能：中國文學與文化「現代闡釋」

對於 1990 年代以來「現代性批評話語」的前述質疑並不是要抹殺關於中國現代文學與文化現象的系統思考，恰恰相反，我們的確有必要真正擺脫過去學術研究中的隨意與空泛，為中國文化人的現代創造尋找到一個更有支撐力量與解釋力量的研討基礎，只不過，這樣的基礎不會是對西方現代性系列話語的簡單引入和借鑒，西方現代性理念的合理性並不能直接轉化為中國文學闡釋框架的合理性，我們必須要分析我們自己的「現代」問題，而文化與文學其實就是我們自己的這些「問題」展開方式。

「現代性」是他們的，而「現代」是我們的，重要的不是他們的「現代性」，而是我們的「現代」。

本章並不試圖全面展開對中國文學與文化的「現代闡釋」，那需要更加深厚、持久而廣泛的研究，我們僅僅想在此提出一個思考：現代闡釋的理論基礎應該在怎樣的方向上尋找？而脫離了西方意義的「現代性批評話語」，我們的中國現代文學與文化是否還可以有新的描述方式？前一方面我們將重提生存感受、生命體驗在文學研究中的獨特意義，後一方面我們以幾個具體的現代文學現象為例加以說明。

第一節　生存感受、生命體驗與文化創造

生命體驗與生存感受的問題，既屬於現代中國學術流變、現代文化發展中長期存在的痼疾，又直接折射出了 10 餘年來中國學術思想界的深刻危機。對於它們的重視將從根本上啟迪我們尋找到自己的現代闡釋話語。

失落了感受與體驗的現代批評理論

在「全球化」時代的今天，中國自己的文學理論、文學批評以至更大的學術批評、文化理論如何才能獲得自己獨立的形態，發出自己獨特的聲音，這已經引起了人們越來越多的思考。從「走向世界」的上世紀 80 年代到「質疑現代性」的 90 年代，當代中國的理論家們都在不斷致力於中國思想文化的建設。然而，回顧近 20 年來（特別是 10 餘年來）的這些主流的文學文化理論，我們就會發現一個值得注意的趨勢，這就是其中相當多的精力都集中在了辨析西方詩學西方理論的關係之上，一系列與「西學」密切相關的基本概念成為了人們梳理和闡述的主要內容。如果考慮到自現代以來中國文學文化理論產生的世界性背景，這樣的追溯當然是有價值的，然而在另一方面，我們卻也必須正視這樣一個事實，即我們關於文學的判斷也同時與文學創作本身漸行漸遠，我們的諸多文化學說也與當代中國人的實際生存狀態大相徑庭，我們注意的是當代思想在「超越」具體文學實踐意義上與西方文化、西方詩學潮流的溝通、對話，但忽略了對中國當下實際的感受、體驗與把握。

問題的在於，一個民族的文學與文化思想建設，歸根到底並不在於厘清影響著與外來文化、外來詩學的關係（儘管這也仍然可以是一個重要的問題），而應當是當前的文學環境與生存環境究竟給理論家提

供了什麼？中國當前的理論家是怎樣感受和描述這樣的環境？這樣的當下感受與思想表達有什麼特別的意義？這樣一些「問題」的解決便形成了我們新的理論設計，而這樣的理性設計必然區別於西方，也區別於我們的過去，代表的是我們自己的新的詩學的趣味、文化的命題。

在某種意義上，我們或許可以將這些現象歸結為 10 餘年來中國知識份子學術的嚴重「學院化」的後果。我們知道，隨著學院派知識份子地位的提升，中國現當代學術也逐步在超越古代學術的「整理」與「鑒賞」傳統的取向中，大量借助西方的心理學、哲學為自己開拓道路，並逐漸建立起了一套更具有思辨性和嚴密性的理論體系，從而也與中國傳統思維的模糊含混有了很大的不同。然而，10 餘年以來，隨著中國學術文化在撥亂反正中日益走上「正規」，作為知識份子主體的學院派的地位得以恢復和上升，其引入西方文論的選擇也日益演變成為中國文論建設的頭等大事，我們看到，隨著人們對西方詩學與文化思想的急切的輸入和運用，我們越來越失去了感受文學、體驗當下的耐性——包括對於實際創作體驗的開掘，也包括對文學作品與當代生活的失去了精細的感受。新時期中國文論的熱鬧與喧囂中也實在飄忽著太多的「無根」的語彙，有著眾多值得警惕的概念的遊戲。更為嚴重的是，經由這些文學批評與文化理論「薰染」的大學生，可以將一個西方理論談得頭頭是道，但卻很可能無法有效地進入到一個實際的文學文本當中，也常常無法回答當代生存所提出的中國「問題」。

進一步考察我們更可以發現：這裏所存在的理論危機並不僅僅是近 10 年來的特殊現象，而應該是現代以來中國理論家的普遍表現。

以中國文學批評的學術發展為例。回首已經過去的一百年，我們目睹了文學思潮的此起彼伏，目睹了現代中國的文學理論家們迷醉於「現代」之途的種種坎坷顛簸。開放與引起，這似乎是我們理所當然的姿態。於是，西方近現代文學理論紛至遝來，現代的中國成了外來理論的實驗場，一時間，能否不斷追隨西方「與時俱進」在事實上成了衡量一位批評家、理論家的無形的標準。當西方文學批評與文學理論的基本思路和概念被廣泛引入中國，並成為我們的基本概念之時，我們實際上又陷入到了另外一層新的困惑：這些外來的概念能否完全描述我們自己的文學經驗？魯迅的小說是不是可以歸結為巴爾扎克式的「批判現實主義」？巴金的小說是不是可以歸結為托爾斯泰、妥斯托也夫斯基式的文學理念？甚至屈原的楚辭可以名為「浪漫主義」，而《詩經》可以名為「現實主義」？

現代中國的文藝理論家常常將中國古代的文學批評稱作是「鑒賞」式的，以示其缺乏理性思辨的嚴密與知識概念的完備，這不能不說是一個事實。然而問題在於，讓我們產生如此強烈的理性思辨與知識概念崇拜的卻是近現代以後的事情，是引入中國的西方文學理論的形態給了我們直接的啟發，而就在這樣的一個啟發過程當中，作為人類智慧的理性思辨與知識概念本身的價值是一回事，作為中國文學理論的實際發展成就卻又是另外一回事。

與某些現代中國的文藝理論家以「鑒賞」來貶稱中國古代的文學批評相映成趣的是：現代中國恰恰在自己的文學思想建設方面留下了太多的空白與遺憾。我們「超越鑒賞」，試圖進入理性王國的大廈，然而這個已經由別人的、概念別人的術語所建構起來的大廈卻似乎並不那麼聽任我們擺佈，常常都有人在感歎，現代中國還是缺少自己的文學理論，自己的詩學體系，支援我們文學批評的這一整套的基礎概念都來自西方！上世紀前半葉是匆忙演繹了西方幾個世紀的文學思想，50-70 年代則是前蘇聯的文學思想的借用，而最近 20 多年則轉而繼續追蹤西方現代——後現代的文學思想。整整一個世紀過去了，最讓中國的文學理論家們忙碌不堪的事情便是翻譯、輸入和試用外來的文學理論概念，翻譯、介紹工作真正成了「一切工作的生命線」，外語的優勢與對外來理論資訊的佔有最生動地展示了 90 年代以後人們議論紛紛的「話語／權力」關係，彷彿中國文學批評所要解決的問題不是中國文學自己提出來的，它們不過就是西方思想早已揭示的普遍問題的一個局部的證明，彷彿中國的文學理論界並不是按照自己文學發展需要所形成的中國的「思想工廠」而是西方理論的巨大消費場所。久而久之，我們不禁會問，中國的文學究竟還存在不存在自己的問題？或者說中國現代的文學思想家們還有沒有發現這些問題並試圖展開它們的能力？

問題當然不僅僅在於文學批評，其實整個現代中國學術與文學理論的發展都存在這樣的尷尬。早在 1980 年代，在新時期的思想啟蒙運動蓬勃開展的時候，王富仁先生就提出過中國的現代文化運動與西方現代文化發展的差異問題：「西方文化的現代化進程是由於自身內部的矛盾運動引起的，它更具有自然發展狀態下的和諧性，它的每一個後來的發展，都是前一階段文化系統已經具有的潛能的進一步發揮，即使它的偶然性也包含著某些必然性的因素。因而我們必須認為它是一種順向性的發展程式。而中國近代文化的發展進程，其原因並不僅僅在於自身內部的矛盾運動，即使這種內部的矛盾運動，也是由於西方文化的撞擊而大大強化了的。它的發展不具有自然發展狀態下的和諧性，任何後一階段的變化都無法僅僅在自身內部的前一階段的文化系統中找到它的全部潛在勢能，它更依賴於西方文化對中國文化的影響和提供的推動力量。」[1]我以為，現代中國的文化發展缺乏「內部的矛盾運動」而「更依賴於西方文化影響」的這一事實產生了十分嚴重的後果，在某種意義上，它就是現代中國文化諸「問題」的主要原因之一。

文化建設的核心是什麼？是人自身的一系列新的變化。因為文化本身就是人所創造的物質與精神財富的總和，人類社會在物質與精神財富上的種種變化，歸根結底其實就是人自己的變化。觀察在西方近現代文化的進程，我們常常驚歎其物質生產的成就、制度建設的碩果乃至一系列思想觀念的巨大革新，然而，在這一過程中起著核心意義

[1] 分別見王富仁：《中國近現代文化發展的逆向性特徵與中國現當代文學發展的逆向性特徵》，《靈魂的掙扎》77 頁、81 頁，時代文藝出版社 1993 年。

的其實還是人自己的變化：是人對於生存的感受發生了至關緊要的改變，是人對於自己生命的可能性有了新的理解。在西方中世紀到近現代社會的演變當中，實際湧動著兩個方面的內在力量，一是城市文明興起、世俗生活盛行，二是在這樣的生存變化中人所產生的主體精神的變化，包括對宗教與教會關係的反思以及所謂的人文主義思想的發展等等。在實際的運動中，這兩個方面是相互作用、相互促進的，城市文明與世俗生活的發展不斷刺激著人的感受，不斷充實著人的主體精神的生長，而人的主體精神的新變則帶來了極大的創造的可能，它又反過來推動了城市文明與世俗生活的發展——而這最終就成為了近現代文明的根據。正如英國歷史學者鄧尼斯‧哈伊所論述的那樣：「十五世紀初，佛羅倫斯的人文主義思潮總的傾向是為了適應塵世的生活。人們隱諱地有時也是公開地拋棄與超物質的宗教結合在一起的禁欲主義原則。那些多少世紀以來一直宣揚天主教苦行主義的修士和神父，現在也開始追隨不同樣板的聖徒。塵世間取得的成就和知識，以及塵世的道德是同禁欲主義的生活相矛盾的。這點符合大多數人對待塵世朝聖活動的看法，他們的觀點如今已得到了尊重。」[2]在這裏，「塵世生活」的新變和人的生活態度、生活「觀點」的新變相互作用，共同形成了「人自身的一系列新的變化」，並最終推動了文化建設的總體變化。

這樣的變化，從根本上說便是屬於一種「內部的矛盾運動」，其「內部」性即在於其中起著關鍵性作用的是作為文化主體的人的內部精神的演變，是自我體驗的變化，也是自我感受這個世界及生命存在的內容與形式的變化，即自我意識的變化。與作為創造主體的人的這樣的變化相比較，其他層面的社會文化的變化（如物質、制度等等）都可謂是「外部」的。

---

2 鄧尼斯‧哈伊：《義大利文藝復興的歷史背景》，中譯本（李玉成譯）133頁，三聯書店 1988 年。

然而，中國自己的現代文化發展過程卻分明與之頗不相同。眾所周知，自鴉片戰爭以降，中國文化的現代化進程分別經過了物質——制度——精神幾個重要的階段，在這裏，精神世界的發展變化分明居於最末的層次，而且就是物質——制度的演變，也是西方文明武力衝擊的結果，這樣的結果從一開始就不是中國人能夠自覺接受、自覺追求的目標，也就是說，這樣的文化現代化，並非出自我們的「心願」，不過就是「勢之所迫」而已。與西方比較，我們明顯缺乏那種從「塵世生活」的新變到人的生活態度、生活「觀點」的新變相互作用的過程，而中國人自我體驗、自我意識的發展也嚴重地受制於這樣一種外來文化的壓迫情勢，也就是說，我們對於外部的文化壓迫的反應與應對要遠遠多於我們對於當下生存的深入體驗，我們對於自我獨立的主體意識的發展的渴望也要常常讓位於國家民族對於那些「外部」現代化指標的需要。

這樣的文化現代化過程在客觀上就不得不體現為對於一系列西方現代化指標的追求。我們常常是將這些文化的「外部」指標認作我們自己首先需要達到的基本要求。乃至一系列本來屬於自我內部的精神性的建設也主要是徑直取法於西方已有的結論，這樣，「外部」再次完成了對「內部」的替代。

我們翻譯了大量的西方政治學書籍，卻沒有有效地建構起我們自己的現代政治學理論。

我們輸入了大量的西方經濟學知識，卻沒有出現更系統完整的直接面對中國特殊問題的經濟學思想。

除了重複盧梭、皮亞傑與杜威，除了引述前蘇聯的教育思想，我們自己的教育哲學在哪裡？

我們不斷嘆服於西方的哲學成果，然而我們自己富有原創性的現代哲學卻遲遲不見蹤跡。

在美學領域，現代中國的最顯著成就便是對西方美學的介紹和對中國古代美學的梳理，現代中國的美學依然在醞釀之中。

在中國現當代文學的創作當中，「在它的每一個發展階段，幾乎總是理論提倡在先，文藝創作隨後。它所反映的恰恰是新文學作家理性追求在前，情感、審美追求在後的普遍傾向。」[3]這裏依然存在一個自我生命體驗、生存感受相對匱乏的問題。

回歸傳統：另一種嚴重的「失語」

當然也有似乎完全相反的情勢，就是說每當這些「外部」力量的擠壓迫近我們的承受底線之時，我們也會出現另外一種形勢的「反彈」，那就是竭力標舉「民族化」與中國古代文化的大旗，試圖借助中國古代文化的力量反撥外來文明的擠壓。在中國現代文化史上，不斷有被指摘為「全盤西化」的流派的出現，但也不斷響起對民族傳統文化的捍衛之聲，兩大文化追求此伏彼起、糾纏不休。

宣導「民族化」，重新回到對中國古代文學傳統的緬懷與追憶當中，這固然是可以理解的，然而問題卻在於，「民族化」和「傳統性」的生成一旦被置於與「現代化」和「西方性」相對立的立場，那麼這一命題所能夠包含的空間也就十分的狹小了，在被切斷了與當代生存的有機聯繫之後，它事實上只能是既往的一套已經成型的思路與概念的運用而已，我們當然不能否認「興」、「味」、「風骨」之類的話語在今天的生命力，但是作為現代生活映射的文學究竟還有屬於今天的新內涵，離開了「現代化」，離開了對「西方性」豐富內容的把握與參照，我們依然很難描述我們的文學現象，很難理解和總結正在進入前所未有的「工業化」、「商業化」生存的實際體驗，我們也很難產生屬於現代中國的文學與文化思想。而且，將中國文化現代化的

---

3 分別見王富仁：《中國近現代文化發展的逆向性特徵與中國現當代文學發展的逆向性特徵》，《靈魂的掙扎》77 頁、81 頁，時代文藝出版社 1993 年。

方向認定為中國古代文化的發揚，這在根本上就是忽略了一個基本的前提：如果中國古代的文化依然具有如此強大的生命力，那麼我們近現代以來的社會危機也許就完全不是今天所看到的這樣了。無論西方文化在實際上給我們的文化發展造成了多大的擠壓，帶來了多麼複雜的影響，我們都必須要正視一個基本的事實，這就是介入現代世界的文化迴圈、與其他文明形態發生有效的對話是不可改變的事實，中國古代文化的意義在今天只能是局部的而不再可能是整體的，現代中國的文化發展歸根結底只能來自於現代中國人對於當下生存境遇的體驗，只能來自於在新的生存境遇之中對自我意識的重新喚起和發揚，在這裏，關鍵在於「當下」，關鍵在於「當下」中的「自我」。

傳統批評話語無法在中國已經變化了的現代生存環境中獲得更好的發展，而中國現代文化發展自身也常常因為與舊有傳統話語的心理糾纏而不可能走得更遠。

前些年有學者提出了一個「失語症」的問題，意在揭示西方文化文學理論對於現代中國文化與文學思維的浸染，在我看來，襲用外來文學思想還僅僅是一個更深問題的表像，這裏的關鍵還在於自我生命體驗與生存感受的喪失，當自我的感受一旦喪失，那麼我們關心的就不再是我們在當下實際遭遇了那些「問題」，我們又該怎樣運用自己的思考來分析這樣的問題，襲用外來的文學文化思想不過只能自我感受喪失的一個方面的表現，我們忙碌於橫向的「翻譯」而無暇他顧固然會導致可怕的「失語」，同樣，如果一味忙碌於縱向的「繼承」也依然會令人遺棄當下，這自然也屬於可怕的「失語」。在文學批評與文化理論的生成中，「體驗」與「感受」的意義在於引導對於我們「問題發現」，而「問題發現」歸根結底就是生命的發現，自我生命的發現才能成為一些思想發動的原點，簡單回歸中國古代的文化傳統為什麼照樣不足以形成我們今天的文化思想呢？因為在中國古人的生命發現並沒有天然包含現代中國人的「問題」與生命形式，就像西方的文學與文化批評並不直接關懷在中國人的「問題」與生命一樣，如果說簡單引入西方的文學傳統與批評傳統最終導致了現代中國文學理論的「失語」，那麼簡單回歸中國古代的文學傳統與批評傳統依然回再蹈「失語」的陷阱，當代詩人任洪淵就在他詩歌中生動地描述過古代文化傳統之於現代人的語言與思想的壓力：

鯤
鵬
之後，已經沒有我的天空和飛翔
抱起昆侖的落日
便不會有我的第二個日出

在孔子的泰山下
我很難再成為山
在李白的黃河蘇軾的長江旁
我很難再成為水
晉代的那叢菊花一開
我的花朵
都將凋謝
……
文字
一個接一個
燦爛成智慧的黑洞，好比
恐
龍
龐大到吃掉世紀
也吃掉了自己
空洞為一個無物的
名詞

活著的死亡
最虛無的存在
——《文字一個接一個燦爛成智慧的黑洞》

是的，我們需要「返回」，但返回的不是中國的傳統而是我們自己原初的生命感受，文學感受，其根本意義就在於調動了生命的感受。

生存感受、生命體驗

西方文化的「外部」指標不足以完成中國自己的文化現代化建設，這在根本上是因為西方文化的主體區別於現代中國文化的主體，而中國文化的主體需要決非異域文化所能夠替代表達；同樣，作為古代中國文化的主體的人的需要也不會混同於現代中國文化主體的人的要求。現代中國文化發展的希望在於現代中國人生命感受與自我意識的表達，只有堅持了這樣的原則，我們才能自然生長出屬於現代的我們的政治學、經濟學、哲學、美學與文學，我們的新文化才能不再被他人視作西方文化的簡單的附庸，當然，也不會被視作古代文化的簡單的附庸。

一種新的生存生命體驗和新的自我意識也最終保證了西方文化——中國古代文化不再處於簡單的二元對立狀態，西方文化並不作為中國古代文化的顛覆者而出現在現代中國的，而中國古代文化也不是作為西方反抗者而確立自身價值的，文化的對抗性思維並不是文化發展的有利狀態，在作為創造主體的人的精神建構成為我們的主要目標之後，一切外來的文化，一切古代的文化都可以成為我們自由選擇的對象。

對於這一「新」的現代學術思路來說，我這裏所提出的生命體驗、生存感受之意義也僅僅是一系列重要課題的起點，我們希望能夠通過從這一「基點」出發，對現代中國的諸多問題有一個新的更有價值的解讀。下面我以中國現代文學研究的學術發展為例，談一談從這裏入手可以帶來的新的思路。

中國現代文學研究在最近 20 餘年來所取得的成就是有目共睹的。概括起來，這些成就的取得在很大程度上可以說是一種「文化關聯的發現」：在 80 年代之初是以中外文學與文化的關聯實現了對「唯階級鬥爭」論的撥亂反正，也就是說，以文化層面上的意義的闡釋取代了純粹政治層面的定義，這樣，中國現代文學自身的許多特點便得到了尊重和展現，在當時，比較文學及比較文化的研究成為最引人注目批評方式；進入到 90 年代以後，隨著「現代性」知識體系逐漸成為我們闡釋現代中國文學的一個重要的話語資源，人們也更多地注意到了在「社會現代性」與「審美現代性」的相互張力之中解釋文學的可能，於是，中國現代文學與社會文化諸方面的複雜聯繫獲得了前所未有的展開，如文學與傳媒，文學與政治制度，文學與法律等等。

應該說，以上的這些研究的價值都是毋庸質疑的，但是，時至今日，我們也必須看到其中所包含的不容忽視的局限性：雖然文學自然也屬於「文化」現象之一種，但是它究竟還有著自己的獨特個性，僅僅從中獲得「文化關聯」的啟發是不是就抓住了「文學」的深厚的內涵？或者說，除了文化交流的必然與社會文化因素的聯繫外，文學本身的魅力與動機還存在不存在，如果存在，我們又當如何來描述它？例如在上世紀 80 年代以降的比較文學與比較文化的研究過程中，我們就多次面對了這樣的困惑：究竟如何來描述和估量中國知識份子（作家）所承受外來觀念的方式，或者說所謂的外來因素是如何作用於他們並通過他們對整個中國文學的現代轉換產生意義的呢？在一個相當長的時間裏，卓有成就並漸趨成熟的一種闡釋模式是「中外文化交流」。即考察這些中國知識份子（作家）接受了哪些外來文化的薰陶和影響，然後在他們各自的創作中尋找與那些外來文化的相類似的特徵，以此作為中國現代作家與整個中國現代文學在「中外文化交流」

之中發展變化的具體表現。這一闡釋模式是隨著新時期中國文化對外開放的大勢而出現和強化起來的，中國現代文學研究正是在開放與交流的大勢中恢復了生機，重新肯定和挖掘中國現代文學的開放姿態與交流內涵，借助於比較文學的「影響研究」方法，這都逐漸發展成為了中國現代文學研究的主流。應當說，這一研究模式的合理性便在於它的確反映了中國現代文學發生發展所背靠的文化交流的歷史事實，但是時至今日，我們也必須看到，在實際的文學比較當中，我們又很容易忽略「交流」現象本身的諸多細節，或者說是將「影響研究」簡化為異域因素的「輸入」與「移植」過程。，這便在很大的程度上漠視了文學創作這一精神現象複雜性。因為，精神產品的創造歸根到底並不是觀念的「移植」而是創造主體自我生命的感受、體驗與表達，作為文化交流而輸入的外來因素固然可以給我們某種啟發但卻並不能夠代替自我精神的內部發展，一種新的文化與文學現象最終能夠在我們的文學史之流中發生和發展，一定是因為它以某種方式進入了我們自己的「結構」，並受命於我們自己的滋生機制，換句話說，它已經就是我們從主體意識出發對自我傳統的某種創造性的調整。正如王富仁先生所指出的那樣：「文化經過中國近、現、當代知識份子的頭腦之後不是像經過傳送帶傳送過來的一堆煤一樣沒有發生任何變化。他們也不是裝配工，只是把中國文化和西方文化的不同部件裝配成了一架新型的機器，零件全是固有的。人是有創造性的，任何文化都是一種人的創造物，中國近、現、當代文化的性質和作用不能僅僅從它的來源上予以確定，因而只在中國固有文化傳統和西方文化的二元對立的模式中無法對它自身的獨立性做出卓有成效的研究。」[4]到今天為止，我們讀到的中國現代文學發生史依然常常是將「文化交流」中的外來觀念的輸入當作中國文學發展的事實本身。這就難怪在近年來的「現代性質疑」思潮中，不少的學者都將包括文學在內的中國文化的現代性

---

[4] 王富仁：《對一種研究模式的置疑》，《佛山大學學報》1996 年 1 期。

動向指責為「西方文化霸權」的產物——因為，至少是我們的文學史本身並沒有描述出中國現代知識份子如何進行獨立精神創造的生動過程。

中國現代文學研究必須重視中國現代作家自身主體精神的建構過程，必須重視中國作家自己的生存感受與生命體驗。

與文化交流中經常涉及的「知識」、「觀念」、「概念」這一類東西不同，生存感受與生命體驗更直接地聯繫著我們自己的生命存在方式，對於任何一個現代中國人而言，「感受」或者曰「體驗」都同樣是我們感受、認識世界，形成自己獨立人生意識的方式，也是接受和拒絕外部世界資訊的方式，更是我們進行自我觀照、自我選擇、自我表現的精神的基礎。換句話說，所謂的「文化關聯」的問題其實並不是簡單的文化觀念的理性生成與簡單傳遞，而是在這樣的一個「過程」中，中國近現代知識份子（作家）的自我感受與自我體驗問題，這裏——既有人生的感受又有文化的感受。在主體體驗的世界裏，所有外來的文化觀念最終都不可能是其固有形態的原樣複製，而是必然經過了主體篩選、過濾甚至改裝的「理解中」的質素。中國作家最後也是在充分調動了包括這一文化交流歷程中的種種體驗的基礎上實現了精神的新創造。

例如，離開了中國新文學誕生之初中國作家的特殊體驗與感受，我們很難解釋現代中國何以會產生一種區別於古代文論與詩話的新的理論的興趣，中國現代文學理論與文學批評是在新文學創作的激發中出現的，並且首先就是由中國新文學的實踐者來加以闡發的。最早的中國現代文論之一如胡適的《談新詩》，關注和解釋的是「八年來一件大事」，因為「這兩年來的成績，國語的散文是已經過了辯論的時期，到了多數人實行的時候了。只有國語的韻文——所謂『新詩』——還脫不了許多人的懷疑。」[5]很顯然，是豐富的文學的事實激發了像胡適

[5] 胡適：《談新詩——八年來一件大事》，楊匡漢、劉福春編《中國現代詩論》

這樣的理論家的思考的興趣、解釋的衝動和新的理論建構的慾望。在中國現代文學批評史上，但凡富有較長生命力的成果莫不都是批評家自身生命感受與藝術感受的表達，那些靠搬運的概念求新逐異的學術取向最終將失去歷史的價值。

提出當下的文學感受問題，這當然不是否認中外文學理論之於我們學術的重要價值，而是說，對於以創造為己任的我們來說，應當如何來看待這些已經存在的文學思想？或者說已經存在的中外文學理論在何種意義上才能成為我們真正的「資源」？

在我們看來，作為「資源」意義的古代與西方的文學理論重要的並不是它們已有的結論與術語、概念，而是包孕於其中的思考的智慧，是可以開啟我們自己創造性的思維的啟示。換句話說，在中國古代與西方的文學理論形態中，作為文學思想建設基礎的「文學感受」究竟是如何產生作用的，中外的偉大的文學理論家們究竟是如何從他們各自的文學感受出發，以自己的方式提升和建構新的文學理性的——這才是我們最應該關心的內容。

西方文學理論（包括對現代中國影響甚巨的二十世紀西方文學理論）歸根結底屬於西方的文學理論家對於他們文學作品的真切感受，離開了對於文學作品的感受，我們很難理解這一文學思想的獨特形態，離開了對於西方文學理論家提煉文學作品的感受過程的考察，我們所獲得的概念和術語只能空洞的、飄忽的。作為現代中國文學建設的「他山之石」，我們有必要從對西方文論成果的急切介紹和匆忙移植中平靜下來，重新「返回」其創造性的過程本身，重新咀嚼其中的智慧的啟迪，也許，這才對未來中國的文學思想建設產生積極的實在的意義。

上冊 2 頁，花城出版社 1985 年版。

第二節
西方文論與現代中國文論建設的資源問題

與中國現代文學的發展一樣，現代中國文論也同樣存在一個現代特徵的尋找與建設的問題，正如我們在前一節所指出的那樣，西方文論的動向曾經長時間地左右著我們，以至我們常常遺忘了自身的主體性，將我們自身的生存體驗與生命意識棄之不顧。在現代文論的建設過程中，所謂「西方文論的中國化」與「古代文論的現代轉化」一樣複雜而糾纏。的確，「全球化」的客觀現實便是西方強勢文化的全球性擴張，而「第三世界」常常忙於應戰。在這個時候，大概已經沒有什麼人會懷疑討論「西方文論的中國化」這一問題的迫切性了。

然而，問題的關鍵卻不在西方強勢文化究竟是如何的來勢洶洶，而是作為主體的我們究竟如何應對，如何的避害趨利，如何在洶湧而來的文化資訊中從容抉擇，一句話，最重要的是：面對紛至遝來的西方文論，中國如何才能「化」？

在我看來，起碼有三方面的東西值得我們認真探究。

「中國化」不是文化民族主義訴求

首先，西方文論的中國化需要一定要同「文化民族主義」的訴求劃清界限。

中國的文化民族主義產生自近代以後中華民族與西方強勢民族的嚴重對抗——從器物的碰撞到制度的較量，我們一路下來，獲得了太多失敗，以至「文化」便成為了我們民族尊嚴的最後一塊「國家級保護區」，我們需要通過對民族文化的維護來捍衛最後的自尊。詩人聞一多在《復古的空氣》中，有過形象的描繪：「自從與外人接觸，在物質生活方面，發現事事不如人，這種發現所給予民族精神生活的擔負，實在太重了。少數先天脆弱的心靈確乎給它壓癟了，壓死了。多數人在這時，自衛機能便發生了作用。」「中國人現實方面的痛苦，這時正好利用它們（指中國古老的文學與文化——引者注）來補償。一想到至少在這些方面我們不弱於人，於是便有了安慰。」[6]聞一多用一個「自衛機能」道破了文化民族主義的實質，「自衛」既是我們的本能，也是我們的局限。這也就是說，文化民族主義有它千萬條存在的理由，但也同樣存在著千萬條作繭自縛的後果。

在中外文化交流碰撞一個多世紀以後的今天，我們再來談論西方文論的中國化問題，我以為就必須從單純文化民族主義的心理陰影中脫身而出，在超越了退避性的「自衛」以後，我們的思考將更加的理性和睿智。

「中國化」的問題決不是一個文化民族主義式的「自衛」問題。也就是說，我們究竟能夠「化」多少的西方文論，能否都「化」得順利，「化」得成功，這並不關涉我們的民族自尊心，並不說明中國文化的偉大與否。

這裏不妨舉一個翻譯史的例子。據錢鍾書先生考證，中國近代第一首英詩漢譯出自外交官董恂，[7]而董恂翻譯此詩的目的卻不是為了展示英詩的高妙而是力圖證明漢語的能力，所謂「諸侯用夷禮則夷之，夷而進於中國則中國之」。可見，在那個失敗連連的近代，中國文人是多麼的脆弱，他們甚至不惜用這樣扭曲的思維來「自衛」我們的文化。另外一個翻譯家俠人一方面翻譯西洋小說，一方面卻在《小說叢話》中斷言：「西洋之所長一，中國之所長三」，「吾祖國之文學，在五洲萬國中真可以自豪也。」以華化夷，「同文遠被」，這可以說就是當時並不願「面向世界」的中國人的基本願望，「夷而進於中國則中國之」，這可謂是西方文化「中國化」的最早版本。

---

[6] 聞一多：《復古的空氣》，《聞一多全集》2卷351頁，湖北人民出版社1993年版。

[7] 錢鍾書：《漢譯第一首英語詩〈人生頌〉及有關二三事》，《七綴集》117頁，上海古籍出版社1985年版。

然而，歷史的發展既證明了漢語能力，也同時證偽了「以華化夷」幻想。中國文化的能力並不需要通過能否「化夷」來加以證明，中國文學家的自信更不必通過順利「消化」其他民族的文學與文論才得以鞏固。到了新世紀的今天，我們應該清醒地意識到：真正的文化與文學交流應該是基於平等立場上的精神的「共用」，而「共用」並不取消各自文化的獨立性。換句話說，雖然中華民族的生存發展依然是一個重要的問題，但西方文論與西方其他文明成果的「中國化」卻並不應當成為我們自身發展的一個沉重的精神包袱，外來的文論在多大程度上可以實現本土轉化，這主要取決於雙方文藝思想的契合程度、認同程度，它決不是用以衡量中國文化、中國文論自我能力的「試金石」。

「全球化」的今天，一方面是西方強勢文化的擴張，另一方面卻又出現了其他文化反抗擴張、努力崛起的趨勢，精神價值的多元並存，精神成果多樣性生成，這也是歷史的事實。在這個意義上，我認為並非所有的西方文論都一定要「中國化」，有的西方文論，從提出問題的立場到展開問題的方式都可能與我們當今的精神需要相當隔膜，而且也許在一個相當長的時間之內都會如此，對於它們，便喪失了「化」的意義，這是一件十分正常的事情。正如無論我們怎樣預言二十一世紀將是中國文化的世紀，如何努力於從「拿來主義」轉而為「送去主義」，但中國文化在事實上並不可能為西方世界一致理解和認同一樣。

「中國化」與中國的需要

與此同時，我以為也沒有必要單純地誇大西方文論中國化的獨立意義，歸根到底，它不過是中國文論自我建設這一更為宏大工程的組成部分。作為中國文論自我建設這一宏大工程的有機組成，任何外來文化的轉化都必須服從主體的需要，中國文化人的主體地位絕對是一切轉化和建設的前提。

西方文論之所以需要「中國化」，歸根到底還是為了中國自己的文論建設。這就是說，西方的文論進入中國以至為我們所「化」的前提並不在西方而恰恰在我們自己，是西方文論對於文藝的闡述方式有助於解決我們自己的理論困惑才促使我們產生了「化」的慾望。中國文化人之所以能夠產生對西方文論的興趣，根本原因也在現代社會中所產生的新的理論表述的需要。眾所周知，中國古代文論的存在形態是重直覺，重感悟，但無意營造嚴密的概念體系與邏輯體系，這在品讀藝術作品之時頗見優勢，但卻失於對文學藝術的超越性的形而上的思考，也弱於對現象的細密的分析與解剖。現代社會工業化、商業化、市場體制化的生存形式破除了中國人「詩化人生」的混沌，像過去那樣自我陶醉的藝術點評已經遠遠不能滿足人們的理論要求，生命、人生、信仰等等都在等待人們作出理性的分析與邏輯的梳理，在文藝理論當中，正是西方文論擁有了這樣的話語形式，因而也對現代中國的文學家們產生了巨大的吸引力。

在這個意義上，我們可以看到，現代中國對西方文論的「需要」主要還來自於自己的生存的表達，它與西方文化本身的強勢地位並無本質的聯繫。換句話說，西方文化在整體上的強勢特徵並不能成為西方文論「出身高貴」的理由，而中國文化在當今世界的暫時的弱勢處境也並不能成為中國文論「人窮志短」的根據。中國當代文藝理論家引入西方文論並不是為了替自己「低微」的出身尋找到一個「堂皇」的裝飾，不是為中國自己的文藝現象更符合「世界先進思潮」尋找證明，甚至也不存在「與國際接軌」的問題，文藝思想的多樣性與人類文明的多樣性一樣恰恰是精神成果的正常現象。

而正視和承認這種「多樣性」也就首先必須正視和承認人作為文化創造者的不可抹殺的主體性。

在這個問題上，我認為有必要從上世紀 80 年代中國文學批評界簡單運用比較文學「影響研究」的事實中汲取教訓。在當時，為了急於證明中國文學「走向世界」的形象，為了描述現代中國作家如何及時有力地呼應了「世界文學」的主流，我們大規模「調用」了一系列的西方思潮術語，用作對中國文藝現象的「新潮」的解釋。彷彿中國文學就是因為重複了這些世界性的文學追求才獲得了「先進性」與「合法性」，彷彿中國作家的價值就在於他「介紹」和「搬運」了許多別人的文化與文學成果，又彷彿這樣一些中國作家總是將自己主要的精力都投放到他人成果的「學習」、「領會」與「搬運」當中。在這種思維方式當中，被最大程度漠視的恰恰是作為文學活動的最重要的東西——人的主體性與創造性。正如王富仁先生在《對一種研究模式的置疑》中指出的那樣：

> 在這個研究模式當中，似乎在文化發展中起作用的只有中國的和外國的固有文化，而作為接受這兩種文化的人自身是沒有任何作用的，他們只是這兩種文化的運輸機械，有的把西方文化運到中國，有的把中國古代的文化從古代運到現在，有的則既運中國的也運外國的，他們爭論的只是要到哪裡去裝運。但是，人，卻不是這樣一部裝載機，文化經過中國近、現、當代知識份子的頭腦之後不是像經過傳送帶傳送過來的一堆煤一樣沒有發生任何變化。他們也不是裝配工，只是把中國文化和西方文化的不同部件裝配成了一架新型的機器，零件全是固有的。人是有創造性的，任何文化都是一種人的創造物。[8]

要緊的是，這樣的闡釋並不能真正說明中國文學現象的內在本質。以魯迅為例，在我們一致高揚「現實主義」大旗的時候，魯迅就被闡釋為現實主義的藝術大師，他在文論中對「杭育杭育」派的提及自然也就是切合了「文學起源於勞動」的經典思想；到後來，隨著西方現代主義思潮開始在中國流行，魯迅又成了重要的象徵主義作家，《野草》身價倍增，而魯迅之於日本廚川白村「苦悶的象徵」的關注

8 王富仁：《對一種研究模式的置疑》，《佛山大學學報》1996 年 1 期。

便成了我們重要的話題；再後來，則又有存在主義，魯迅的諸多思想又似乎包含了重要的「存在之思」……或許這樣的闡述都有它們各自的理由，然而卻無法從本質上擺脫「比附」性思維的嫌疑：難道魯迅的意義只能在與西方思想的比附之中才得以確立嗎？我們不禁要問：魯迅，作為中國現代文藝史上一位重要的思想家，究竟他獨立的貢獻在什麼地方？

在中國現代文論建設的意義上討論西方文論的中國化，便應該竭力從這樣的比附式的思維形式中解脫出來：不是我們必須要用西方文論來「提升」、「裝點」自己，而是在我們各自的獨立創造活動中「偶然」與某一西方文論的思想「相遇」了，作為人類際遇的共同性與選擇的相似性，我們不妨「就便」借用了西方文論的某些思想成果，而一旦借用，這一來自西方文論的思想也就不再屬於它先前的體系，它實際上已經被納入了中國文論的範疇，屬於中國文藝思想家創造過程的一個有機組成部分。

在中國現代文論建設的意義上討論西方文論的中國化，我們還必須清晰地與兩種思維方式劃清界線，一是西方文論的「優越論」，二是西方文論的「進化論」。

前者將西方文藝思想視作一個理所當然的「高於」我們的存在，而我們只有臣服、學習與模仿的機會，這是從根本上剝奪了中國文論家的主體性；後者將西方文論的發展視作一個不斷「進步」的過程，而越到現代、當代，也就越是體現了其最高的水準，於是中國文論家也需要不斷地「求新逐異」，不斷追蹤西方的「新潮」，似乎只有將西方的「最新」「化」了過來，中國的文論才有了存在的勇氣，這同樣是漠視了中國文藝思想自身的需要。

「中國化」，這本身並不是一個完全獨立的活動，它永遠應當是中國現代文論建設的自然組成部分，或者說是處於這一建設程式中的中國文論家自主而自由的行為之一，等待中國文論家「轉化」的西方文論具有很大的隨機性，一切西方文論的思想都有可能在某一時刻為中國文論家所「調用」，從本質上說，這與「時代」沒有必然的聯繫，與「主流」沒有必然的聯繫，甚至其原有「流派」的分歧在我們這裏也未必就那麼的重要；同時，對於中國文論家的個體創造活動而言，所謂西方文論的中國化，與中國古代文論的現代轉化完全也可能是彼此交叉和互補的行為，並沒有什麼必然的區別。

在這個邏輯上，我們還可以得出這樣的結論，即衡量這些「中國化」最終成果的也不是這些西方文論在其固有體系中的「本義」的保存與再現，我們完全有資格進行符合自己需要文化的「誤讀」，只要這樣的「誤讀」最後有利於現代中國的文論建設。

「中國化」與中國文藝實踐

討論西方文論的中國化問題，我認為還必須提出一個重要的方面，即西方文論的中國化問題並不純粹是一個的理論建構的問題，它還必須充分面對現代中國的文藝創作實踐。

這裏可能會涉及文論與文藝創作之間的複雜關係。這也當前中國文論界眾說紛紜的一個話題。

從一方面看，作為理性大廈的中國文論自身有其自我運行的邏輯系統，它獲得了來自哲學思辯的「形而上」追求的支撐，正因為這樣，也就能夠對具體的創作實踐保持相對的獨立性；然而，從另外一方面看，文論卻也同時依託於靈動的具體文藝實踐，如果文藝理論的建構不足以解釋和回答中國文藝的諸多現象，它也就失去了向精神領域不斷拓進的可能。然而，問題卻在於這兩個方面特徵卻並不那麼容易協調和有機把握。

眾所周知，在考察 20 世紀中國文論的發展之時，人們常常覺得現代中國的文論缺乏西方文論與中國古代文論那樣的獨創性，尤其以當代中國文論為甚。這裏，我們究竟失去了什麼？仔細觀察與思索，我們便不難得出這樣的結論：其實我們就是失去了對當下文藝創作的密切關注，至少我們的文論是建立在一個遠離創作事實的困窘境界之中的。

在 20 世紀中國文論發展的這一整體困窘當中，相對而言，二十世紀前五十年的中國文論尚不時靈光乍現，諸如魯迅、郭沫若、茅盾、宗白華、李健吾、梁宗岱、胡風、袁可嘉等人的文論至今還常常為人們所提及，這也是因為他們的文藝思想與中國文學的創作活動有著密切的聯繫，是活躍的文學創作不斷推動他們的理性思考向著縱深處發展。作為理論家的胡風就是一個例證，與茅盾、袁可嘉等其他傑出的文論家相比，特別是與他糾纏多年的另外一位著名文論家周揚相比，胡風在一系列文論概念上的模糊性與不確切性是比較突出的，但我們卻也發現，這樣的一些理論表述恰恰是得之於胡風本人對當下文學創作經驗的深刻觀察與總結，而模糊性與不確切也正是為他關於複雜創作現象的描述提供了超越一般規範的多種可能性，換句話說，胡風的理論可能存在這樣或那樣的混沌之處，但它同時也為思考的縱深發展創造了更大的可能。

然而，隨著現代中國社會文化的日益體制化，社會的分工卻將這些關注文藝現象的知識份子劃分了開來，其中，熟悉了文論術語「理論家」大都進入了大學校園或專業性的科研機構，他們逐漸形成了一個「自言自語」的圈子，與創作界日益拉開了距離。依然關懷實際文學創作的則是另外一些從屬於「作家協會」的知識份子，而他們卻又操縱著一套與文論規範並不「合拍」的個人化語言，這些個人化語言雖不乏靈性卻很難進入理論家所認可的「公共空間」，因而也脫離了中國文論建設的軌道。就這樣，當代中國的文論更多傳達的是學院派知識份子的邏輯演繹，而一旦這些理論的演繹又不能獲得來自中國自身哲學體系的「形而上」的支撐——現代中國的哲學實在是薄弱之至——那麼，它還能剩下什麼呢？恐怕也就只有翻譯、介紹和模仿西方文論一條道路了！

在翻譯、介紹和模仿西方文論中發展起來的中國現當代文論，其獨創性當然是大可質疑的。

對於西方文論的翻譯、介紹和模仿當然還不能稱作是「中國化」的真正體現，因為，它們並沒有解決中國文論發展的真正問題，也沒有介入中國文藝創作的實際境遇。

今天，當我們鄭重其事地提出西方文論的中國化問題，也就必須正視這樣一種局面。也就是說，所謂「西方文論中國化」與中國文藝創作的良性互動關係應該這樣的：是中國文藝創作的豐富經驗提示著中國文論家思考的方向，又是西方文論的豐富內涵充實著我們思考的形式，中國文藝創作自然「需要」著西方文論，而西方文論的話語也在解釋中國文藝創作現象的時候自然彌漫開來——當西方文論的意念不是以雄霸一方的姿態出現而是作為對於中國文學實際問題的有效解決的時候，我們就可以說是成功實現了西方文論的中國轉化。

第三節　中國現代詩論的現代特徵

詩論家的新感受與現代特徵的產生

就如同我們對中國現代文學與文化的許多問題所採取的思路那樣，中國現代詩論的發生發展也常常被置於中外文化交流的巨大歷史背景之中，而且基於這一交流所存在的事實上的不平衡，包括中國現代詩論在內的一系列中國文學的問題也就「理所當然」地被一再描述為西方文化與文學的東移問題。如果按照近些年出現的現代性質疑的思維，那麼連同中國現代詩論在內的中國現代文學與文化的都不過是西方文化霸權的東移的結果，於是，中國文學的所有現代特徵問題在很大程度上就成了西方現代性問題的一種反映；要探討中國文學的現代性問題，最重要的工作似乎倒是要厘清西方文化的現代性問題。

充分肯定這一思路的合理性無疑是重要的，因為它的確反映出了決定現代中國文化面貌的一個至關重要的事實，我們迄今為止的主要的學術成果也都得益於這一恢弘的視野，然而，進一步的思考卻也昭示了這一思路的某些可疑：文化創造與文學創造的根本動力究竟來自何方？是我們所概括的抽象的各種「傳統」還是創造者自己的主體意識？正如王富仁先生所指出的那樣：「人是有創造性的，任何文化都是一種人的創造物，中國近、現、當代文化的性質和作用不能僅僅從它的來源上予以確定，因而只在中國固有的文化傳統和西方文化的二元對立模式中無法對它自身的獨立性做出卓有成效的研究。」「是中國近、現、當代知識份子為了自己的生存和發展吸取中國古代的文化或西方的文化，而不是相反，因而他們在人類全部的文化成果面前是完全自由的，我們不能漠視他們的這種自由性。」[9]

對於中國現代詩論現代特徵問題的認識也是如此。嚴格說來，在現代的中國詩論發生發展的時候，其實首先並不是這些詩論家必須對古代或者西方的詩論加以繼承或者排斥的問題，而應當是這些關注詩歌、思考詩歌的人們究竟如何看待、如何解釋正在變化著的詩歌創作狀況的問題，最早的中國現代詩論都如同胡適的《談新詩》一樣，關注和解釋的是「八年來一件大事」，因為「這兩年來的成績，國語的散文是已經過了辯論的時期，到了多數人實行的時候了。只有國語的韻文——所謂『新詩』——還脫不了許多人的懷疑。」[10]五四時期的詩論的確標舉過「進化」的大旗，但顯而易見，在它們各自的「進化」概念之下卻是關於當下詩歌新變的種種理由，在他們眼裏：「自然趨勢

---

[9] 王富仁：《對一種研究模式的置疑》，《佛山大學學報》1996 年 1 期。

[10] 胡適：《談新詩——八年來一件大事》，楊匡漢、劉福春編《中國現代詩論》上冊 2 頁，花城出版社 1985 年版。

逐漸實現，不用有意的鼓吹促進他，那便是自然進化。自然趨勢有時被人類的習慣性守舊性所阻礙，到了該實現的時候均不實現，必須用有意的鼓吹去促進他的實現，那便是革命了。」[11]五四時期的詩論家也就是借著西方的進化論的「聲音」來「有意的鼓吹」中國新詩的革命。是豐富的文學的事實激發起了理論家的思考的興趣、解釋的衝動和新的理論建構的欲望。中國現代的詩論家首先是為了說明和探討關於詩歌本身的新話題而不是為了成為或古典或西方的某種詩歌學說的簡單的輸入者，在這些新的文學事實的感受中，在這些新的理性構架的架設中，我們的理論家同樣是「完全自由」的，我們同樣「不能漠視他們的這種自由性」。胡適之所以將「文的形式」作為「談新詩」的主要內容，首先並不是因為他掌握了西方的意象派詩歌理論，而是因為他感到必須讓走進死胡同的中國詩歌突破「雅言」的束縛，實現「詩體大解放」，我們完全可以發現胡適詩論與影響過他的西方意象派詩論的若干背離之處，但恰恰正是這樣的背離才顯示了胡適作為中國詩論家的「完全自由」。胡適的詩歌主張遭到了穆木天等人的激烈批評，在把胡適斥責為「中國新詩最大的罪人」之後，穆木天、王獨清等從法國引進了「純詩」的概念，他們這樣做的根本原因還在於「中國人現在作詩，非常粗糙，這也是我痛恨的一點。」[12]「中國人近來做詩，也同中國人作社會事業一樣，都不肯認真去做，都不肯下最苦的工夫，所以產生出來的詩篇，只就 technique 上說，先是些不倫不類的劣品。」[13]正是這種明確的「中國意識」使得穆木天、王獨清等人的「純詩」充滿了他們所「主張的民族彩色」，[14]而與「純詩」在西方詩學中的本來意義頗有距離。從某種意義上說，胡適的「自由」、「口語」與「詩體

---

[11] 胡適：《談新詩——八年來一件大事》，楊匡漢、劉福春編《中國現代詩論》上冊 6 頁。

[12] 穆木天：《譚詩——寄沫若的一封信》，《中國現代詩論》上冊 98 頁。

[13] 王獨清：《再譚詩——寄木天、伯奇》，《中國現代詩論》上冊 109 頁。

[14] 穆木天：《譚詩——寄沫若的一封信》，《中國現代詩論》上冊 94 頁。

解放」代表了中國現代詩論的重要的一極，而自穆木天、王獨清開始的對於胡適式主張的質疑、批評，進而力主「為藝術而藝術」的「純詩」理想，這又代表了中國現代詩論的另外一極，但無論是那一極，其詩歌理論的出發點都是中國現代新詩發展的基本現實，這些理論家是按照各自的實際感受來建構他們的詩歌主張，來攝取、剔除甚至「誤讀」著西方的一系列詩學概念。

在中國現代詩論中，是以袁可嘉為代表的「新詩現代化」理論體現了最自覺的「現代」追求。而這樣的追求的目標，也是被我們的理論家放在解決「當前新詩的問題」中作了相當富有現實意義的表述：「當前新詩的問題既不純粹是內容的，更不是純粹技巧的，而是超過二者包括二者的轉化問題。那麼，如何使這些意志和情感轉化為詩的經驗？筆者的答復即是本文的題目：『新詩戲劇化』，即是設法使意志與情感都得著戲劇的表現，而閃避說教或感傷的惡劣傾向。」[15]袁可嘉還明確指出，所謂的「現代化」是不能夠與「西洋化」混為一談的，「新詩之不必或不可能西洋化正如這個空間不是也不可能變為那個空間，而新詩之可以或必須現代化正如一件有機生長的事物已接近某一蛻變的自然程式，是向前發展而非連根拔起。」「一個中國紳士，不問他外國語說得多麼流利，西服穿得多麼挺括，甚至他對西洋事物的瞭解超過他對本國事物的認識，但他很難自信已經是一個外國人或立志要做一個外國人，他給人們的普遍印象恐怕不是他西洋智識的過多而是本國智識的不足；另一方面，他卻可以毫不慚愧的學做現代的中國人，努力捨棄一些古老陳腐，或看來新鮮而實質同樣陳腐的思想和習慣。」接下來這幾句話好象在半過多世紀以後依然新鮮，而且就像是對某些「現代性」質疑者的特別提示：「現代詩的批評者由於學養的不夠，只能就這一改革的來源加以說明，還無法明確地指出它與傳統詩的關係，因此造成一個普遍的印象，以為現代化即是西洋化。」[16]

[15] 袁可嘉：《新詩戲劇化》，《中國現代詩論》上冊 500 頁。
[16] 袁可嘉：《新詩戲劇化》，《中國現代詩論》上冊 499 頁、500 頁。

在這個意義上，我以為要理解和評價中國現代詩論的現代特徵，其根本的意義並不在於釐清影響著現代中國文化與文學的西方的現代性究竟為何物（儘管這也仍然是一個重要的問題），而是現代的詩歌環境究竟給詩論家提供了什麼？中國現代的詩論家是怎樣感受和解釋這樣的環境？他們因此而產生了怎樣的理論設計？或者說，在中國既有的詩論體系之外，現代的他們又發現了什麼樣的詩學的趣味、詩學的話題？在表達他們各自的這些看法的過程中，逐漸形成了怎樣的一種新的理論話語模式？用袁可嘉先生的話來說，就是要關注詩歌理論在我們這個「空間」內部的有機生長的「蛻變的自然程式」，我以為，這才是真正構成中國現代詩論現代特徵的的「問題」。

中國古代的詩論的基本特徵

要理解和說明中國詩論在 20 世紀以後所要解決的「問題」在何種意義上是「新」的、「現代」的，還得先回到中國古代的詩論中去，看一看作為這「新」的參照之中國古代詩論的「舊」究竟為何物，它曾經是怎樣來發現和理解詩歌的「問題」，又具有什麼樣的形態，到了 20 世紀之後，這些固有的「問題」為什麼會發生變化？而詩歌「問題」本身的變化又怎樣導致了詩學形態的變化。對於這一系列問題的回顧和梳理，實際上就是對中國現代詩論發生的說明。

在中國古典詩歌基本生態環境與中國古代知識份子的特殊文化心態中，中國古代詩論逐漸形成了自己的形態，概括言之，中國古代的詩論家首先面臨著的重要「問題」便是中國詩歌（特別是抒情詩）幾乎在自己的第一個發展階段就出現了相當的藝術成熟和相當的社會影響力，聞一多就說：「《三百篇》的時代，確乎是一個偉大的時代，我們的文化大體上從這一剛開端的時期就定型了。」[17]值得注意的是，這個「偉大的時代」擁有著早熟的人文品格，也就是說，我們的詩歌藝術不是被送上形而上的神性世界而是更多地承載了現實人生的內容，在這個「現實」的社會裏，我們的詩論家也具有了相當實際的詩歌態度。

面對已經足以讓人歎為觀止的《詩經》文本，廣大的批評家、欣賞者與詩歌實際創作過程的分離的心態幾乎是本能地產生了，這樣的心態也許就鼓勵和支持了以孔子儒家為代表的功利主義詩論——在對這些膾炙人口的「有距離」的觀照和審視中，重點思考詩歌的社會作用，「興於詩，立於禮，成於樂」(《論語・泰伯》)「不學詩，無以言」(《論語・季氏》)「詩可以興，可以觀，可以群，可以怨。邇之事君，遠之事父，多識於鳥獸草木之名。」(《論語・陽貨》) 等等開創了中國古代詩論的學習、運用詩歌的觀念，這些功利主義的詩論成為了中國古代詩論的第一個發展階段。到了梁代鍾嶸的《詩品》，中國古代的詩論家開始從思想藝術的角度來欣賞、品評詩歌作品，但欣賞和品評的對象無疑是詩人已經完成了的「成品」，這本身就仍然屬於藝術創作過程之外的一種感覺活動，於是，那種與詩人實際創作過程的「距離」姿態也繼續保留了下來，並在以後的發展中成為中國古代詩話的一個極其重要的特點。中國古代詩歌理論的歷史表明：「論詩之著不外二種體制：一種本於鍾嶸《詩品》，一種本於歐陽修《六一詩話》，即溯其源，也不出二種。」[18]

如果說鍾嶸的《詩品》尚且體現了一種比較嚴肅的理論批評風格，那麼北宋歐陽修的《六一詩話》則在「論詩及事」，「以資閒談」的輕鬆裏更充分地傳達了詩論家對於詩歌創作的「有距離」的姿態。這種

---

[17] 聞一多：《文學的歷史動向》，《聞一多全集》10 卷 17 頁，湖北人民出版 1993 年版。

[18] 郭紹虞：《清詩話・前言》，見丁福寶匯輯《清詩話》，上海古籍出版社 1978 年再版本。

「有距離」的姿態再一次生動地體現了中國古代的詩論家從事詩歌批評活動的基本藝術環境：中國的詩歌批評總是在創作的高度成熟之後出現，中國古代的詩論家不是與詩歌的生長而是與詩歌的介紹、傳播和鑒賞聯繫在一起的。中國古代詩話的大興是在有宋一代，而在這個時候，中國的知識份子倍感壓力的是唐代詩歌那難以企及的藝術高峰。「讀古人詩多，所喜處，誦憶之久，往往不覺誤用為己語。」（葉夢得《石林詩話》）對於崇尚獨創性的藝術家來說，無法跳出前人的窠臼這是多麼可怕的事啊！「唐人精於詩而詩話少，宋人詩離於唐而詩話乃多。」[19] 這話移作對於宋代文人的無奈心態以及無奈中的寫作轉換的說明，倒也是頗為恰切的。的確，當前人的藝術創造的高峰一時難以逾越之際，詩人何為？詩論家又能何為？恐怕積累知識，積累關於詩歌的五花八門的知識，摸索閱讀詩歌的一些經驗就成了一件理所當然的事情。

這就是我們的中國古代詩論：它們自始至終都不是以直接思考主體創作規律，揭示藝術創作的奧妙，探討創作者複雜精神活動為目標的；關注「成品」的閱讀，匯集「成品」的知識，傳達個人的鑒賞心得才是其主要的特色。從這個意義上說，中國古代詩論可以被稱作是一種讀者對於詩歌的「鑒賞論」，或者是特定的讀者從「社會需要」出發對於詩歌的「徵用論」。我們甚至還可以發現，儘管在我們這樣一個巨大的「詩國」當中，文人皆詩人，但是絕大多數有影響的詩歌論著都不是出自創作成就突出的詩人之手，這也有趣地表明瞭詩論與詩作在「發生學」意義上的分裂。

中國古代詩論的這種實用性與鑒賞性的追求與西方自古希臘以來的詩歌批評傳統大相徑庭。古希臘人相信詩歌來自於神諭，這便有效地阻斷了他們對此作中國式的現實「利用」的可能。先是古希臘的神性的迷狂和理性的光輝，還有後來的智慧、意志與內在的生命，都不斷吸引西方詩論家走著一條嚮往神秘、渴慕智慧、探究精神創造奧妙

---

[19] 吳喬《答萬季野詩問》，《清詩話》上冊。

的道路。從古希臘上古的詩的神性論到亞里斯多德將詩視作「個別反映一般」的「技巧」，一直到文藝復興、浪漫主義、20 世紀以來的一些詩論，我們可以相當清楚地發現，詩歌創作者的感受始終是西方詩論所表述的中心，在西方，發展起來的是一整套關於詩歌創作實際體驗的「詩學」。亞里斯多德的《詩學》討論的是詩人如何進行成功的「摹仿」，華茲華斯的《〈抒情歌謠集〉再版前言》述說如何「使日常的東西在不平常的狀態下呈現在心靈面前」，柯爾律治大談「想像力」、「天才」和詞語的使用，托・斯・艾略特研究「傳統」與詩人個人才能的關係，海德格爾追問「詩人何為？」這正如有學者已經指出的那樣：西方「無論是技藝學視野中的古典主義詩學還是美學視野中的浪漫主義詩學，都是立足於寫作過程並在對作者心性機能的假定中確立起來的。換句話說，它們都是從作者的心理機制出發來思考詩（藝術）的本質的。」[20]這也可以解釋這個現象：在西方詩論的發展史上，出自著名詩人的名篇要明顯多於中國詩論。

對人的主體精神世界、創造奧秘的關注、追蹤也使得西方的「詩」的理論有機會超越具體的文體批評的層次而繼續上升、擴大到那些更具有普遍意義的精神現象的領域，古希臘亞里斯多德的「詩學」就是整個文藝活動之「學」，他的「詩」實質上是區別於歷史與科學言論的內涵豐富的概念，包括了史詩、悲劇、喜劇、豎琴歌和阿洛斯歌等等文體類別。20 世紀的海德格爾也在「詩思」中探討「存在」（Sein）的意義，在他看來，意義的最初發生、持存與變異、消失都與「詩性語言」的活動密切相關。與之相反，中國古代的詩家總是在相當具體地用詩、讀詩，這實際上便將「詩」的言論實在化和確定化了，所以我們所有的都是具體的詩歌的評論而沒有更加抽象的「詩學」。

中國現代詩論的新變、中國詩論現代特徵的建立實際上就源於一種詩歌生態環境與知識份子的特殊文化心態的根本變化，就是說，20

---

[20] 余虹：《中國文論與西方詩學》75、76 頁，三聯書店 1999 年版。

世紀的中國詩論家們再也無法在對固有的經典文本的「有距離」的閱讀中表達自己的心得了。因為，所有關於中國古典詩歌的背景知識都已經為前人所道盡，所有經典閱讀的體驗也不斷被古人所闡發，而他們也未必能說得比前人更仔細、更獨到，更重要的是，中國詩歌界的現實已經發生了翻天覆地的變化，一種全新的詩歌樣式——現代白話新詩佔據了歷史的舞臺，而這一足以喚起人們莫大興趣的新的韻文文體還正在成長之中，詩論家與它的關係再也不是那種「有距離」的，這些看起來遠未成熟的新的文本還不足以以一種「經典」的姿態對他們形成莫大的壓力，迫使他們在藝術的仰視中小心翼翼地表述自己的閱讀體會。現代詩歌作為中國現代文人集體參與、集體建設的一種文學活動，新的詩歌創造與詩歌發展的命運常常就聯繫著眾多文化人自己的生存與藝術事業的選擇，也就是說，在這些現代新詩的批評者提出對他人作品的評論之前，他們本人很可能就首先是一位新詩運動的積極宣導者，是現代新詩寫作的那少數的先行者，對於詩歌，他們是休戚與共、命運相融，對於詩歌的評說，自然也就不再是一個超脫的「品味」與「鑒賞」的問題，而是自身的價值和生命的展開的過程與方式。

這樣的深刻的歷史情景的變化最終就決定了中國詩論的現代轉換。

中國詩論的現代轉換

我認為，這種現代轉換的特點至少表現在以下幾個方面。

從「讀者」詩論向「作者」詩論轉換。儘管中國古代詩論的寫作者也都可以被稱作是「詩人」，但是從他們寫作詩論的立場來看，卻分明屬於欣賞詩歌的讀者心態，也就是說，這些本也作詩的詩論家不是以創作詩歌而是以閱讀詩歌的體會來從事詩論活動的。於是便出現了我們前文所述的那種情形：絕大多數有影響的詩歌論著都不是出自創作成就突出的詩人之手。到了現代，由於新詩的實際創作經驗問題成了眾多文人普遍關心問題，而且首先就是詩歌創作者自己需要對此發言和討論的問題，所以其寫作現代詩論的立場和態度也就自然發生了翻天覆地的變化，愈是創作成就突出、創作經驗豐富的詩人愈有參與詩論寫作的慾望和條件，胡適、郭沫若、康白情、聞一多、穆木天、王獨清、戴望舒、梁宗岱、廢名、艾青、胡風、田間、袁可嘉等等在中國現代詩論發展史上留下名篇傑作的詩論家同時也是卓有成就詩人。新詩作者們的創作自述構成了中國現代詩論中最主要的部分，此情此景與中國古代相比，已經有了根本的不同。

對於當下創作「問題」的關注成了詩論寫作的出發點。「詩話者，以局外身作局內說者也。」（吳秀《龍性堂詩話序》）中國古代詩論的這一「局外身」的立場決定了它們對於當下創作情景的某些遮蔽，或者乾脆說由於它們正在「鑒賞」的往往是前代的名家名篇，所以也常常沒有更直接地探討當前的問題。而對於中國現代詩論家而言，關注詩歌就是觀照他們自己，討論詩歌就是因為他們自己遇到了一系列的「問題」。胡適鑒於八年來的新詩「還脫不了許多人的懷疑」而「談新詩」，宗白華談新詩，因為「近來中國文藝界發生了一個大問題，就是新體詩怎樣做法的問題。就是我們怎樣才能做出好的真的新體詩？」[21]成仿吾號召展開「詩之防禦戰」，因為他目睹了「目下的詩的王宮」的問題：「一座腐敗了的宮殿，是我們把他推倒了，幾年來正在從新建造。然而現在呀，王宮內外遍地都生了野草了，可悲的王宮啊！可痛的王宮！」[22]穆木天宣導「純詩」，因為他痛感胡適式的創作「給中國造成一種 Prose in Verse 一派的東西。他給散文的思想穿上了韻文的衣裳。」[23]聞一多評論郭沫若的《女神》，提出了一個「地方色彩」的問題，因為他不滿意這樣的現實：「現在的一般新詩人——新是作時髦解的新——

[21] 宗白華：《新詩略談》，《中國現代詩論》上冊 29 頁。
[22] 成仿吾：《詩之防禦戰》，《中國現代詩論》上冊 70 頁。
[23] 穆木天：《譚詩——寄沫若的一封信》，《中國現代詩論》上冊 99 頁。

似乎有一種歐化底狂癖，他們的創造中國新詩底鵠的，原來就是要把新詩做成完全的西文詩。」[24]也正是出於解決這一「問題」的目的，他系統地提出了關於詩的「三美」，關於創建現代格律詩的設想。蕭三、王亞平等探討了詩歌的大眾化、民族化，因為他們發現了中國新詩貴族化與歐化的「問題」。袁可嘉言及新詩的「戲劇化」，因為他認為「當前新詩的問題」就是詩人的意志和情感都沒有「得著戲劇的表現」。[25]作為中國現代學院派詩論的重要代表，朱光潛的「詩論」與一般的詩人之論應當是有所區別的，但如果與中國古代的「局外身」般的「讀者詩論」相比較，本來還算身在「局外」的朱光潛卻依然更多地關心著創造者的心態，他的討論依然屬於典型的現代的「作者詩論」。茅盾並不以詩知名，但作為「局外人」的他卻照樣以「局內人」的眼睛發現著當前創作的「問題」，比如他在 1937 年發現：「這一二年來，中國的新詩有一個新的傾向：從抒情到敘事，從短到長。」具體到作家作品，他又發現：「我嫌田間太把眼光望遠了而臧克家又管到近處。把兩位的兩個長篇來同時研究，是一件有意義的事；我們不妨說，長篇敘事詩的前途就在兩者的調和。我從沒寫過詩，不過我想大膽上一個條陳：先佈置好全篇的章法，一氣呵成，然後再推敲字句，章法不輕動，而一段一行卻不輕輕放過，——這樣來試驗一下如何？」[26]自稱「從沒寫過詩」的評論家，也敢於從創作的內部規律處發現「問題」、解決「問題」，這顯然反映出整個現代詩論的獨特思維已經形成，對於當下創作「問題」的關注成了所有詩論寫作的基本出發點。

對於當下創作「問題」的關注，也就使得探討和揭示具體創作過程之中的心理狀態和寫作方法成了現代詩論的主要內容。為了解決當下的「問題」，中國現代詩論將最重要的篇幅留給了「怎麼辦」，胡適詳細闡發了新詩的如何做到音節和諧，如何「用具體的做法，不可用

---

[24] 聞一多：《〈女神〉之地方色彩》，《聞一多全集》2 卷 118 頁。
[25] 袁可嘉：《新詩戲劇化》，《中國現代詩論》上冊 500 頁。
[26] 茅盾：《敘事詩的前途》，《中國現代詩論》上冊 315 頁、319 頁。

抽象的做法」，俞平伯提出「增加詩的重量」、「不可放進舊靈魂」等方面的系列建議，宗白華探討「訓練詩藝底途徑」、「詩人人格養成的方法」，穆木天論及「詩的思維術」、「詩的思想方法」，梁宗岱論述「象徵」如何創造，胡風的著名建議則是：「有志於做詩人者須得同時有志於做一個真正的人。」「一個真正的詩人決不能有『輕佻地』走近詩的事情。」[27]所有的這些「怎麼辦」都在各自不同的方面揭示著藝術創作過程本身的奧妙。與中國古代那些頗受貶斥與輕蔑的技術性「詩法」入門教材不同，中國現代詩論對於詩歌藝術創作方法的這些探討主要是從作者的主體意識、創作心態上入手的，這樣在事實上也就將中國的詩論引入到了一個前所未有的心理學視閾之中，郭沫若早在 1921 年就提出「要研究詩的人恐怕當得從心理學方面」著手，[28]出現在郭沫若、俞平伯、宗白華、穆木天、王獨清、梁宗岱、戴望舒、杜衡、朱光潛等人的詩論之中的，是「情緒」、「心境」、「思維」、「潛在意識」、「靈感」之類的字眼，而像俞平伯、朱光潛等詩論家還特別探討了「社會上對於新詩的各種心理觀」、「心理上個別的差異與詩的欣賞」等接受心理學的問題，從這些方面來看，中國現代詩論恐怕更接近西方詩論的傳統而與中國古代詩論中那些純粹技術性意義的「詩法」大相徑庭。

詩歌的創造性的價值與時代精神獲得了格外的重視。在中國古代，明道、宗經、征聖的文藝思想影響了幾乎所有的文學批評，詩論也是如此。一方面，中國古代的詩人與詩論家深刻地感受到了來自前人經典的壓力，另一方面，卻又始終無法理直氣壯地將自己的藝術追求定位在超越前人的創造中，他們的詩歌理想大多只能在形形色色的「復古」口號中表達，是「宗唐」與「宗宋」的相互糾纏與循環，而當下詩歌的求異性卻並沒有得到有力的肯定與伸張。中國現代詩論在

---

27 胡風：《關於人與詩，關於第二義的詩人》，《中國現代詩論》上冊 403 頁。
28 郭沫若：《論詩三劄》，《中國現代詩論》上冊 53 頁。

整體上卻有了完全不同的價值趨向，對於中國現代詩論家而言，如何證明新詩的「新」、如何發現中國新詩與古代詩歌的區別，如何激發和培育中國新詩的「時代精神」恰恰是他們論述的中心，也是確立自己的研究對象學術價值的基本方式。周作人《小河》、胡適的《應該》如何表達了古典詩詞中所沒有的「細密的觀察」和「曲折的理想」，中國新詩如何因為「詩體的大解放」而獲得了與中國古典詩歌所「不同」的精神，這是胡適「談新詩」的重要內容，胡適所開啟的在「差異」、「不同」中認定詩歌現代價值的思路可以說貫穿了整個中國現代詩論的發展，儘管像周作人這樣以「舊人」自居的詩論家也「相信傳統之力是不可輕侮的」，但他們都還是首先承認：「中國的詩向來模仿束縛得太過了，當然不免發生劇變，自由與豪華的確是新的發展上重要的原素，新詩的趨向所以可以說是很不錯的。」[29]20 年代初期的聞一多在批評《女神》缺少「地方色彩」的同時還是滿懷激情得讚歎道：「若論新詩，郭沫若君的詩才配稱新詩呢，不獨藝術上他的作品與舊詩詞相去最遠，最要緊的是他的精神完全是時代的精神——二十世紀底時代精神。有人講文藝作品是時代底產兒。《女神》真不愧為時代底一個肖子。」[30]

中國現代詩論在超越古代詩論的鑒賞傳統、轉而借助心理學、哲學為自己開拓道路的選擇中逐漸建立起了一套更具有思辨性和嚴密性的理論體系，從而也與中國古代詩論的概念的模糊含混有了很大的不同。這種理論體系的建立既得益於現代文人對於精密思維的自覺追求——如像胡適將觀察的「細密」和理想的「曲折」作為現代白話詩的時代特徵那樣——也是一系列西方哲學社會科學術語概念輸入的必然，值得注意的在於，這些輸入的外來術語都最終服從了中國詩論家的極具個體性的理論建構的需要，也就是說，它們往往都失去了其固

---

[29] 周作人：《〈揚鞭集〉序》，《中國現代詩論》上冊 129 頁。
[30] 聞一多：《〈女神〉之時代精神》，《聞一多全集》2 卷 110 頁。

有的含義，因具體的語境的不同而呈現了新的豐富多彩的意義，諸如郭沫若詩論中的「泛神論」、梁宗岱詩論中的「象徵」、朱光潛詩論中的「意象」與「意境」、杜衡、李金髮詩論中的「潛意識」等等，這樣的個體差異性，也反映出了中國現代詩論家們建構「自己的」詩論體系的努力。

轉換的艱難

超越古代詩論的讀者點評式傳統、建立新的作者式思辨化理論體系，中國現代詩論的這一現代特徵追求卻並不是暢通無阻的。這首先就體現在中國現代並沒有建立起一個成熟的屬於現代文化的哲學思想體系，甚至我們也沒有一個近似於西方文藝復興那樣的思想認同的平臺，也就是說，真正能夠支持中國現代詩論又具有普遍認同意義的思想與概念我們實在還是相當的匱乏，於是中國現代詩論家更可能由個體的意義的差異而走向了某種「不可通約」的現實，中國現代的詩論會反反復複地重複和糾纏著一系列的基本問題而難以自拔，如「平民化」與「貴族化」的爭論，「民族化」與「西化」的分歧，「個人化」與「大眾化」的對立，「格律化」與「自由化」的歧義，「浪漫主義」與「現實主義」、「現代主義」的取捨，「知識份子寫作」與「民間寫作」的論劍等等。中國現代詩論的這些基本認知體系的不統一使得我們失去了繼續昇華思想直達形而上境界的可能，在現代中國，我們有了自己理論化的「詩論」，卻沒有出現過類似於海德格爾的關於人的存在的「詩學」。中國現代詩論家常常在各自的概念範圍內自言自語，尚未給我們展現彼此思想連接、共同構建「詩與思」、「存在與詩」的輝煌境界。

不僅如此，隨著中國社會政治意識形態的日益霸權化，一種的非藝術的政治性概念體系完成了對於個人化的詩論話語的代替，這樣的代替從表面上看是暫時達成了我們所夢寐以求的那種概念語彙的認同，但是這樣的認同卻是以否定和刪除藝術的基本感知為前提的，這樣一來，我們的詩論就不僅進一步中斷了走向「詩學」的可能，而且甚至也失去了像中國古代詩論那樣精細地感受詩歌文本的能力。如果說我們中國現代詩論在進入當代後有什麼失落的話，那麼這失落就是雙重的：我們既失落了西方探究作者心理機制的深刻與嚴謹（因為除了執行「將令」，我們已經不需要關注作家個人的創造才華與心理狀態了），也失落了中國傳統詩論閱讀藝術作品的「興味」（對所有作品的解釋都必須納入既定的政治思想模式中）。「文革」結束之後的很長一段時間裏，我們都不得不面對這一零落慘苦的現實，政治意識形態風暴掃蕩之後的中國當代詩論，實在是如此的觸目驚心。虛幻的話語同一性分潰離析了，新的思想的認同平臺仍然沒有建立起來，與此同時我們竟又喪失了藝術感受的能力與習慣，這是多麼槽糕的局面啊！新時期以後中國詩論的重建絕對不僅僅是一個西方理論的引進問題，我們欠缺的東西其實還有很多，新時期中國詩論的熱鬧與喧囂中也實在飄忽著太多的「無根」的語彙，它們要麼是來自作者的自言自語，因為缺乏一系列基本的思想認同的基礎而很難像 20 世紀前半葉那樣形成聲勢浩大的「作者詩論」的繁盛，要麼就是在喪失了對具體藝術的感受能力之後的概念的遊戲，在這裏，遊戲於外來的時髦概念和頑固地堅持那些陳舊的政治意識形態的語彙其實又是十分相似的，因為他們都同時喪失了鮮活的藝術悟性，中國現代詩論在「現代轉換」中的窘境至此達到了極至！

在新世紀到來的時候，中國現代詩論的重建任務應當說是相當繁重的，它不僅需要恢復詩論家們的文本感受能力，而且也需要我們建立起更廣泛的思想認同的平臺，我們既需要繼續輸入西方詩學的精神，也需要恢復古典詩論的藝術悟性。當然，這樣一來，我們的詩論就依然不會是西方或者中國古代的翻版與重複了，中國現代詩論的「現代性」繼續來自中國現代詩論家自己的人生藝術之思，來自於他們自己的複雜選擇。

第四節　論穆旦與中國新詩的現代特徵

進入 90 年代以後，隨著西方一系列「反現代化」思想的引入，中國學術界對「現代化」與「現代性」的質疑、重估之聲日漸高漲，中國現代作家所具有的「現代特徵」(即「現代性」) 連同我們對它的闡釋一起都似乎變得有點尷尬了。正是在這個時候，一部分學者的質疑和另外一部分學者的勉力回應重新喚起了人們對於「現代」、「現代性」以及「現代化」的思考。而且看來這種思考將不得不經常地觸及到中國新詩史，觸及到開啟中國文學「現代性」追求的「五四」白話新詩，觸及到中國新詩全面成熟的 40 年代。其中，穆旦詩歌也被引入這種「現代性」質疑似乎是一件十分有趣的事：一方面，眾所周知的事實是，作為 40 年代「新詩現代化」最積極的實踐者，穆旦所體現出來的對「現代性」的追求和對傳統詩歌的背棄都十分的醒目，但另一方面，也是這位穆旦，在某些「現代性」質疑者那裏，卻也照樣成了現代詩的成功的典範！[31]

我們也不難發現，在某些質疑者對穆旦的肯定當中，包含了這樣一種頗具普遍性的思路，即以穆旦為成功典範的中國現代主義詩歌，與直奔西方「現代性」的「五四」白話新詩大相徑庭。胡適、劉半農們似乎是偏執地追求著明白易懂，因求「白」而放棄了詩歌自身的藝術，而穆旦卻在「奇異的複雜」裏展現了現代詩的藝術魅力，以穆旦為代表的中國現代主義詩歌是對「五四」新詩的「反動」。這種思路固然是甄別了穆旦詩歌與「五四」新詩的藝術差別，但卻完全忽略了穆旦詩歌與「五四」新詩在「現代性」追求上所具有的一致性，而且真正將批評的矛頭直指胡適的是 20 年代的象徵派和 30 年代的現代派，他們的「反動」與穆旦的詩歌選擇恐怕也不能劃等號。這裏，實際上折射了一種詩學理解上的矛盾叢生的現實。我感到，今天是到了該認

---

[31] 參見鄭敏：《世紀末的回顧：漢語言變革與中國新詩創作》，《文學評論》1993 年 3 期。

真討論穆旦詩歌以及中國新詩的「現代特徵」的時候了，我們應當弄清穆旦現代詩藝究竟有何特色，它與文學的「現代化」及「現代性」追求究竟關係如何。

如果說「五四」新詩因過於明白淺易而背棄了詩歌藝術自身，自象徵派、現代派至九葉派的中國新詩又是在朦朧、含蓄、晦澀當中探入了藝術的內核；如果說正是晦澀而不是淺易最終構成了從李金髮到穆旦的中國現代主義詩歌的顯著特徵，那麼，這也並不等於說從象徵派、現代派到九葉派都具有完全相通的「成熟之路」，也絕不意味著從李金髮到穆旦，所有的現代詩藝的「晦澀」都是一回事，事實上，正是在如何超越詩的淺易走向豐富的「晦澀」的時候，穆旦顯示了他與眾不同的思路。那麼，就先讓我們將目光主要對準超越胡適，自覺建構「現代特徵」的現代主義詩歌，而且首先就從目前議論得最多的作為現代詩藝成熟的標誌——晦澀談起。

晦澀與現代詩藝

我想我們首先得去除某些流行的成見，賦予「晦澀」這個術語以比較豐富的涵義，並承認它的確是現代詩歌發展中一種自覺的藝術追求。因為，較之於浪漫主義詩歌那種訴諸於感官的明白曉暢，自象徵主義以降的西方現代主義詩歌顯然更屬於一種契入心靈深處的暗示和隱語。「暗示」將我們精神從平庸的現實中挑離出來，引向更悠遠更永恆的存在，比如，「超驗象徵主義者的詩歌意象常常是晦澀含混的。這是一種故意的模糊，以便使讀者的眼睛能遠離現實集中在本體更念（essentialIdea，這是個象徵主義者們非常偏愛的柏拉圖的術語）之上。」[32]「隱語」又充分調動了語言自身的潛在功能，在各種奇妙的

[32] 查理斯・查德威克：《象徵主義》，見柳楊編評《花非花——象徵主義詩學》

組合裏傳達各種難以言喻的意義，以至有人斷定「詩人要表達的真理只能用詭論語言。」[33]從西方現代詩歌發展的事實來看，朦朧、晦澀、含混這樣一些概念都具有相近的意義，都指向著一種相同的詩學選擇——對豐富的潛在意蘊的開掘和對語言自身力量的凸現。正如威廉・燕卜蓀所說：「『含混』本身可以意味著你的意思不肯定，意味著有意說好幾種意義，意味著可能指二者之一或二者皆指，意味著一項陳述有多種意義。如果你願意的話，能夠把這種種意義分別開來是有用的，但是你在某一點上將它們分開所能解決的問題並不見得會比所能引起的問題更多，因此，我常常利用含混的含混性……」[34]中國現代主義詩歌在反撥初期白話新詩那種簡陋的「明白」之時，顯然從西方現代的「晦澀」詩藝裏獲益匪淺。人們早就注意到了穆木天、王獨清、戴望舒、何其芳對法國象徵主義詩人如魏爾倫、蘭波、果爾蒙、瓦萊裏等的接受，注意到了卞之琳對葉芝、艾略特的接受，當然也注意到了當年威廉・燕卜蓀就在西南聯大講授著他的「晦澀」論，而穆旦成了這一詩歌觀念的最切近的接受者。至於像穆木天、杜衡等在評論中大談「潛在意識」，又似乎更是指涉了這一詩歌觀念的深厚的現代心理學背景。儘管如此，當我們對讀穆旦與李金髮、穆木天、戴望舒、卞之琳等人的創作時，卻仍然能夠相當強烈地感到它們各自所達到的「晦澀」境界是大相徑庭的，而且這種差別也不能僅僅歸結於詩人藝術個性的豐富多彩，因為其中不少的「晦澀」境界分明具有十分相近的選擇，彷彿又受之於某種共同的詩學觀念。相比之下，倒是穆旦的詩歌境界最為特別。這裏，我們可以作一番比照性的闡釋。

李金髮詩歌最早給了中國讀者古怪晦澀之感。對此，朱自清先生描述道：「他的詩沒有尋常的章法，一部分一部分可以懂，合起來卻沒

---

5 頁，旅遊教育出版社 1991 年版。

33 克林斯・布魯克斯：《詭論語言》，《二十世紀文學評論》上冊 498 頁，上海譯文出版社 1987 年版。

34 威廉・燕卜蓀：《論含混》，《西方現代詩論》296 頁，花城出版社 1988 年版。

有意思。」「這就是法國象徵詩人的手法；李氏是第一個人介紹它到中國詩裏。」[35]就揭示李金髮與法國象徵主義的聯繫來說，朱自清的這一描述無疑是經典性的。不過仔細閱讀李金髮作品，我們卻可感到，其實它的古怪與晦澀倒好像是另外一種情形，即合起來意思並不難把握——可以說這樣的詩句就可以概括李金髮詩歌的一大半內涵了：「我覺得孤寂的只是我，／歡樂如同空氣般普遍在人間！」(《幻想》)相反，真正難以理解的要麼是他詩行內部的某些意象的組合，要麼是他部分詞語的取意，前者如「一領袈裟不能禦南俄之冷氣／與深喇叭之戰慄」。(《給蜂鳴》) 枯寂荒涼的心境不難體味，但這「深喇叭」究竟為何物呢？讀者恐怕百思不得其解。這意象給讀者的只是一種無意義的梗阻。後者如「深谷之回聲，武士之流血，／應在時間大道上之／淡白的光」(同上)，「這不多得的晚景，／更使她們愈加・停・滯」(《景》) 這「應」和「停滯」都屬於那種乏深意的似是而非之辭，此外也還包括一些隨意性很強的語詞壓縮：「生羽麼，太多事了啊」(《題自寫像》)；一些彆扭的文言用語：「華其渙矣，／奈被時間指揮著」(《松下》)，作為對這種古怪與晦澀的印證，人們也提供了不少關於李金髮中文、法文水準有限的資料。這便迫使我們不得不面對這樣一個問題，晦澀的美學追求會不會成為將所有的詩歌晦澀都引向「優秀」的辯護詞？須知，一位現代主義詩人「故意的模糊」是一回事兒，而另一位詩人因遣詞造句能力的缺乏導致辭不達意又是一回事兒，但兩種情況又都可能會產生相近的「含混」和晦澀。

當然，李金髮也有著「故意的模糊」，特別是在他描述異國他鄉的愛情心理之時。不過在這些時候，「模糊」並沒有如法國象徵主義那樣出了意義的豐富性，而只是讓他的詩意變成了一種吞吞吐吐的似暖昧實明確的抒情：「你『眼角留情』／像屠夫的宰殺之預示；／唇兒麼？何消說！／我寧相信你的臂兒。」(《溫柔》) 與其說這背後是一種現代

---

[35] 朱自清：《中國新文學大系・詩集》導言，上海良友圖書印刷公司1935年版。

主義的「晦澀」精神，還不如說是中國詩歌傳統中「致情貴隱」的含蓄、頓挫之法，「頓挫者，橫斷不即下，欲說又不直說，所謂『盤馬彎弓惜不發』。」〈（清）方東樹：《昭昧詹言》〉雖然西方現代主義的晦澀從中國古典詩歌的這一傳統中獲益不少，但細細辨析，其實兩者仍有微妙的差別，西方現代主義的晦澀是利用暗示和隱語擴充詩歌的內涵，這裏體現的主要不是「曲折」、「頓挫」而是「多義」和「豐富」；而中國古典詩歌的含蓄則主要是對意義的某種遮蓋和裝飾，力求「意不淺露」，但追根究底，其意義還是相對明確的，故又有云：「詩貴有不盡意，然亦須達意，意達與題清切而不模糊。」〈（清）方薰：《山靜居詩話》〉

對晦澀與含蓄的這種辨析又很自然地讓我們想起了戴望舒，想起了中國象徵派的其他幾位詩人以及現代派的何其芳、卞之琳等人，可以看到，他們所有的這些並不相同的「晦澀」詩歌都不約而同地深得了「含蓄」之三味。

戴望舒抗戰以前的許多抒情詩篇如《不寐》、《煩憂》、《妾薄命》、《山行》、《回了心兒吧》等也同樣是吞吞吐吐、欲語還休的，這裏不是什麼「奇異的複雜」，而是詩人刻意的自然掩飾，而《雨巷》似的朦朧裏也並沒有包涵多少錯雜的意義，它更像是對一種情調的烘托，而進入人們感覺的這種情調其實還是相當明確的。杜衡在《〈望舒草〉序》中的那句名言也頗有點耐人尋味：「一個人在夢裏洩漏自己底潛意識，而在詩作裏洩漏隱秘的靈魂，然而也是像夢一般地朦朧的。」這固然是對現代精神分析學說的一種運用，但「洩漏隱秘」一語又實在太讓人想起中國古典詩歌的「頓挫」了，所以接下去杜衡便說：「從這種情境，我們體味到詩是一種吞吞吐吐的東西，術語地來說它底動機是在於表現自己與隱藏自己之間。」穆木天、王獨清的詩歌絕沒有李金髮式的古怪和彆扭，他們所追求的頗有音樂感和色彩感的「純粹詩歌」來自善為妙曲的魏爾倫以及「通靈人」蘭波，但好像正因為如此，他們的詩歌境界其實又離中國古典傳統近了許多。很明顯，魏爾倫和蘭波的朦朧在於他們能夠透過看似平淡的描述暗示出一種靈魂深處的顫動，而穆木天、王獨清正是在擇取了那些象徵主義的描述話語後，捨棄了通向彼岸的津梁，「水聲歌唱在山間／水聲歌唱在石隙／水聲歌唱在墨柳的蔭裏／水聲歌唱在流藻的梢上」（穆木天：《水聲》）這一份「若講出若講不出的情腸」分明更接近中國意境的含蓄。類似的色彩和情調我們同樣能夠在何其芳的《預言》中讀到。

卞之琳的詩歌最為撲朔迷離，在這裏 20 世紀西方現代主義詩風的痕跡是顯而易見的。他的一系列的名篇《斷章》、《距離的組織》、《圓寶盒》、《魚化石》、《白螺殼》等都似乎暗藏了玄機奧秘，等待人們去破解。特別是像《距離的組織》這樣佈滿新舊典故的作品更令人想起了艾略特。但事實上，卞之琳並無意將詩意弄得錯綜複雜，無意以錯綜複雜來誘發我們深入的思考。與艾略特詩歌幽邃的玄學思辨不同，卞之琳更看重一種「點到即止」的哲學的趣味，他不是要展開什麼複雜的思想而是要在無數的趣味的世界流連把玩，自得其樂。當好幾位詩學大家面對他的玄妙而一籌莫展之時，卞之琳卻微微一笑：「這裏涉及存在與覺識的關係。但整首詩並非講哲理，也不是表達什麼玄秘思想而是沿襲我國詩詞的傳統，表現一種心情或意境。」[36]只不過這心情這意境他不願和盤托出罷了。卞之琳說他「安於在人群裏默默無聞，更怕公開我的私人感情」，[37]這似乎又讓我們聽到了杜衡關於戴望舒詩歌的評論，想起了從李金髮到戴望舒的吞吞吐吐，也想起了從穆木天、王獨清到何其芳的情調和意境。於是我們知道，在中國現代主義詩歌「晦澀」的西方外殼底下其實都包含著中國式的含蓄的內核。

然而穆旦卻分明抵達了西方現代主義詩歌的理想深處，在他的詩歌裏，我們很難找到穆木天、王獨清、何其芳筆下的迷離的情調和意境。「野獸」淒厲的號叫，撕碎夜的寧靜，生命的空虛與充實互相糾結，掙扎折騰，歷史的軌道上犬牙交錯，希望和絕望此伏彼起，無數的矛

[36] 卞之琳：《距離的組織》注釋，見《雕蟲紀曆》，人民文學出版社 1984 年增訂版。

[37] 卞之林：《雕蟲紀曆・自序》。

盾的力扭轉在穆旦詩歌當中。這裏不存在吞吞吐吐，不存在對個人私情的掩飾，因為穆旦正是要在「抉心自食」中超越苦難，卞之琳式的趣味化哲思似乎已不能滿足他的需要，他所追求的正是思想的運動本身，並且他自身的血和肉，他的全部生命的感受都是與這滾動的思想熔為一體，隨它翻轉，隨它沖蕩，隨它撕裂或爆炸。面對《詩八首》，面對《從空虛到充實》，面對《控訴》……我們的確也感到深奧難解，但這恰恰是種種豐富（豐富到龐雜）的思想複合運動的結果。閱讀穆旦的詩歌你將體會到，一般用來描繪種種詩歌內涵和情境的種種概括性語言在這裏都派不上用場，它起碼具有這樣幾種複雜的意義結構方式。其一是對某一種生存體驗的叩問與思考，但卻沒有明確無誤的思想取向，而是不斷穿插著自我生存的種種「碎片」，不斷呈示自身精神世界的起伏動盪，歷史幽靈的徘徊與現實生命的律動互相糾纏，紛繁的思緒、豐富的體驗對應著現代生存的萬千氣象。如《從空虛到充實》、《童年》、《玫瑰之歌》、《詩八首》；其二是對某一種人生經歷的復述，但卻不是客觀的寫實；而是包含了詩人諸多超乎常人的想像和感悟。如《還原作用》、《鼠穴》、《控訴》、《出發》、《幻想底乘客》、《活下去》、《線上》、《被圍者》；其三是有意識並呈多種意義形態，使其互相映襯互相對照，引發著人們對人生和世界的多方向的猜想。如《五月》；其四是突出某一思想傾向的同時又暗示著詩人更隱秘更深沉的懷疑與困惑。如《旗》。諸如此類的複雜的意義組合，的確如鄭敏先生所分析的那樣，構成了一個巨大的磁場，「它充分地表達了他在生命中感受到的磁力的撕裂」，而且這種由「磁力的撕裂」所構成的「晦澀」又可能是深得了西方現代主義的神髓：「一般說來，自從 20 世紀以來詩人開始對思維的複雜化，情感的線團化，有更多的敏感和自覺，詩表現的結構感也因此更豐富了，現代主義比起古典主義、浪漫主義更有意識地尋求複雜的多層的結構。」[38]

---

[38] 鄭敏：《詩人與矛盾》，《一個民族已經起來》31 頁、39 頁，江蘇人民出版

意義的擴展，豐富乃至錯雜，從中國詩歌發展的高度來看，這又似乎並不屬於現代主義「晦澀」詩藝的專利，它本身就是中國新詩突破舊詩固有的單純的含蓄品格的一個重要走向（只不過現代主義的「晦澀」是將它格外突出罷了），也正是在這個取向上，穆旦的選擇不僅不與胡適等白話詩人相對立，而且還有一種深層次的溝通。當年的胡適便是將「高深的理想，複雜的感情」作為白話新詩的一大追求，他的《應該》就努力建構著舊詩所難以表達的多層含義。[39]或許我們今天已不滿意於《應該》水準，但卻不能否認胡適《應該》、《一念》，沈尹默《月夜》、《赤裸裸》，負雪《雨》，黃勝白《贈別魏時珍》等作品的確是中國古典詩學的「含蓄」傳統所不能概括的。就現代主義追求而言，穆旦當然是屬於李金髮—穆木天—戴望舒這一線索之上的，但卻有著與其他的現代主義詩人所不相同的現代觀念，穆旦的詩藝是初期白話詩理想的成功的實踐。在對現代詩歌「意義」的探索和建設上，穆旦無疑更接近胡適而不是李金髮、穆木天，他所體現出來的詩歌的現代特徵也實在更容易讓人想到「現代性」這個概念，而據說這種對西方式的「現代性」的追求正是「首開風氣」的胡適們的缺陷。但問題是穆旦恰恰在「現代性」的追求中取得了巨大的成功。人們經常談論穆旦所代表的新詩現代化是對戴望舒、卞之琳、馮至詩風的進一步發揚，但事實上，是戴望舒、卞之琳及馮至的部分詩作更為「中國化」，而穆旦卻在無所顧忌地「西化」。

白話、口語和散文化

讓人們議論紛紛的還包括白話、口語及散文化的問題。

社 1987 年版。

[39] 胡適：《談新詩》，《中國新文學大系・建設理論集》。

在對初期白話新詩的批評當中，白話被認為是追踵西方「現代性」的表徵，口語被指摘為割裂了詩歌與文言書面語言的必要聯繫，據稱書面語保留了更多的精神內涵與隱性資訊。按照這種說法，穆旦的價值正在於他「完全擺脫了口語的要求」。至於散文化，當然與「詩之為詩」的「純詩」理想相去甚遠。這都是有道理的，但還是在一些關鍵性的環節上缺乏說明，比如穆旦本人就十分讚賞艾青所主張的詩歌「散文美」及語言的樸素，[40]而且，對初期白話新詩的粗淺白話提出了批評，宣導「純詩」的中國象徵派、現代派詩人，不也同樣受到了西方象徵主義詩學的牽引，不也同樣表現出了另外一種「他者化」的命運麼？

於是我們不得不正視詩歌史事實的這種複雜性：穆旦和被目為認同於西方式「現代性」的初期白話詩人具有相近的語言取向，而似乎是「撥亂反正」的中國象徵派，現代派卻依然沒有掙脫西方式「現代性」的潮流！那麼，究竟應當如何來甄別這些不同的詩人和詩派？駁雜的事實啟發我們，問題的關鍵很可能根本就不在什麼西方式的「現代性」那裏，也不僅令在於對「純詩」理想的建構上，歸根結底，這是中國現代詩人如何審視自身的文學傳統，努力發揮自己創造能力的問題。

在文學創作當中，口語和書面語具有不同的意義。書面語是語言長期發展的結果，沉澱了比較豐厚的人文內涵，但也可能因此陷入到機械、僵化的狀態；口語則靈活跳動，洋溢著勃勃的生機，不過並不便於凝聚比較隱晦的內涵。以文字為媒介的文人文學創作其實都運用著書面語，但這種文學書面語欲保持長久的生命力卻必須不時從口語中汲取營養。中世紀的西方文學曾有過拉丁文「統一」全歐洲、言文分裂的時候，但自文藝復興起，它們便走上了復興民族語言、言文一致的道路。在這以後，書面化的文學語言也還不時向口語學習，浪漫

---

[40] 參見杜運燮：《穆旦著譯背後》，《一個民族已經起來》115 頁。

主義詩歌運動就是如此。散文化的問題往往也是應口語學習而生的，強調詩的散文化也就是用口語的自然秩序來瓦解書面語的僵硬和造作。在華茲華斯那裏，口語和散文化就是連袂而來的，接下去，象徵主義尤其是前期象徵主義的「純詩」追求又再次借重了非口語散文化的語言的力量，但後期象徵主義的一些詩人和20世紀的現代派詩人又強調了口語和散文化的重要性。20世紀的選擇當然是更高了一個層次。縱觀整個西方詩歌的語言選擇史，我們看到的正是西方詩人審時度勢，適時調動口語或書面語的內在潛力，完成創造性貢獻的艱苦努力。

反觀中國詩歌，幾千年的詩史已經形成了言文分裂的格律化傳統，這使詩的語言已經在偏執的書面化發展中喪失了最基本的生命力，相反，倒是小說戲曲中所採用的「鄙俗」的白話還讓人感到親切。白話，這是一種包容了較多口語元素的方面語。初期白話詩人以白話的力量來反撥古典詩詞的僵化，選擇「以文為詩」的散文化方向來解構古典詩歌的格律傳統，從本質上講，這並不是什麼認同於西方式「現代性」的問題，而是出於對中國文學發展境遇，出於對中國詩歌創造方向的真切把握。我們沒有任何證據能夠說明胡適等初期白話詩人沒有自己的詩歌語言感受能力，儘管這能力可能還不如我們所期望的那麼高。如果說西方文化作為「他者」影響過胡適們，那麼這種「他者」的影響卻是及時的和恰到好處的。在人類各民族文化和文學的交流發展過程中，恐怕都難以避免這種來自「他者」的啟示，不僅難以避免，而且還可以說是不必避免！胡適們為中國新詩語言所選擇的「現代性」方向，其實是屬於現代中國文學自身的「現代性」方向，或者也可以說在胡適們這裏，是「西化」推動了中國新詩自我的「現代化」。

但從20年代的象徵派到30年代的現代派，我們卻看到了另外一種語言選擇，從表面上看，這也是一種追蹤西方詩歌發展的「西化」形式，但卻具有完全不同的詩學意義。

胡適之後，已經「白話化」的中國新詩語言顯然是一步一步地走向了成熟。但人們很快就發覺這種書面語所包涵的「文化資訊」不如文言文。較之於文言文，白話的乾枯淺露反倒給詩人的創作增加了難度，正如俞平伯所說：「我總時時感到用現今白話做詩的苦痛」，「白話詩的難處，正在他的自由上面。他是赤裸裸的，沒有固定的形式的，前邊沒有模範的，但是又不能胡謅的：如果當真隨意亂來，還成個什麼東西呢！」[41]俞平伯實際上道出了當時的中國詩人所具有的普遍心理：包涵了大量口語的白話文固然缺少「文化資訊」，但仍然以「固定的形式」來掂量它，這是不是仍然體現了人們對於古典詩歌那些玲瓏剔透的「雅言」的眷戀呢？值得注意的是，決意創立「純詩」的象徵派、現代派就是在這樣一種心理氛圍內成長起來的。「純詩」雖是西方象徵主義的詩歌理想，但在我們這裏，卻主要滲透著人們對中國古典詩歌「雅言」傳統的美好記憶。觀察從象徵派到現代派的「純詩」創作，我們便可知道，他們的許多具體措施都來自於中國古典詩歌的語言模式，他們是努力用白話「再塑」近似於中國傳統的「雅言」：飽含中國傳統文化資訊的一些書面語匯被有意識「徵用」，如楊柳、紅葉、白蓮、燕羽、秋思、鄉愁、落花、晨種、暮鼓、古月、殘燭、琴瑟、羅衫等等；中國古典詩歌中那種典型的超邏輯的句法結構形式和篇章結構形式也得到了有意識的摹擬和仿造，這是為了同古典詩歌一樣略去語言的「連鎖」，「越過河流並不指點給我們一座橋。」[42]或者就如廢名的比喻，詩就是一盤散沙，粒粒沙子都是珠寶，很難拿一根線穿起來。[43]

西方的象徵主義詩歌導引了中國象徵派、現代派詩人的「純詩」理想，但卻是一種矛盾重重的「導引」。西方象徵主義詩歌的語象的選擇，詩句的設置上與中國古詩不無「暗合」，但它們對語句音樂性的近似於神秘主義的理解卻是中國詩人所很難真正領悟的。於是中國詩人是在一邊重述著西方象徵主義的音樂追求，一邊又在實踐中悄悄轉換

[41] 俞平伯：《社會上對於新詩的各種心理觀》，原載《新潮》3 卷 1 號。
[42] 何其芳：《夢中道路》，《何其芳文集》2 卷，人民文學出版社 1983 年版。
[43] 馮文炳（廢名）：《談新詩》，人民文學出版社 1984 年版。

為中國式的「雅言」理想，這便造成了一種理論與實踐的自我分裂現實，而分裂本身卻似乎證明了這些中國詩人缺少如胡適那樣的對中國詩歌語言困境的切膚之感，他們主要是在西方詩歌的新動向中被喚醒了沉睡的傳統的記憶，是割捨不掉的傳統語言理想在掙扎中復活了。這種復活顯然並不出於對中國詩歌語言自身的深遠思考——中國的古典詩歌語言輝煌傳統的映照同時也構成一種巨大的惰性力量，匆忙地中斷口語的沖刷，又匆忙地奔向傳統書面語（雅言）的陣營，這實在不利於真正充實詩的語言生命力，，果然，就在 30 年代後期，中國的現代派詩歌陷入了詩形僵死的窘境，以至於他們自己也不得不大呼「反傳統」了：「詩僵化，以過於文明故，必有野蠻大力來始能抗此數千年傳統之重壓而更進。」[44]

在這種背景下，我們會發現，穆旦的語言選擇根本不能用「完全擺脫了口語的要求」來加以說明。因為試圖擺脫口語要求的是中國的象徵派和現代派，而穆旦的語言貢獻恰恰就是對包括象徵派、現代派在內的「純詩」傳統的超越。超越「純詩」傳統使得他事實上再次肯定了胡適所開創的白話口語化及散文化取向，當然這是一種更高層次的肯定，其中凝結了詩人對「五四」到 40 年代 20 年間中國新詩語言成果的全面總結，是新的口語被納入到書面語的新的層次之上。

在總結以穆旦為代表的九葉詩派的成就時，袁可嘉先生指出：「現代詩人極端重視日常語言及說話節奏的應用，目的顯在二者內蓄的豐富，只有變化多，彈性大，新鮮，生動的文字與節奏才能適當地，有效地，表達現代詩人感覺的奇異敏銳，思想的急遽變化，作為創造最大量意識活動的工具。」[45]袁可嘉先生的這一認識與穆旦對艾青語言觀的推崇，都表明著一種理性探索的自覺。

---

[44] 參見吳曉東：《從「散文化」到「純詩化」》，《中國現代文學研究叢刊》1993 年 3 期。

[45] 袁可嘉：《新詩現代化》，見《論新詩現代化》6 頁，三聯書店 1988 年版。

穆旦的詩歌全面清除了那些古色古香的詩歌語彙，換之以充滿現代生活氣息的現代語言，勃朗寧、毛瑟槍、Henry 王、咖啡店、通貨膨脹、工業污染、電話機、獎章……沒有什麼典故，也沒有什麼「意在言外」的歷史文化內容，它們就是普普通通的口耳相傳的日常用語，正是這些日常用語為我們編織起了一處處嶄新的現代生活場景，迅捷而有效地捕捉了生存變遷的真切感受。已經熟悉了中國象徵派、現代派詩歌諸多陳舊語彙的我們，一進入穆旦的語言，的確會感到「莫大的驚異，乃至稱羡。」[46]與此同時，散文化的句式也取代了「純詩」式的並呈語句，文法的邏輯性取代了超邏輯超語法的「雅言」。穆旦的詩歌不是讓我們流連忘返，在原地來回踱步，而是推動著我們的感受在語流的奔湧中勇往直前：「我們做什麼？我們做什麼？／生命永遠誘惑著我們／在苦難裏，渴尋安樂的陷阱，／唉，為了它只一次，不再來臨。」(《控訴》) 散文化造就了詩歌語句的流動感，有如生命的活水一路翻滾，奔騰到海。在中國現代主義詩歌陣營中，這無疑是一種全新的美學效果。

當然，對於口語，對於散文化，穆旦都有著比初期白話詩人深刻得多的理解，他充分利用了口語的鮮活與散文化的清晰明白，但卻沒有像三四十年代的革命詩人那樣口語至上，以至詩歌變成了通俗的民歌民謠或標語口號，散文化也散漫到放縱，失卻了必要的精神凝聚。穆旦清醒地意識到，文學創作的語言終歸是一種書面語，所有的努力都不過是為了給這種書面語注入新的生命的活力。因而在創作中，他同樣開掘著現代漢語的書面語魅力，使之與鮮活的口語，與明晰的散文化句式相互配合，以完成最佳的表達。我們看到，大量抽象的書面語匯湧動在穆旦的詩歌文本中，連詞、介詞、副詞，修飾與被修飾，限定與被限定，虛記號的廣泛使用連同辭彙意義的抽象化一起，將我們帶入到一重思辨的空間，從而真正地顯示了屬於現代漢語的書面語

46　唐弢：《憶詩人穆旦》，見《一個民族已經起來》。

的詩學力量。（所有的這些「抽象」都屬於現代漢語，與我們古代書面語的「雅言」無干）同時，書面語與口語又是一組互為消長的力量，現代漢語書面語功能的適當啟用又較好地抑制了某些口語的蕪雜，修整了散文化可能帶來的散漫。袁可嘉先生當年一再強調對口語和散文化也要破除「迷信」賦予新的理解，這一觀點完全被視作是對穆旦詩歌成就的某種總結。袁可嘉認為：「即使我們以國語為準，在說話的國語與文學的國語之間也必然仍有一大種選擇，洗煉的餘地。」而「事實上詩的『散文化』是一種詩的特殊結構，與散文化的『散文化』沒有什麼關係」。[47]

穆旦的這一番努力可以說充滿了對現代口語與現代書面語關係的嶄新發現，它並不是對口語要求的簡單「擺脫」，而是在一個新的高度重新肯定了口語和散文化，也賦予了書面語新的形態。也許我們仍然會把穆旦的努力與 20 世紀西方詩人（如葉芝、艾略特）的語言動向聯繫在一起，但我認為，比起穆旦本人對中國詩歌傳統與中國新詩現狀的真切體察和深刻思考來，他對西方詩歌新動向的學習分明要外在得多、次要得多。如果說穆旦接受了西方 20 世紀詩歌的的「現代性」，那麼也完全是因為中國新詩發展自身有了創造這種「現代性」的必要，創造才是本質，借鑒不過是靈的一種溝通方式。較之於初期白話詩，穆旦更能證明這一「現代性」的創造價值。

傳統：過去、現在與未來

通過以上的討論，我們似乎可以看出，包括穆旦詩歌在內的中國現代新詩的種種「現代特徵」，其實都包含著對西方詩歌現代追求的某種認同。有意思的在於，所有對西方詩歌現代追求的認同卻沒有導致

---

[47] 袁可嘉：《對於詩的迷信》，《論新詩現代化》67 頁。

相同的「現代性」，從胡適開始，卻以中國現代主義詩歌發展最為典型的「現代化」之路曲曲折折、峰巒起伏，難怪有人會將胡適擠向那粗陋的一端，又把穆旦隨心所欲地拉向另外的一端，也難怪有人會在審察胡適的「現代性」之時，有意無意地忽略了胡適的批評者們同樣擁有的「現代性」。

現在我們感興趣的是，為什麼同樣追踵著西方現代主義詩歌的發展，會有如此不同的效果？當然在前面的分析中我們已經知道，這其中暗藏著一個更富實質意義的問題，即中國現代詩人如何面對西方的啟示，完成自身的創造性貢獻，是對既有創作格局的突破，還是有意識的回歸？是「他者化」還是「他者的他者化」？

於是，問題又被引到了一個關鍵性的所在：中國詩人究竟怎樣理解自己的「傳統」，他們如何處理自己的創作方向與傳統的關係，因為正是理解和處理的不同，才最終形成了中國新詩各不相同的「現代特徵」。

什麼是傳統？什麼是與我們發生著關係的傳統？我想可以這樣說，傳統應當是一種可以進入後人理解範圍與精神世界的歷史文化形態。這樣對傳統的描述包涵著兩個要點，首先，它是一種歷史文化形態，只有是一種具有相對穩定性的文化形態，才可以供後人解讀和梳理。用 T．艾略特的話講，就是今天的人「不能把過去當作亂七八糟的一團。」其次，它還必須能有效地進入到後人的理解範圍與精神世界，與生存條件發生了變化的人們對話，並隨著後人的認知的流動而不斷「啟動」自己，「展開」自己，否則完全塵封於歷史歲月與後人無干的部分也就無所謂是什麼「傳統」了。這兩個要點代表了「傳統」內部兩個方向的力量。前者維護著固定的較少變化的文化成分，屬於歷史的「過去」，後者洋溢著無限的活力，屬於文化最有生趣和創造力的成分，它經由「現在」的激發，直指未來；前者似乎形成了歷史文化中可見的容易把握的顯性結構；後者則屬於不可見的隱性結構，它需要不斷的撞擊方能火花四濺；前者總是顯示歷史的輝煌，令人景仰也給人心理的壓力，後者則流轉變形融入現實，並構成未來的「新傳統」，「歷史的意識又含有一種領悟，不但要理解過去的過去性，而且還要理解過去的現實性」，「就是這個意識使一個作家成為傳統的」，「現存的藝術經典本身就構成一個理想的秩序，這個秩序由於新的（真正新的）作品被介紹進來而發生變化。」[48]

但是，在長期以來形成的原道宗經的觀念中，中國人似乎更注意對傳統的維護而忽略了對它的激發和再造。人們往往不能準確地把握「反傳統」與「傳統」的有機聯繫，不能肯定自覺的反傳統本身就是對傳統結構的挖掘和展開，本身就是對新的傳統的構成，當然也很難繼續推動這種「反傳統」的「新傳統」。我們對胡適等初期白話詩人的批評就是這樣，其實胡適們對日益衰落的中國古典詩歌的「革命」本身就是與傳統的一種饒有意味的對話，正是在這種別具一格的「反傳統」詰問下傳統被扭過來承繼著，生長著——漢語詩歌的歷史經由胡適的調理繼續向前發展。同樣穆旦的價值也並未獲得準確的肯定，因為如果過分誇大穆旦與胡適的差別，實際上也就不能說明穆旦的全部工作的價值亦在於對傳統生命的再啟動，更無法解釋由穆旦的全新的創造所構成的中國新詩的新傳統。

相反，我們從感情上似乎更能接受中國新詩的象徵與現代派，因為它們直接將承襲的目標對準了那輝煌的傳統本身。只是有一個嚴峻的事實被我們忽略了，即這種單純的認同其實並不足以為中國新詩的生長提供強大的動力，因為，每當我們在為歷史的輝煌而嘆服之時，我們同時也承受了同等份量的心理壓力，是中國古典詩歌傳統的光榮限制了我們思想的自由展開，掩蓋了我們未來的夢想。還是 T・艾略特說得好：「如果傳統的方式僅限於追隨前一代，或僅限於盲目的或膽怯的墨守前一代成功的地方，『傳統』自然是不足稱道了。我們見過許

---

[48] T・艾略特：《傳統與個人才能》，《西方現代詩論》73 頁，花城出版社 1988 年版。

多這樣單純的潮流一來便在沙裏消失了；新穎卻比重複好。傳統的意義實在要廣大得多。它不是承繼得到的，你如要得它，你必須用很大的勞力。」[49]

穆旦顯然是使出了「很大的勞力」。穆旦詩歌的「現代性」之所以有著迄今不衰的價值，正在於他使用「很大的勞力」於詩歌意義的建構，於詩歌語言的選擇，從而突破了古典詩歌的固有格局。他在反叛古典的「雅言化」詩歌傳統的時候，勘探了現代漢語的詩歌潛力。正是在穆旦這裏，我們不無激動地看到，現代漢語承受著較古典式「含蓄」更意味豐厚也層次繁多的「晦澀」；現代漢語的中國詩照樣可以在自由奔走的詩句中煽動讀者的心靈，照樣可以在明白無誤的傳達中引發人們更深邃的思想，傳達的明白和思想的深刻原來竟也可以這樣的並行不悖；詩也可以寫得充滿了思辨性，充滿了邏輯的張力，甚至抽象，拋開了士大夫的感傷，現代中國的苦難意識方得以生長，拋開了虛靜和恬淡，現代中國詩人活得更真實更不造作，拋開了風花雪月的感性抒情，中國詩照樣還是中國詩，而且似乎更有了一種少見的生命的力度。總之，穆旦運用現代漢語嘗試建立的現代詩模式，已經拓寬了新詩的自由生長的空間，為未來中國新詩的發展創造了一個良好的條件。從這個意義上講，穆旦的「反傳統」不正是中國詩歌傳統的新的內涵麼！

第五節　王富仁學術姿態的啟示意義

現代中國的文學批評家如何尋找和建立自己的批評範式與批評話語呢，我以為王富仁的學術姿態極具啟示意義。

---

[49] T‧艾略特：《傳統與個人才能》，《西方現代詩論》74 頁，花城出版社 1988 年版。

每一個關心現當代文學研究的人大概都還記得《文學評論》上的那篇《〈吶喊〉、〈彷徨〉綜論》，從那以後，王富仁這個名字就越來越多地活躍在一系列的學術領域當中：魯迅小說研究、茅盾小說研究、郁達夫小說研究、郭沫若詩歌研究、聞一多詩歌研究、比較文學研究、比較文化研究，甚至古典詩歌研究。雖然算不上有多麼的頻繁與火爆，但卻是那樣的厚實和富有穿透力，在他那似乎是越來越寬大的學術視野裏，我們分明感到了一種全面反思和重建中國文化的宏大氣魄。他彷彿總是在不斷拔除和拭去我們習焉不察的種種蒙昧、陰霾和偏見，不斷將一片片嶄新的藝術空間鋪展開來。所有這一切的努力連同他那篇曾經開啟人心的《〈吶喊〉、〈彷徨〉綜論》一樣都讓我們頻繁地聯想到一個詞語：啟蒙。的確，王富仁已經與新時期以來的中國啟蒙文化思潮深深地熔鑄在了一起，他的整個學術活動已經成了影響中國二十世紀最後二十年這一磅礴思潮的最動人的圖畫之一。

我將二十世紀這最後的二十來年稱之為「中國二十世紀晚期」，這既是為了概括比「新時期」更長遠也更複雜的歷史時段（一般認為「新時期」至九十年代前後便基本結束），同時也是為了突出當下正愈來愈鮮明的世紀性主題，我們今天所面臨的已不僅僅是一個結束「文化大革命」過去的問題，以怎樣的方式走向新世紀、開拓中國文化的新前景召喚著更多的學人作出自己的審慎的選擇，而事實上這也是包括「新時期」在內的整個二十世紀最後二十來年所不得不面對的一個更重大的話題。

探討王富仁的學術活動與這一獨特的時代的意義深遠的思潮的相互關係，即他是怎樣走向這一文化選擇，又是如何理解和投入其中，並且賦予其獨特意義的，將不僅能夠更深入地總結王富仁本人的學術成果，而且對整個中國學術活動的發展和文化精神的演進也有著不容忽視的啟示意義。

啟蒙之路

就如同「五四」新文化運動是在反抗文化專制，宣導思想自由這一點上與西方十八世紀的啟蒙運動產生了跨越時空的契合，並最終以掃除蒙昧的「啟蒙」先驅姿態揭開了歷史嶄新的一頁那樣，結束「文化大革命」專制主義，再創中國思想自由的新時期也是首先以「啟蒙」的大旗為自己開闢道路的；並且理所當然地，這一時期的啟蒙文化思潮首先就體現為對中國文化運動初期啟蒙思想及啟蒙思想家的「重識」，滲透於這些「重識」當中的，又是對「五四」啟蒙思想家取法西方文化（特別是文藝復興啟蒙運動文化）的充分肯定。一時間，經過「文化大革命」磨難若有所悟的一些老一代學者和在「文化大革命」後成長起來的中青年學者都紛紛重溫著「五四」之夢，「五四」一代新文化創造者的業績不斷獲得「重評」，而其中作為「五四」啟蒙主義最重要的代表魯迅則顯然吸引了最多的目光。事實表明，在新時期的思想文化活動中作出自己獨立貢獻的學者許多都是從認識魯迅、解說魯迅起步的，或者至少也是對魯迅有所涉獵。可以這樣說，正是在對魯迅及其他「五四」啟蒙先驅的體察當中，中國新時期的啟蒙文化得以形成和發展。

在前輩學者薛綏之先生的引導下，王富仁走上了魯迅研究的道路。他從寫作作品賞析開始對這位偉大先驅的思想有了越來越深入的體察，而完成於西北大學的碩士學位論文《魯迅前期小說與俄羅斯文學》[50]則以打通魯迅與西方文化內在聯繫的方式展示了一位啟蒙主義學者最基本的「世界眼光」和開放姿態。不過，直到這個時候，王富仁還沒有完全形成一位新時期啟蒙學者的最獨立的品格，儘管他此刻

[50] 收入《先驅者的形象》，浙江文藝出版社 1987 年版。

的比較文學研究已經與我們屢見不鮮的那些外在的空泛的「比較」大為不同了。

當王富仁以「回到魯迅」的口號在他那篇著名的博士論文裏展開「思想革命」的大旗之時，[51]或許當時不少激動不已的讀者還沒有意識到這裏所包涵著的學術意義和文化意義都大大地超過了魯迅研究本身。而在繼新時期「啟蒙之後」出現的新一代的學者看來，作為歷史現象的魯迅又是不可能真正「還原」的，承載著「思想革命」這一明確意圖的魯迅也似乎仍然是一個單純化、簡略化甚至主觀化的魯迅。其實，恰恰是在這兩個經典性的理論口號當中，王富仁充分展示了中國新時期啟蒙思想的巨大的歷史性力量，而他作為一位自覺的啟蒙學者也找到了真正的「自我」。任何新思想的提出從根本上講都不是一種自足的運動的結果，而是與所有的「先在」碰撞和對話的產物。思想「新」主要是指它對固有的思想基礎所作出的超越性的「提升」，新思想之所以是有力量的也主要體現為它能夠在固有的思想「先在」的羅網裏為人們撕開一道通向未來的「缺口」。也就是說，這樣的「對話」、「提升」以及「缺口」的撕開都主要不是在新的思想內部自我完成的，它必然意味著甚至可以說是主要也意味著對固有「先在」作出適當的調整和改造。啟蒙，作為除舊佈新這一偉大社會歷史的最積極的實踐顯然比其他任何思想文化運動都更注重這樣的「對話」事實。例如法國啟蒙思想家愛爾維修就認為，新判斷的作出有賴於當下的印象與舊有記憶的「比較」，「一切判斷只不過是對於實際經歷到的或者保存在我的記憶中的兩種感覺的敘述」。[52]顯然，較之於將魯迅附著於外在的理論框架加以評述，「回到魯迅」所強調的是從魯迅作品及魯迅思想體系自身出發來研究問題，較之於「政治革命」這一相對偏離於知識份

[51] 後收入《中國反封建思想革命的一面鏡子》，北京師範大學出版社 1986 年版。

[52] 愛爾維修《論人的理智能力和教育》，《十八世紀法國哲學》495 頁、537 頁，商務印書館 1963 年版。

子創造活動的理論尺規，「思想革命」重新提醒人們關注知識份子精神活動的獨立特質。無論是「回到魯迅」還是「思想革命」，都大大拓寬了魯迅研究的發展道路，甚至可以說是從本質上顯示了新時期文學研究如何在自我否定中回到文學自身的軌道。在那以後，我們的確又聽到了更多的「回到」之聲（回到郭沫若、回到中國現代新詩……），以單純政治革命的要求來理解中國文學的傳統也不斷受到了來自方方面面的挑戰，這不能不說是得益於王富仁這兩大經典性的概括。不管「啟蒙之後」的魯迅研究以及整個中國文學研究怎樣地窺破「思想革命」的框架的缺失，又怎樣以自身的努力揭示著一個更加豐滿的魯迅和一段更加豐富的中國文學，我認為都已經無法改變這個事實，即衝破數十年間所形成的那道研究的樊籬，為新的自由的研究打掃「言說空間」的正是王富仁這樣「啟蒙的一代」。

我感到，在這之後的王富仁似乎對自己的啟蒙角色有了越來越自覺的體認，他的文學研究越來越趨向於一個中心目標，即中國的現代化建設。他關於魯迅小說與茅盾小說、郁達夫小說的比較研究，甄別了現代小說發展中的多種「現代化」理想；關於魯迅與梁啟超的文學文化選擇的比較研究，又闡釋了中國近現代歷史發展中立於不同層面的歷史人物之於文學與文化的不同理解以及他們的內在聯繫。[53]此外，在關於郭沫若詩歌的兩篇專論裏，王富仁還仔細剖析了郭沫若詩歌對中國新詩現代化建設的獨特貢獻以及複雜到駁雜的文本特徵。[54]在以上的這些作家研究以及在此之前的《吶喊》、《彷徨》研究中，王富仁都充分顯示了他異常敏銳的藝術感受力和審美鑒賞力（比如他對郭沫若詩歌的細密解讀幾乎到了讓人歎為觀止的程度）。不過，值得注意的是，王富仁似乎無意在純藝術的王國裏流連忘返，更能引起他興趣的是作家的精神結構及文化內涵。他對中國文學現代化建設的思考

---

53 後均收入《靈魂的掙扎》，時代文藝出版社 1993 年版。

54 分別參見《他開闢了一個新的審美境界》（《郭沫若研究》第 7 輯）、《審美追求的瞀亂與失措》（《北京社會科學》1988 年 2 期）。

總是與他對中國現代文化建設的總體思考緊密地聯繫在一起，而且越到後來，他對從文化角度探討問題的興趣似乎越見濃厚了。如果說在《〈吶喊〉、〈彷徨〉綜論》裏，王富仁還是在對魯迅小說的把握和闡述中滲透著強烈的文化意識，那麼在《魯迅在中國文化史上的地位和作用》一文裏，魯迅則是作為歷史現象完整地與全部中國文化（儒、法、道、墨、佛及中國近代文化）互相融合、互相比照、互相說明；[55]如果說王富仁以「思想革命」代替「政治革命」來重建魯迅小說的研究系統，其初衷還主要是為了更準確地闡發魯迅作品，那麼在他的《中國魯迅研究的歷史與現狀》長文裏，二十世紀中國學者對魯迅的研究又被納入到整個中國學術文化乃至中國現代文化的總體發展的恢宏圖景當中。[56]魯迅研究是王富仁事業的起點，也是他的始終心懷眷眷的所在，由它所顯現出來的王富仁學術走向，似乎本身就具有某種典型意義。在《兩種平衡、三類心態，構成了中國近現代文化不斷運演的動態過程》中，王富仁運用文化分層理論（物質、制度、精神），深刻地闡述了中國近現代文化的這幾大層面是怎樣運演發展的，並進一步總結了這種運演發展的制約力量追求民族自身的內部平衡和追求世界範圍的外部平衡，剖析了出現在這一運演過程中的三類基本心態拒絕現代化要求、慕外崇新與中西融合；在《中國近現代文化發展逆向性特徵與中國現當代文學發展的逆向性特徵》中；他比較了人的思想意識的變革在中西近現代文化與文學發展中的不同作用及其後果；在《創造社與中國現代社會的青年文化》中；他闡述了關於中國現代社會年齡文化構成的重要觀點；[57]在《中國文化的亞文化圈及其在中國文化發展中的地位和作用》裏，他剖析了處於異域文化包圍中的由僑居他鄉的中國人所組成的「中國文化亞文化圈」；[58]在《文化危機與精神生

[55] 文載《中國文化研究》1995 年春之卷。
[56] 《魯迅研究月刊》1994 年全年連載。
[57] 以上文章均收入《靈魂的掙扎》。
[58] 文載《張家口師專學報》1995 年 4 期。

產過剩》裏，他將從經濟發展週期理論中得到的啟示運用於對文化發展的觀照上，首創文化發展週期理論。[59]

文化是人類全部物質文明與精神文明的總和，對文化問題的關注，往往更便於我們從一個更寬闊更富有整體意義的高度來進行歷史的反省，價值的重估。思考文化、解讀文化，這正是那些在「新世紀前夜」為社會進步而矻矻耕耘的啟蒙主義者的豪情和胸懷。「每條新的真理，都像我所說過的那樣，只是改善公民狀況的一種新的方法。」[60]王富仁致力於文化研究的熱忱，顯然貯滿了他作為啟蒙思想家對「改善當代公民狀況」的執著。

理論家品格與體系精神

如果我們對王富仁正在進行的「正名」作一點意義上的擴展，即「正名」不僅僅是對多年來中國現代文化研究與文學研究概念系統的「撥亂反正」，它同樣是指研究者應當具有一種獨立不遷的主體意識那麼，「正名」實際上就是王富仁自走上學術道路以來就已經形成的一種意願了，儘管這在最初未必是自覺的。樊駿先生在總結新時期以來的現代文學研究時說，王富仁「是這門學科最有理論家品格的一位」。「他的分析富有概括力與穿透力，講究遞進感和邏輯性，由此形成頗有氣勢的理論力量」。但與此同時，樊駿先生又指出：「一般學術論著中常有的大段引用與詳細注釋，在他那裏卻不多見，而且正在日益減少。」[61]我想人們不難發現這樣的描述對於王富仁是既準確又耐人尋味的。因為按照我們的「常識」，理論家的理論性常常就體現為他對大量理論成

[59] 文載《文學世界》1993 年 6 期，1994 年 1 期。

[60] 愛爾維修：《論人的理智能力和教育》。

[61] 樊駿：《我們的學科：已經不再年輕，正在走向成熟》，《中國現代文學研究叢刊》1995 年 2 期。

果的引用以及眾多中外理論術語的嫺熟操縱。王富仁不僅引文較少（材料引證和理論引證都較少），而且也很少使用那些頗具理論背景的名詞術語，對於當下流行的一些當代文藝批評術語更是敬而遠之，能夠進入王富仁的論著的理論辭彙主要還是那些已為中國批評家們使用了三四十年以上的近於「基本語彙」的東西而就是這些語彙（如現實主義、浪漫主義）他也還在進行著自己的「價值重估」和「正名」。那麼，王富仁的「理論家品格」又是通過怎樣的方式來實現的呢？顯然，是通過他自己高度的思辨能力和概括分析能力實現的，而這樣的思辨和分析又常常出之以平易通俗的語彙。這就不能不促使人們重新思考這樣一個問題，即理論家最基本的素質究竟應當是什麼？是他對古今中外理論體系、理論術語的嫺熟嗎？似乎不是，因為任何一個理論家他所面對的和需要他解決的問題歸根結底都是世界本身的問題，對於豐富到複雜的世界本身而言，所有的業已存在的理論體系和理論術語都不過是業已存在的人們對於世界的各種不同感受的一種描述和概括，對於我們今天要解決的新問題而言，這些描述和概括固然會帶來不少的智慧的啟迪，但畢竟不是問題真正的所在，更不能代替我們對問題的感受和理解。因此，任何一個理論家最基本的素質並不是有「學習」、「收容」固有術語的能力，而是他應當具有與前人大不相同的感覺能力。恰恰是因為他對世界的感覺和理解之不同，才最終導致了他從理性的高度所進行的概括和分析絕不同於任何一個前輩學者。他的所有的理論創新，他的新的理論高度都是首先根源於他有了這樣的超敏銳的感覺能力。當一個忠於自己新鮮感覺的理論家認為當代與前代的許多理論術語都不足以表達自己的時候，他當然有必要盡可能少地染指這樣的術語體系，但他這樣做卻絲毫也不會減少他自己固有的理性思辨才能，降低他的理性高度，所以說對一個哪怕是最最喜歡建構自己的理論大廈和最富有嚴密邏輯的推理才華的理論家來說，最基本的能力其實還是感覺，是他對世界能夠擁有最新異的最與眾不同的感覺。

或許王富仁也在私下裏有過「不熟悉當代批評術語」的感慨，但縱觀他踏上文學研究道路以來的全部學術成果，你將發現，與其說是這種「不熟悉」造成了他理論的欠缺，還不如說是這種「不熟悉」形成了他善於獨立感受和獨立思考的個性；與其說是這種感慨表明了他強烈的「補課」願望，還不如說逐漸開闊的知識視野反而強化了他的「正名」意識，特別是進入九十年代以後，你會發現王富仁也並不曾刻意突出他現在的「熟悉」，倒是將他對學術活動的獨立見解，將他對「感覺」的格外推重顯示在了人們面前。顯然，這個時候的王富仁已不是什麼熟悉不熟悉的問題，而是面對學術究竟應當如何自我選擇的問題。在《文學研究的特性》一文中，王富仁提出了這樣的深刻見解，似乎就是對自己一貫的「理論家品格」的最好說明：「文學研究者的任何研究都要建立在一個一個文學作品的具體感受的基礎上，如果自我對文學作品沒有親身感受，或有而不尊重它，不願或不敢重視它，而是隔著一層屏障直接面對作為客觀實體的文本，或者把自己的活生生的感受和印象擱置起來，把別人的現成的結論作為研究的前提，他的研究工作是根本無法進行的」，「文學研究中的種種名詞概念，都是在對具體的、一個個的文學作品的實際感受和印象的基礎上建立起來的，沒有這種真切的感受和印象，這些名詞也便成了毫無意義的空殼子，整個文學研究工作也就難以進行了」。[62]

王富仁曾經以他的「研究體系」而聞名，但事實上支撐著他這一「體系」的正是他與眾不同的個人感受能力。沒有他在閱讀過程中對「偏離角」的發現就根本沒有後來的什麼「體系」，而「偏離角」的發現則充分顯示了他作為批評家的特出的感知能力。這正如王富仁在評述新時期的啟蒙派魯迅研究時所指出的那樣：「這時期魯迅研究中的啟蒙派的根本特徵是：努力擺脫淩駕於自我以及淩駕於魯迅之上的另一種權威性語言的干擾，用自我的現實人生體驗直接與魯迅及其作品實

[62] 《文學評論家》1991 年 6 期。

現思想和感情的溝通。」[63]的確，《〈吶喊〉、〈彷徨〉綜論》氣魄非凡，體系博大，但人們同樣會為書中那到處閃光的精細的藝術感覺而嘆服，在關於《藥》中墳上花環的論述中，在關於《一件小事》的主題辨析中，在關於魯迅小說文言夾雜的語言特徵的剖析中……我們不斷獲得藝術領悟的快感！早在王富仁考上西北大學攻讀現代文學研究生之前，他就在薛綏之先生的引導之下開始了魯迅研究，而這些研究就是從魯迅小說「鑒賞」開始的。「鑒賞」，與一般的學術性論著的顯著差別就在於它保留了更多的研究者自身的直覺感受。王富仁從「鑒賞」開始走向文學研究事業，這與他後來形成的特殊的理論家「品格」不無關係。我注意到，就是在他以後的宏闊的文化文學研究的同時，他也從未中斷過對自己感受力、「鑒賞」力的訓練，從《補天》、《風波》到《狂人日記》，他不時推出自己細讀文學作品、磨礪藝術感受的佳作；從《中外現代抒情名詩鑒賞辭典》、《魯迅作品鑒賞書系》到《聞一多名作欣賞》、《中國現代美文鑒賞》，他似乎對各種各樣的鑒賞工作滿懷著興趣。最近兩年，他又連續不斷地在《名作欣賞》雜誌上推出關於中國古典詩歌名篇的解讀，這批被稱之為王富仁式的「新批評」文字更自由更無所顧忌地傳達著他的種種新鮮感覺，據王富仁所說，這其實不過是他試圖轉入中國詩歌研究的一種「前奏曲」，在這裏，充分尊重個體感受，從自己感受出發走向理性提煉的「理論家品格」又昭然若揭了。

我以為，在這一「理論家品格」中，啟蒙文化的魅力也再一次地體現出來。啟蒙敞亮的是專制主義的蒙昧，而蒙昧便意味著個人感知力的遏制和萎弱，在中國的「文化大革命」時代，遭受到最大摧毀的首先是個人的感受能力和感受的權利，在西方十七世紀的新古典主義時代，個人的情感和感覺也被牢牢地禁錮在「理性」的壓制之下。新時期中國啟蒙時代的來臨得追溯到一批抒寫個人情緒的「朦朧詩人」，

63 《中國魯迅研究的歷史與現狀》（連載十），《魯迅研究月刊》1994年11期。

接著又因為這一批詩人的獨特的感覺而引發了整個思想界的爭議和思考，這似乎已經暗示了啟蒙文化自身的重要基礎。同樣，高舉理性大旗的西方十八世紀啟蒙文化也將感性和個人感覺作為自己的理論依託。十八世紀的這種理性也就與十七世紀的僵硬有了質的不同，法國啟蒙思想家拉美特利說得好：「我們愈加深入地考察一切理智能力本身，就愈加堅定地相信這些能力都一齊包括在感覺能力之中，以感覺能力為命脈，如果沒有感覺能力，心靈就不可能發揮它的任何功能。」[64]

復活的感覺是理性思維的生命源泉，「一切都歸結到從感覺到思考，又從思考到感覺。」[65]在啟蒙思想家的學術活動中，新鮮的感覺與新銳的思想構成一對「互動」的力量。宋益喬先生曾將王富仁學術論著的特徵概括為「思想」與「激情」的並存，我在這裏也不妨稍稍作點補充，那似乎亦可稱之為是感覺、激情與思想的並存。重要的是這種「互動」中的並存最終建構起的是一個生機勃勃的具有再生功能的思想「體系」。人們都注意到了王富仁學術研究的「體系」特徵，但或許還沒有完全意識到這一「體系」自身的靈動性和再生能力。雖然他曾經以「思想革命」的系統主動代替了「政治革命」的系統，但顯而易見，他並不曾為維護自己這一系統的嚴密性而煞費苦心，他那嚴密的邏輯思辨力也沒有被用來作為自我系統的永恆的證明，他更不曾因為自己系統的限制而失卻了發現和肯定其他新思想的能力，相反，在其他年輕一代的新的研究成果出現之後，他立即予以重點的介紹和肯定，並從理性的高度自我解剖著自己研究的局限性。這種自我超越的勇氣充分證明「體系」雖是王富仁學術研究的一個特點，但卻肯定不是他最重要的最深層的本質，單純從「體系」性上來認識王富仁的學術個性，就如同 1987 年圍繞他的一場爭論中有的論者斷言他的思維屬於先驗的機械性的思維一樣，其實多半是忽略了他最富有生命活力

---

[64] 《十八世紀法國哲學》236 頁。

[65] 《狄德羅哲學選集》61 頁，三聯書店 1957 年版。

的底蘊。面對王富仁學術論著中那似乎充滿了體系追求卻又往往靈性四溢、生命噴射的文字，我幾乎找不到一種更好的語言來描述這樣的思維個性。最後，我還是想起了恩斯特・凱西勒這位著名的德國思想史家，在他描述啟蒙哲學的經典性著作中，有過這麼一些重要的判斷：「啟蒙哲學不僅沒有放棄體系精神（espritsystematigue），反而以另一種更為有效的方式發揮了這種精神。」只是，「啟蒙運動不僅沒有把哲學限制在一個系統的理論結構的範圍裏，沒有把它束縛於一成不變的定理以及從這些定理演繹出來的東西，反而想讓哲學自由運動。」[66]是的，就如同西方十八世紀的啟蒙文化既需要用理性的體系精神來建構足以代替舊傳統的新文化大廈，同時又力圖「屢屢衝破體系的僵硬藩籬」，不斷讓新的自由的思想得以孕育和發展一樣，像王富仁這樣中國新時期的啟蒙學者也的確同時面臨了「建構」和「自由」的雙向選擇，在歷史轉換的這個特殊時期，或許體系的誘惑與自由的衝動都是不可避諱的事實吧。

總之，王富仁充滿了體系精神，但卻不曾有過僵死不變的體系，如果說他的全部的學術研究也構成了什麼「體系」的話，那麼也只是十八世紀啟蒙文化式的體系而不是十七世紀新古典主義的體系。是康得式的體系，而不是黑格爾式的體系。構成這種重要的區別的正是王富仁特有的富有創造能力的感覺和生命，不能明白這一層，似乎也無法理解啟蒙文化追求的獨特價值。

寬容與堅守

對僵硬的理論體系的突破實際上也帶來了啟蒙思想的寬容性。所謂思想的「寬容」，指的是對新異觀念的容忍和理解，它不會因為其他

[66] E・凱西勒《啟蒙哲學》，中譯本3頁，山東人民出版社1988年版。

思想的異己特徵就予以排斥和打擊，相反，倒更能從一個學術發展與文化發展的高度作出及時的中肯的評價。在這裏，啟蒙主義的鮮活的理性的確顯示了「它的廣大的應用洞徹的理解力」。[67]當王富仁以「思想革命」的研究系統完成了對「政治革命」研究系統的反撥之時，這其實並不像某些同志所想像的那樣是王富仁企圖排斥和否定傳統研究的學術地位，王富仁多次講過「我與陳湧同志的不同，絕非在絕對意義上的對立，而是在我充分吸收了陳湧同志的創造性研究成果之後，從另一個不同的角度研究魯迅小說的結果」。[68]這種學術意義的寬容在他的長文《中國魯迅研究的歷史與現狀》裏更是得到了充分的體現。王得後先生認為這篇長文首先打動了他的便是「作者的寬厚」，「富仁不以魯迅的是非為是非，不以自己的利害為利害，他力求客觀而公平地寫出歷史狀況及各派的得失。不寬厚是做不到這一點的。」[69]其實，與其說這種「寬厚」是一種待人接物的態度，還不如說是一種啟蒙思想家特有的學術眼光和胸懷。早在當年的《〈吶喊〉、〈彷徨〉綜論》裏，他就表述過這樣的鮮明的啟蒙意識：「文學研究是一個無限發展的鏈條，魯迅小說的研究也將有長遠的發展前途，任何一個研究系統都不可能是這個研究的終點，而只能是這個研究的一個小的鏈條和環節。」[70]

基於對歷史發展的這種「鏈條」性質的清醒認識，王富仁的學術「寬容」事實上就不是那種毫無原則，毫無主見的遷就和懦弱，而是站在歷史發展的制高點上，，努力為各種不同的文化現象尋找到它們居於歷史「鏈條」中的應有之位，就像當年的法國啟蒙思想家們那樣，清理各種文化產品看來要比簡單的否定和拋棄更有意義。這裏也清楚地呈現著王富仁式的學術思維方式：他總是從一個具體的文學現象出

---

[67] 拉美特利語，見《十八世紀法國哲學》241 頁。
[68] 《先驅者的形象·代自序》，浙江文藝出版社 1987 年。
[69] 《中國魯迅研究的歷史與現狀·序》，《魯迅研究月刊》1995 年 9 期。
[70] 《中國反封建思想革命的一面鏡子》9 頁，北京師範大學出版社。

發，庖丁解牛般地層層剔抉，步步推進，最後開掘出這一現象背後的文化精神，歷史意蘊，從而在一個十分宏大的文化背景上予以「定位」，在這種學術思維的觀照之下，不僅孤立的文學現象在廣闊的時空中凸現了獨特的意義，就是在常人眼中普通平凡的現象也內涵豐厚、意味深長起來，比如他對電影《人生》、《野山》及農村題材影片的評論。甚至某些人們一時還難以接受的東西，他也能夠獨具慧眼，發現其不可替代的文化意義，比如他對《廢都》的評論。經過他的深入開掘、四方拓展之後，一種文學現象的內涵往往獲得了遠遠超乎於旁人的「打撈」，以至一時間，真有點讓人再不敢輕易涉足的味道！

宋益喬先生是王富仁最早的評論者，他當時曾提出過這樣一個看法：「王富仁的研究從『面』上看，涉及的範圍不算廣，但他卻牢牢地抓住幾個『點』，而且是極富思想意義的『點』。」[71]從那時（1986）到今天又過了整整十年，王富仁研究的「面」顯然拓寬了許多，從魯迅到茅盾到郁達夫，從小說到詩歌到電影電視，從中國到外國到古典，從文學到文化，不過細讀他所有的這些研究成果，我又感到，他好像還是無意過多地展示自己在這些廣泛的「面」上的知識，他涉足了眾多的課題，但吸引著他的不是有關這些課題的豐富的知識性背景，而是它們各自所包涵的文化內蘊，正如前文所說，在透過具體文學現象揭示深層的歷史文化意義這一點上，他的思維方式仍然是一以貫之的。與其說王富仁是要在「面」的馳騁上作知識的積累，還不如說是他繼續在「點」的開掘上讀解著精神世界的奧秘。這種似「面」而非「面」，非「點」而是「點」的研究立場，在當代中國學術研究可謂別具一格。如此說來，王富仁多年以來學術研究一方面的確是在不斷地演進發展著，但也依然存在著一以貫之的態度和方式，構成他作為啟蒙學者的最基本的學術個性——這種透過具象看文化，點面結合由小

[71] 宋益喬：《思想與激情談王富仁的中國現代文學研究》，《文學評論》1986年6期。

及大的思維習慣似乎始終堅持著，而這種堅持本身在當代的啟蒙文化思潮中也是格外的特別。

啟蒙，就如同這個詞語在西方語言中的涵義（照亮、開啟光明）所顯示的那樣，帶有某種時間交替上的「過渡」意味，它除舊佈新的歷史轉換地位註定了它的命運多少有點令人遺憾：雖然啟蒙的光輝映照著新世紀的黎明，但啟蒙運動中所產生的具體思想結論卻不能像它所顯示的思想姿態與思維方式那樣保持長久的生命力，曾經投身於啟蒙文化運動的學人也未必都能保持長久而集中的熱情。恩斯特・凱西勒在評述西方十八世紀的啟蒙文化思潮時就切中肯綮地指出:「啟蒙思想家的學說有賴於前數世紀的思想積累，這一點是當時的人們沒有充分認識到的。啟蒙哲學只是繼承了那幾個世紀遺產；對於這一遺產它進行了整理，去粗取精；有所發揮和說明，但卻沒有提出什麼新的獨創觀點加以傳播。」[72]活躍在二十世紀晚期的中國啟蒙思想家們又幾乎都是在中國文化的封閉時期接受教育的，就知識貯備而言，他們似乎還不能與西方的啟蒙學者相比肩，就是與「五四」一代的中國啟蒙先驅相比，也有一定的差距。他們新時期的啟蒙活動是在改革開放剛剛起步的時候展開的，這時候與其說是古今中外的文化發展的豐富事實讓他們作出了「啟蒙」的選擇，還不如說「啟蒙」是他們從個性生存的要求出發所舉起的武器。以後，隨著國門的進一步打開，西方幾個世紀以來的各種文化思潮紛至遝來，當他們最不熟悉的其實又是最渴望瞭解的人生哲學、生命哲學、藝術哲學以更親切的方式呈現在眼前的時候，特別是當更年輕的一輩已經無所顧忌地轉向更誘人的對藝術對人生的思考的時候，中國二十世紀晚期的這一文化思潮實際上便開始出現了動搖，是中國的啟蒙思想家們完全放棄了或否定了啟蒙的理想，還是他們先前的相對單純的啟蒙理想當中，已經不同程度地滲入了較多的其他文化追求呢？比如，有的學者逐漸淡化著啟蒙時代特

72　《啟蒙哲學》中譯本2頁。

有的文化建設（包括政治文化建設）的激進，轉而在更細緻也更平靜的學院化學術活動中找到了自己的一方「淨土」；有的學者竭力從當代西方的藝術哲學中汲取營養，調整自己固有的知識結構，調整使得他們逐漸從啟蒙主義的「文化之思」中擺脫出來，那豐富的屬於藝術自身的問題好像吸引更多的目光；有的學者從當代西方文化「超越啟蒙」的努力中洞見一片新意，甚至也開始了對中國啟蒙文化思潮本身的「再思索」……

但恰恰是在這樣一個讓人無所適從的「文化的動盪」之中，王富仁又一次表現出了他特有的冷靜。在《中國魯迅研究的歷史與現狀》一文中，我們可以讀到他對新時期啟蒙文化派的相當清醒而深刻的反省，同樣，在《文化危機與精神生產過剩》一文中，我們也讀到了他堅定的選擇：「中國知識份子發揮自己主觀能動性的主要方式是更加充分地調動自己主觀意志的作用，把自己的思想追求貫徹下去。」的確，在其他的一些啟蒙同道紛紛轉向的時候，王富仁似乎又成了一位相當「固執」的思想家，迄今為止，他依舊堅守著自己先前的立場，依舊將對文學現象背後的文化精神的不斷發現，將點面結合、由小及大的思維方式，將中國文化現代化建設的這一系列的「啟蒙事業」堅持著，推進著。這當然也不是說王富仁不曾為自己的學術活動增添新的內容，新的養分，而是說來自其他思潮的新內容仍然不可能沖淡王富仁追思和建設中國新文化的主導目標，也更不可能改變他的基本思維方式和清醒的角色體認。

勿庸諱言，這樣的堅守或許會繼續保留王富仁作為中國這一代啟蒙思想家的某些「先天」的遺憾，不過，在我看來，清醒的缺陷無疑要比盲目的完滿好得多，何況在歷史無限伸展的鏈條上，誰又不是包藏著缺陷的「中間物」呢，誰又留得下真正的完滿呢？二十世紀的晚期，中國還在為建設自己的新文化而苦苦探索，掃除蒙昧，迎接新生的啟蒙事業遠遠沒有完成，在這個時候，一位思想家的堅守本身就具有無限深遠的意義。

王富仁的「九十年代」

在進入九十年代以來的學術研究中，王富仁對中國現代文化獨特境遇及其發展狀況的再思考取得了特別重要的成果，讓我們在這裏特別加以討論。

剛剛過去的 20 世紀 90 年代已經被證明是一個具有特殊學術意義的時代，一方面，整個中國的思想界、學術界都籠罩在了「知識貶值」、「知識份子文化邊緣化」、「人文精神失落」等等前所未有的社會氛圍當中，另一方面，在狹小封閉的思想學術界內部，一系列可以說是「聲名顯赫」的思想學說，特別是伴隨著這些新銳學說而來的整個社會文化環境的巨大改換又極大地牽動、衝擊著整個中國思想學術的固有格局，80-90 年代的政治式交替有力地阻擊了當時似乎是勢不可擋的主流精神，使那個波瀾壯闊、絢爛一時的 80 年代的思想大河陡然改道，之後便是明顯的回返、動盪與轉折，從「告別革命」到「市場經濟」，從「學術規範」到「後學」的異軍突起，從「重估現代性」到「審判」五四，無論你有過怎樣的思想追求與學術立場，在這樣的一場社會與歷史的漩渦當中都不不得開始自己緊張的觀察和思考，選擇、調整和回答似乎也成了不可避免的現實。

80 年代的王富仁，以「回到魯迅」、恢復魯迅小說反封建「思想革命」的主旨、重塑魯迅作為反對封建專制主義的思想啟蒙者的「本來面目」而享譽學界，作為當時新時期啟蒙文化思潮的主要代表性學者，他關於魯迅和中國新文化的一系列論述都相當明顯地體現了啟蒙文化所特有的那種除舊佈新的「過渡性」特徵，例如他對《吶喊》、《彷徨》的「意識本質」的揭示還常常置於魯迅對於「反封建思想革命」這一宏大「任務」的領會與完成中，且繼續使用了頗具反映論色彩的喻象——鏡子，同新時期的其他的啟蒙學者一樣，他的關於中國現代文學與現代文化現代化進程的論述也不時包含了對於「中國走向世界」這一過程的相對單純的激賞，而進化論之於中國新文化觀念的意義也獲得了更多的肯定，其內在的複雜性似乎尚未得到充分的重視。

就是以上的這些啟蒙文化思想的代表特徵在 90 年代遭受了一系列新銳學說的激烈挑戰，這裏的「新銳」其主力是中國式的「後學」（它從根本上質疑了現代中國的「現代化」目標、自居於「世界」之外的「邊緣」意識以及文化「進化論「的荒謬」，其後盾是新儒家的民族主義立場與情緒，其友軍是學院派的對於純藝術理想的肯定和發掘，——面對這樣的挑戰，原本就從「文革」廢墟中成長起來的中國啟蒙文化明顯體現出了一種的根基不穩、先天不足的狀態，一時間，80-90 年代之交的政治性「失語」竟演變成了啟蒙自身的「失語」，不少的學者開始從先前「激進「的啟蒙行列中悄然告退，轉而在其他更可能「恒久」的學術話題中尋找自己的位置，或者至少也需要在對於這些咄咄逼人的新銳學說的某種方式的順應裏求取自我的新的安穩，進步、進化、思想啟蒙……這些新文化與新文學的曾經的「關鍵字」盡都灰頭土臉，甚至羞於重提，爭論似乎還在進行，但更好像是已經停止，因為舊有的討論和立場都失去了先前的激動人心的魅力，討論和不討論都沒有什麼大不了的意義，種種的一切連同那些數量可觀的也曾經活躍與激烈的知識份子們的「下海」、撤離與轉行，都是那樣讓人無可奈何！

同樣曾經置身於啟蒙行列，同樣曾經使用過一系列在今天看來大可質疑的「過渡性」理論術語的王富仁也進入了這個大迴旋的 90 年代，所不同的在於，好象一跨過這時代的門檻他就以自己的特有的冷峻拉開著自我與整個外部世界的距離。在一份影響不大的非純粹的學術刊物上，他表達了對於這個年代的基本判斷。就好象是這個時代的必然，也彷彿就是王富仁此時此刻的一種低調的悄然的人生姿態的象徵，這番言語並沒有得到學界的足夠的重視，幾乎就等於是他的自言自語，然而在一個 10 年已經結束的今天，當我們再次翻檢著這些文字，卻不能不為其中那些冷靜的深刻而感歎！在這篇文章中，王富仁將自己從 80 年代的絢爛繁榮進入 90 年代的迷離無奈總結為一種文化發展的「週期規律」，他不僅準確地概括了當下正在發生著的「文化危機」的重要特徵（諸如文化上的悲觀主義，知識份子開始自己軟弱而散漫的反思，文化由雅趨俗，「為學術而學術」的追求以及文化界成員向著其他行業轉化），而且更是深刻地從知識份子自身追求演變的角度分析產生這種「危機」的原因，為了讓大家更多地瞭解這篇並未獲得普遍重視卻又特別重要的文章，請允許我在這裏較多地引用其中的一段論述，王富仁認為，在前一個文化的發展上升期，知識份子是帶著對於文化傳統的真切感受和獨立的文化取向進入「職業」的，「一般說來，他們的各種語言概念都有一種比較確定的內涵，他們與其說更重視自己的理論，不如說更重視這種理論背後的那種更具實質性的意蘊本身。」然而，隨著文化的持續發展，一旦「職業」本身成為了權威與物質收入的方式，那麼這種理論追求也就構成了某種幻象：

> 在這時，有更多的人是從這種理論自身的威力出發而去信仰這種理論的，似乎這種理論之所以在社會上發生了強大的影響是因為這種理論比原有的理論更「正確」、更「全面」，似乎這種理論本身便有一種點石成金的力量。正像當前社會上很多人看到做買賣的賺了錢，便形成我做買賣也會賺錢或做買賣就會賺錢的幻象一樣，這時的文化界也形成了一種只要掌握這種理論便一定會有文化建樹的幻象，而在這種幻象形成之日，也便是這種理論的危機之日，因為他們是帶著各種不同的人生體驗和感受理解並運用這種理論的，各種不同的乃至相反的人生體驗和認識都被納入到同樣的理論概念中來表述，這種概念的不確定性便加強了，各種名詞概念像斷了線的風箏，漫天飛舞。但這時的爭論卻更多是由根本不同的思想感情之間的差異造成的，理論的爭論只起到自我詮釋的作用而沒有增加新的內涵，

> 當各自都把自己的意見闡述出來，交流的梗阻便在這爭論中形成了。
>
> ……
>
> 在每一個發生著嚴重爭辯的領域，對立雙方都在當時的條件下盡其所有地發掘著文……化的潛力，但很快便發掘盡，能說的話已說盡，不能說的話仍然不能說；對方能接受的話都已說盡，對方不能接受的話已經說得太多，如若對立仍難以交流遂告中止，梗阻隨即形成。
>
> ……
>
> 但是，在這時，由於文化的一度繁榮而擴大了的知識份子階層仍然存在，一座龐大的文化加工廠還在慣性的作用下運轉著。由於交流梗阻，這時的文化產品已經嚴重地失去了自己的讀者：整個社會的嘴唇都被繁榮期的大辣大鹹刺激得麻木了。一般的味道很難激起人們的食欲。所以這些仍在生產著的文化產品一時呈現著過剩的現象。過剩造成產品積壓，流通領域積壓的大量文化產品淤塞起來，當文化梗阻在印刷、出版、發行、銷售的管道成為主要趨勢，文化危機就正式到來了。[73]

這裏，王富仁深入細緻地揭示了「文化危機」內在表現：那是一種脫離了文化人真實生命體驗的「理論的過剩」。失去了生命的真實，也就失去了相互理解的必要性和可能性，因而到處是空虛的膨脹的理論淤泥，它阻塞了我們正常的交流與溝通，敗壞了我們精神需要的胃口。歸根結底，「文化危機」的起點是文化人的學術、理論活動開始脫離了自己的真實生命體驗，當人為自己創造的文化理論所異化，那麼他最終也將喪失掉這種創造的歡娛、機會與環境。王富仁在闡釋 90 年代之初的「文化危機」的時候，深刻地論述了所有思想學術活動的真正的神髓——個體生命的真實體驗（即「理論背後的那種更具實質

[73] 王富仁：《文化危機與精神生產過剩》，《文學世界》1993 年 6 期。

性的意蘊本身」）80 年代以啟蒙思潮為代表的文化的繁榮是因為有更多的學人把握這一神髓（雖然他們的理論概念還有某些可質疑之處），而 90 年代之初的危機同樣也是由於較多的學人丟棄了這一神髓（儘管他們可能擁有了更多更新的理論的「武器」）。

那麼，我們如何才能走過這場危機呢？王富仁在「中國的知識份子應當追求什麼？」這樣一個嚴肅的標題下再次重申：「我們中國知識份子不論怎樣崇高評價和借鑒中國古代的或外國的現成文化學說，但我們的思想基點卻都應建立在我們自己的人生體驗的一種堅不可摧的社會願望上，它不是在別人的文化學說中得到的，而是在自我的、民族的、現實的（現實生活或文化生活）中建立起來的，沒有這種確定不移的真誠願望（不論它是大還是小），我們的所有文化都必將是軟弱無力的，再廣博的知識也救不了我們中國文化的命。」「只要是建立在這種內心堅不可摧的社會性願望和追求上的思想基點，我們就應在任何艱難的條件下都堅持它。」「在文化危機期，中國知識份子發揮自己主觀能動性的主要方式是更加充分調動自己主觀意志的作用，把自己的思想追求貫徹下去。」

基於這樣的對於文化危機的清醒認識和對於知識份子價值取向的自覺，王富仁在 90 年代的學術活動不僅沒有在新銳理論的攢擊之下退縮和「失語」，不僅沒有因文化環境的混沌而意志疲軟，相反，他比以往的任何時候都要尊重自我的真實生命體驗，也格外珍視自己的主觀意志的作用和獨特的文化立場。

從「選擇」到「認知」

王富仁在 90 年代的思想文化活動大體上分作兩個部分，一是繼續沿著思想啟蒙的道路思考、探討中國現代文化與中國現代文學的發生發展規律，一是另闢蹊徑，以更自由活潑的散文隨筆的形式書寫自己的人生與文化的感受。

作為第一個方面的思想文化追求，王富仁的代表性成果是著作《中國魯迅研究的歷史與現狀》，論文《中國現代文學研究中的「正名」問題》[74]、《完成從選擇文化學向認知文化學的過渡》、[75]《對一種研究模式的置疑》、[76]《創造社與中國現代社會的青年文化》、《當前中國現代文學研究中的若干問題》[77]、《魯迅在中國文化史上的地位和作用》[78]、《魯迅哲學思想芻議》、[79]《時間・空間・人——魯迅哲學思想芻議之一章》[80]、《中國現代主義文學論》[81]等，僅僅從選題來看，似乎都是中國新文學與新文化的一些具體的學術問題的討論，事實上，王富仁的視野和興趣遠遠超過了這些具體的學術性結論，同 80 年代一樣，他仍然是將這些文學與文化現象的細節與其背後的更為深遠的文化演進的規律性探究聯繫在一起，他關心的往往不是作為「歷史事實」的現象本身，而是包孕在這些現象之中的「文化與人」、「中國文化與中國人」、「中國現代文化的發展與現代中國人的特殊境遇」，是這些既呈現為歷史但更加作用於現實的生存的難題，與 80 年代啟蒙主義對於生存現實的相對單純憂患與激情不同，90 年代的王富仁在自己以一貫之的啟蒙之路上格外突出了對於既有文化追求與既有思維方式的反思與探求，正是在進入 90 年代以後，王富仁多次強調了感覺、感受、生命體驗之於創造活動的本質性意義，正是在 90 年代中期的「置疑」中（《對一種研究模式的置疑》），他突破了 80 年代所習見的中／西對立以尋找

[74] 載《北京師範大學學報》1995 年 1 期。
[75] 載《中國文化研究》1993 年夏之卷。
[76] 載《佛山大學學報》1996 年 1 期。
[77] 載《中國現代文學研究叢刊》1996 年 2 期。
[78] 載《中國文化研究》1995 年春之卷。
[79] 載《中國文化研究》1999 年春之卷。
[80] 載《魯迅研究月刊》2000 年 1-5 期。
[81] 載《天津社會科學》1996 年 4-5 期。

現代化之路的思維模式，努力以主動的「認知」取代被動的「選擇」，這些深入的思考都生動地體現了他自我超越的勇氣，真正地實踐了他在《文化危機與精神生產過剩》中自我要求：「更加充分調動自己主觀意志的作用」。

值得注意的在於，這樣的反思與探求決不是王富仁從啟蒙立場的後退與變通，他並沒有像「後學」家那樣僅僅從理論上否定所謂中／西二元對立的思維模式就萬事大吉，以為自己把握了點石成金的先進武器，對於王富仁而言，這僅僅是他深入思考的起點，所謂中／西二元對立的思維模式不過是自我喪失之後的表現而已，而更重要的則是如何解決近現代以來中國人自我意識喪失、主體失落的關鍵性問題，解決思維模式問題的關鍵並不在這一理論而在理論表述背後的人的精神與心理，如果不能意識到這一點，那麼我們就很可能在批評二元對立的同時不知不覺地也掉進了這一思維的陷阱，中國的「後學」其實就是這樣，因為他們就像王富仁所說的那樣是從「理論自身的威力出發而去信仰」某種理論的，他們認為西方的「後學」理論比傳統的任何理論（包括「二元對立」）更「正確」、更「全面」，更「有一種點石成金的力量」，在中國的「後學」家眼裏，80 年代的學人乃至五四新文化學人，其主要問題不是主體精神不夠而是因為他們僅僅掌握了已經「過時」的來自西方傳統的思想，諸如「二元對立」、諸如「進化論」等等，而中國的「後學」所掌握的則是更「先進」的西方思想——就這樣，他們完全是落入了新的中／西「二元」，新的「進化論」思維而渾然不覺，他們其實和 20 世紀中國文化人所存在的問題完全一樣：迷信外在理論的「權威性」超過了對於自我與生命體認，在簡單的中／西對立中進行脫離個人真實生命體驗的被動的「選擇」。

同樣，思想追求、學術探索中個體生命意識的強化也最終構成了一個學科、一個學派的賴以存在的獨立的基礎，失去了對於這一獨立基礎的自覺意識，我們最終也許會失去支撐我們自己學術的獨立的生存空間。明白了這一點，我們也就不難理解王富仁為什麼會以如此堅

決的姿態來回擊新儒家對於中國現代文學的挑戰(《當前中國現代文學研究中的若干問題》)

王富仁一再強調從「選擇」向「認知」的過渡，強調為整個中國現代文化與文學的發展「正名」，因為「名的問題實質是一個自我的獨立意識的問題，是承認不承認中國現代文化與文學獨立存在的權利的問題，是承認不承認中國現代知識份子有獨立創造的權利的問題。」（《中國現代文學研究中的「正名」問題》）他就是這樣以返回個體生存權利與生命意義這一啟蒙思想的初衷的方式實現著他對於啟蒙精神本身的更加深入的開掘，同時也在自我意識的清理與組織中格外清醒地意識著自我的價值、作用和意義。正如他在闡述魯迅哲學思想時指出的那樣：魯迅就是「高舉著生命哲學的旗幟更堅定地站在中國啟蒙主義的立場上，而且義無反顧，把『五四』反封建思想革命的旗幟一直舉到自己生命的盡頭。他的先驅者們的啟蒙主義思想一直主要停留在理性教條的層面，一直沒有上升到真正藝術的高度，而魯迅的啟蒙主義從『五四』時期就是藝術的，是與他的全部的生命體驗融為一體的。」(《時間・空間・人》) 那麼，什麼又是啟蒙主義的理性呢？王富仁精闢地提出:「什麼是理性精神？只要在魯迅所重視的人的全部創造過程中來理解，我們就會知道，理性精神絕不是脫離個人的欲望、情感和意志的一種純粹的邏輯思維活動，它是由慾望、情感、意志的逐級轉化而成的，而且必須沉澱著人的慾望、情感和意志。」(《魯迅哲學思想芻議》)

在這裏，王富仁對於啟蒙、對於魯迅的闡述實際上完成了他對於自我的全新的闡述，他 90 年代沿著啟蒙之路的新的自我的掘進，難道不正是他所說的那種魯迅式的生命的爆炸嗎：魯迅的「生命不是一條線，不是一個方向，而是具有空間性的規模的，是一種在生命連續性的大爆炸中形成的空間運動的形式。」「構成這五次生命大爆炸的主體原因在於魯迅是一個認真的人，是一個厭惡苟且，鄙視巧滑，反對敷衍，正視現實，不阿諛，不媚世，不趨強，不附眾，不人云亦云，不同流合污的人。」「他的人生常常陷入精神的困境，常常找不到任何的精神出路。在這時，他是一個富於忍耐的人，他不會僅僅為了自己的舒服而去主動損害別個的生命和幸福，不會把自我的意志強加在別人的頭上，這使他的生命收縮又收縮，逐漸收縮成一個潛藏著巨大勢能的凝固的整體，但空間的壓迫向來是沒有止境的，而一當空間的壓迫強化到他的生命體再也無法忍耐的時候，一當他必須堅持自我生存的權利和生命的價值，他的生命就會發生一次巨大的裂變，同時向四面八方爆炸開來，爆發成一個空間，一個宇宙。」（《時間・空間・人》）

正是在這個意義上，我認為，《時間・空間・人——魯迅哲學思想芻議之一章》是迄今為止最能體現王富仁 90 年代自我生命掘進的傑作，就是在這裏，一個 20 世紀晚期的啟蒙思想家與世紀初年的中國啟蒙的先驅不僅在理性上而且更是在生命形態的展示上實現了動人的契合，王富仁不僅是潛入到啟蒙精神的深處（個體生命的存在方式）闡述了這一思想追求的最具魅力的內核，而且更重要的還在於，他個體的生命在完成了對這一精神形態的嶄新的領悟之後以前所未有的決絕和剛勁回答了 10 年以來幾乎所有的對於啟蒙、對於五四的挑戰：關於近現代中國的發展與中西文化的關係，關於中國文化發展與世界文化格局的關係，關於進化思想與五四啟蒙的關係，關於啟蒙主義與個體生命體驗的關係，關於中國啟蒙主義內部的分歧及其在若干關鍵性問題上的不同的認識（包括對於魯迅的認識），關於魯迅文學活動特別是雜文創作的獨特價值……當然這種回答不是以惟我獨尊的方式實現對於其他文化追求的壓制，而是公開地理直氣壯地為啟蒙家的生命與文化追求在現代的中國爭得它應有的獨立地位，是對於 10 年其他文化活動擠壓啟蒙的理所當然的回應，如果我們考慮到 10 年來中國啟蒙文化在複雜的思想變遷的文化擠壓下幾乎啞然的事實，那麼就不能不格外看重王富仁這篇《芻議》的意義！

在《中國魯迅研究的歷史與現狀》等文中，王富仁借助「社會派」知識份子的定位將魯迅的獨立的精神狀態與其他的現代思想家區別開來，所謂的「社會派」，就是格外重視自身的現實生命感受與社會文化感受，而將其他的所有學術追求、理論的探討都牢牢地建立在這一最基本的感受的基礎上，「社會派」知識份子可能會缺少「藝術派」的浪漫與瀟灑，不如「學院派」的沉穩和「公允」，不如「先鋒派」的新銳和靈活，當然也不會如「政治派」的逐時與紅火，但在現代中國這個生存難題遍佈、生命空間狹小，常有原始的生存，缺少個人的特操、缺少精神的信仰、無處沒有做戲的「虛無黨」的時空環境中，大概也常常是這些時刻具有社會生存實感的知識份子觸及著最有「質地」的真實。從王富仁對於「社會派」的闡發與激賞中，我們也分明地感受到了他自己的人生與文化取向，儘管他自己也依然生活在高等院校的圍牆之內，還在繼續地完成著一所學院所要求的「學術」。在 90 年代，王富仁的思想學術方式是以自己的理解為基礎，完成著向「學院」之外的社會派精神的暗移。在樊駿先生看來，這裏出現的是一個奇特的思想家，因為「一般學術論者中常有的大段引用與詳細注釋，在他那裏卻不多見，而且正在日益減少。」[82]王富仁這種逸出學院圍牆，更廣闊更自由地表達自己的願望在他 90 年代末期出版的四個散文隨筆集——《蟬之聲》[83]《蟬聲與牛聲》[84]《囈語集》[85]、《說說我自己》[86]當中得到了比較充分的表現，請看這樣的的妙語：

> 中國人好問：你到底站在那一邊？
>
> 我說：我站在我自己這一邊！
>
> 假若人們再問：你自己這一邊到底是哪一邊？
>
> 我說：我自己這一邊就是我自己這一邊！

---

[82] 樊駿：《我們的學科：已經不再年輕，正在走向成熟》，《中國現代文學研究叢刊》1995 年 2 期。

[83] 北嶽文藝出版社 1996 年 11 月版。

[84] 四川人民出版社 1997 年 7 月版。

[85] 中國文聯出版社 2000 年版。

[86] 福建教育出版社 2000 年版。

> 大概人們還覺得不踏實，會進一步追問：你自己的這一邊是在左邊還是在右邊？是在東邊還是在西邊？是在南邊還是在北邊？
> 我則回答：如果你在我的左邊，我就在你的右邊；如果你在我的右邊，我就在你的左邊；如果你在我的東邊，我就在你的西邊；如果你在我的西邊，我就在你的東邊……
> 人們覺得我說得太不具體。
> 我則覺得我的回答比任何人的回答都具體可靠。
>
> ——《囈語集之八十九》

這就是王富仁的生命與生存的智慧，一個堅持著自己獨立人格、堅守著自己生命與生存理想的思想家的睿智、剛勁和毅力，他就是以這樣豐富的社會人生的感受為根據，走過了混沌和蕪雜的 90 年代。

附錄：關於現代中國文學「二元對立」思維問題的考察

1990 年代的「現代性重估」當中，出現了一個代表性的重要觀點：現代中國文學自五四開始就陷入了不可自拔的「二元對立」思維模式，而且這一思維模式又嚴重地妨礙了中國文學與文化的健康發展，文學史的事實究竟如何，這裏收錄筆者最近撰寫的兩篇考察，也算是與「現代性批評話語」的一種對話。

一、傳統與現代：「二元」如何「對立」？

1

進入上世紀 90 年代以後，隨著西方 20 世紀一系列哲學思想特別是解構主義思潮在中國的流行，中國現代文學研究出現了對所謂「二元對立」思維的猛烈批判：現代／傳統，進步／保守，新／舊，革命／反革命，新民主主義文學／封建主義文學，無產階級文學／資產階級文學，白話／文言，雅文學／俗文學，在過去，這些兩兩對立的關係一直被視作中國現代文學發展的內在矛盾，前一項是我們神聖的目標，而後一項則是我們前進的障礙，而「走向現代」、「追求進步」、「回應革命」的文學也就是不斷用前一項的目標克服著、超越著後一項的阻礙；在 90 年代以後，這些在過去人們眼中的理所當然的評價體系都遭遇到了空前的質疑，乃至如此兩兩分類的思維方式本身也似乎是大可懷疑的。

應當說，對既往學術思維方式的任何一種質疑和挑戰都是有意義的，它至少可以促使我們的對業已存在的立場的反省和警惕。對於「二元對立」的批判也是這樣，應當說，中國現代文學自發生以來就始終處於多重文化現象相交織的複雜語境當中，面對紛繁複雜的藝術創作，我們的學術研究的確應當不斷尋找一種能夠充分包容研究物件豐富性的闡釋形式。正是在這個意義上，我們可以明顯地意識到，過去那種將複雜的歷史現象認定為兩種因素此消彼長的闡釋方式存在著太多的簡化，已經不足以說明文學史事實的多樣性：魯迅歷來就被作為是「現代」、「進步」與「革命」的代表，但恰恰是這樣一個魯迅，對於當時人們所不斷炫耀的「現代」、「進步」與「革命」保持了相當的警惕性，20年代中後期，當「先鋒」的「革命文學」理論聲名鵲起的時候，魯迅卻滿懷著疑慮：「所怕的只是成仿吾們真像符拉特彌爾·伊力支一般，居然『獲得大眾』；那麼，他們大約更要飛躍又飛躍，連我也會升到貴族或皇帝階級裏，至少也總得充軍到北極圈內去了。譯著的書都禁止，自然不待言。」[1]關於「進步」，魯迅也說過：「像今天發表這個主張，明天發表那個意見的人，思想似乎天天在進步；只是真的知識階級的進步，決不能如此快的。」[2]同樣，對於信服白璧德新人文主義的學衡派、新月派作家而言，「古典」也決不意味著保守，它照樣屬於「在今世為最精無上」之學說，[3]所謂「欲窺西方文明之真際及享用今日西方最高理性者，不可不瞭解新人文主義」。[4]如果說中國現代文學的發展過程中存在著一系列的「二元對立」的話，那麼這樣的「二元」卻又很可能是彼此交織在一起的，它們之間有對立，卻也存

1 魯迅：《「醉眼」中的朦朧》，原載1928年3月12日《語絲》第四卷第十一期。

2 魯迅：《集外集拾遺補編·關於知識階級》，《魯迅全集》8卷190、191頁，人民文學出版社1981年版。

3 吳宓：《白璧德論民治與領袖》，《學衡》第32期。

4 吳宓：《〈莫爾論現今美國之新文學〉譯序》，《學衡》第63期。

在著交融與結合，或者說，各種各樣的交融與結合又最終說明單單的「二」並不足以概括「元」的真正形態。

對於「二元對立」加以反思、批判的合理性正在於此。

2

不過，值得注意的是，如果說，傳統「二元對立」的文學史研究失之於歷史事實的籠統概括，失之于對於文學現象的過於「整體」的把握，那麼，90 年代以後中國學人對於「二元對立」的批判似乎也沒有根本擺脫這樣的「籠統」與「整體」。

在當今學人關於「二元對立」的質疑主要基於兩個方面的因素，一是對於「五四」以降的連續不斷的文學與文化「鬥爭」的不滿，二是西方現代思潮特別是解構主義思潮的鼓勵。而在我看來，就是這樣兩個方面思維資源導致了「二元對立」批判的某種困窘。

前者將中國現代文學的發展認定為一系列「非此即彼」社會文化「鬥爭」，進而引發出了對「二元對立」思維的猛烈抨擊：「二元對立發展成為『非此即彼』、『你死我活』的一種極端化的鬥爭哲學，並逐漸內化為思維的深度模式和思維無意識，嚴重左右並制籠著人們對複雜世界的認知方向和認識深度。文學史家同樣無法逃避這種二元對立的思維無意識。二元對立的思維模式對文學史的影響是整體性的。」「這一『整體敘事』的元話語性質和由此所形成的敘述模式在王瑤先生的《中國新文學史稿》得到了最初的體現，經過後來許多研究者的不斷強化，到唐弢、嚴家炎二位先生主編的《中國現代文學史》而成為一種固定的形式。」[5]作為對於文學史觀念的一種反思和批判，這自然沒有多大的問題，但要緊的卻是我們今天的批判又往往「越過」了

[5] 溫奉橋：《走出「二元對立」的思維定勢——關於當前文學史觀念的一種思考》，《齊魯學刊》2003 年 1 期。

對一般文學史敘述的考察，將批判的鋒芒直接對準了文學創作的現象本身，人們要一直挖掘出存在于現代中國文學運動中的「二元對立」思維，這便難免陷入籠統的「整體」判斷的弊端了，中國現代文學史諸多現象的複雜的分歧同樣在這樣的「整體」判斷中被掩蓋了起來。例如，同樣是文化的「鬥爭」，1949 年以後「唯階級鬥爭」時代由政治體制推行的「鬥爭」顯然並不能與過去的文化論爭相提並論，而「非此即彼」、「你死我活」的政治鬥爭也並不代表現代中國文學運動主要內容，至於將「非此即彼」、「你死我活」的思維形式一直追蹤到五四新文學運動，甚至以慘絕人寰的「文化大革命」比附之，則更是混淆了歷史本身的諸多事實。鄭敏先生這樣批評五四新文學以降的文學：「我們一直沿著這樣的一個思維方式推動歷史：擁護—打倒的二元對抗邏輯。」「至於這種簡單化的二元對抗邏輯是否能反映客觀世界、社會、人際等關係的複雜情況，就很難說了。」[6]如果說中國現代文學的歷史真正是被推動了，那麼其動力應該還在中國作家的創作能力，而不是這樣簡單的對抗口號，近年來，已經有學者結合大量的歷史事實充分證明，在五四新文學宣導者的對抗性口號與文學實踐之間，本來就存在著深刻的區別，中國現代文學的實際創作活動遠比幾個簡單的對抗性口號要複雜。[7]

總之，將對「二元對立」思維的警惕簡化為以對複雜文學史現象「二元對立」的判定，這既不符合歷史的事實。依然沒有擺脫它所批判的物件的那種簡單籠統的思維方式。

在西方思想的發展歷史上，「主客二分」一直可以追溯到古希臘時代，經過中世紀的「神人二分」到近代哲學則完善為認識論上的「主客二分」，它與本體論上的存在與思維的「二分」共同奠定了近代哲學一系列「二元對立」觀念的基礎，其「哲學思維方式的基本特點是從

---

[6] 鄭敏：《世紀末的回顧：漢語語言變革與中國新詩創作》，《文學評論》1993 年 3 期。

[7] 劉納：《二元對抗與矛盾絞纏》，《中國現代文學研究叢刊》2003 年 4 期。

主客、心物、靈肉、無有等二元分立出發運用理性來構建形而上學的體系」[8]到了 20 世紀，情況發生了變化，「20 世紀西方哲學的現代性標誌之一，是不斷尋求對傳統形而上學二元對立思維方式的超越。」[9]經過胡塞爾對「生活世界」與「交互主體性」的闡釋，伽達默爾「效果歷史」原則對「歷史客觀主義」的批判，到德里達徹底「解構」傳統形而上學的一系列「二元對立」命題，可謂是將批判、顛覆的力量發揮到了極至。西方思想的動向直接鼓勵了 90 年代以後中國學者的批判的熱情，如鄭敏先生的「世紀末的回顧」，便自始至終高舉著德里達的大旗。然而，究竟應當如何來理解這樣的對於「二元對立」的解構和超越，這對於已經習慣於追蹤西方「結論」的中國人來說，卻不是一件容易的事情。這裏存在著一個問題，即批判「二元對立」的本質在於質疑思想的絕對性，那麼，當我們繼續將解構主義、後現代主義作為一種新近出現的「先進」思想來加以膜拜的時候，這裏是不是也屬於一種「絕對」的迷信？

同時，我們還必須意識到，所謂「二元對立」的思維除開它簡單籠統的一面外，其實也依然是人類認知世界的一種最基本的形式，正是「二元」概念的產生，人類才有效地分清了天與地，人與我，男與女，人類的文明才漸次展開，正是「二元」觀感的出現，兒童才開始了辨析世界的過程，才開始了自我意識的發展。從古希臘到西方近代哲學一直到結構主義，在「二元對立」的思維之下，人類所創造的文化成果不僅是重要的，而且也是豐富的，我們似乎並不能通過宣佈自己已經進入了「後現代」與「解構」的時代，就斷定既往的思維形式毫無價值可言。如果我們將「後現代」與「解構主義」認定為歷史「進化」的歸宿，這本身不就是掩蓋歷史豐富景觀的「籠統」與「簡化」麼？

---

8 劉放桐：《新編現代西方哲學》11 頁，人民出版社 2000 年版。

9 朱立元：《超越二元對立的思維方式》，《文藝理論研究》2002 年 2 期。

3

閱讀 90 年代以後中國學界以現代文學為中心所形成的「二元對立」的批判聲浪，我們還會發現一個有趣的事實：即所謂對於「二元對立」的批判其實就還是主要集中在對於其中一組「對立」的批判，這就是現代與傳統的對立。以對五四新文學運動「非此即彼」主張的批判為突破口，人們不斷證明其實「傳統」離我們並不那麼遙遠，其阻礙性的力量並不那麼的巨大和可怕，所有的「現代」其實都來自于「傳統」，那些拋棄了「傳統」的「現代」追求總會被證明是營養不良的。這樣的表述看似在彌合「現代」與「傳統」的對立，其實，它不過是立足于「傳統」立場對於「現代」的要求和規範，而一旦它斷定離開了「傳統」的規範就會出現一個貧血的「現代」，那麼「現代」與「傳統」其實就還是「二元對立」的，表面上的彌合只不過讓這樣的「對立」變得隱蔽一些罷了。這樣的線性思維的批判更不足以說明這樣一些豐富而複雜的事實：「現代」之所以可以稱之為「現代」，分明就在於它與「傳統」有了區別；而「傳統」足以成為我們今天目睹的「傳統」，也依然在於它曾經與它先前的「傳統」有所不同；在另外一方面，「現代」恰恰是在反抗中將一切「傳統」轉化為自我發展的滋養，反抗與承接構成了既複雜而又自然的關係。作為 20 世紀極具現代意識的文學大家，T．艾略特的「傳統論」才是真正超越了「二元對立」的典型，他深刻地指出：「如果傳統的方式僅限於盲目的或膽怯的墨守前一代成功的地方，『傳統』自然是不足稱道了。我們見過許多這樣單純的潮流一來便在沙裏消失了；新穎卻比重複好。傳統的意義實在要廣大得多。它不是承繼得到的，你如要得它，你必須用很大的勞力。」[10] 通過這樣的過程，所謂的「現代」其實也正在構成自己的「傳統」。

---

[10] T．艾略特：《傳統與個人才能》，《西方現代詩論》74 頁，花城出版社 1988

另外一個有趣的事實在於，當人們在主觀上批判現代／傳統「二元對立」的同時，卻空前明顯地強化著另一組「二元對立」，這就是西方文化／中國文化的對立。請閱讀下列文字，注意其中的語言邏輯：

「從理論上看，胡、陳的白話文立論，問題出在對語言本質沒有認真的研究，可以說他們的語言觀是陳舊而膚淺的。當然其中有其所生活的時代的局限性，譬如他們並沒有能像現代語言學家那樣深入到語言的產生過程的心理生理學的研究中去……」

「20世紀以來西方文學著眼于探討心理狀態，對口語的使用有了很大的發展。但這不是因為口語明白易懂，如五四大眾化語言宣導者所以為的那樣……」[11]

在這樣的表述中，胡適、陳獨秀的根本錯誤似乎就是未能掌握西方最新的語言學理論，也落後於「20世紀以來西方文學」的進程。於是，我們對「二元對立」的批判也就不是出於它更能反映事實的豐富與複雜，而是因為這樣的批判本身「代表」了西方最先進的文化追求，這種以西方新近思潮「對抗」中國「落後」思想的意圖不正是近代以來對我們影響深遠的一組「二元對立」模式嗎？王富仁先生指出：「從鴉片戰爭至今的中國文化，沒有一次有實質意義的轉變不是在吸收西方文化的前提下實現的，沒有一次不把西方文化的原則作為自己變革的原則。不難發現，這種研究模式的基本特徵是在中國文化與外國文化（主要是西方文化）的二元對立中考察中國近、現、當代文化暨文學的發展。」[12]有意思的還包括另外一些中國的「後現代」論者，他們高舉著來自西方的「解構」的大旗，完成著對「西方中心」的反抗，最終又

年版。

[11] 鄭敏：《世紀末的回顧：漢語語言變革與中國新詩創作》，《文學評論》1993年3期。

[12] 王富仁：《對一種研究模式的置疑》，《佛山大學學報》1996年1期。

在論證「東方文明」主導世界的可能，暢想著「中國文化」成為「中心」的前景，如此看來，所謂的「二元對立」思維可真是銘心刻骨的了！

作為一種學術的反思與思維的調整，「二元對立」式的判斷當然可以在中國現代文學研究中繼續加以重估和批評，但這樣的學術反思必須首先是有利於對於中國文學現象的更切實的說明，它最終展示的也是中國文學的豐富的景觀，而不是為了證明什麼樣的「先進」理論，更不是為了向世人表明我們並不「落伍」于世界思潮或者「與國際接軌」的強烈願望。

二、1950 年代與中國新詩「二元對立思維」

新世紀到來的前後，中國大陸的學者對百年中國新詩的發展進行了種種的反思與回顧，其中，出現了一個很有影響的觀點，即中國新詩近一個世紀以來的發展還存在著諸多的缺陷，而造成這些缺陷的一個重要的原因便是自五四新詩運動就已經形成的「二元對立思維」：那種「非此即彼」社會文化「鬥爭」思維被認為是極大地限制和束縛了詩歌藝術應有的廣闊自由的空間，窒息了詩人的靈感：

> 「我們一直沿著這樣的一個思維方式推動歷史：擁護—打倒的二元對抗邏輯。」
>
> 「這種決策邏輯似乎從五四時代就是我們的正統邏輯，擁有不容質疑的權威。」
>
> 「從五四起中國的每一次文化運動都帶著這種不平凡的緊張，在六十年代史無前例的文化大革命中則筆戰加上槍戰，筆伐加上鞭撻，演成了一次流血的文化革命。」[13]

---

[13] 鄭敏：《世紀末的回顧：漢語語言變革與中國新詩創作》，《文學評論》1993

以上所引便來自當代中國大陸頗有影響的詩人、詩論家鄭敏先生在上世紀末對中國新詩的著名「回顧」。鄭敏先生的判斷至少在三個方面充分反映了一批學人的基本理念：1、中國新詩發展的嚴重問題便在於存在一種「非此即彼」的二元對立思維；2、這種思維的源頭便是以胡適等人為代表的五四白話詩歌運動；3、從五四到 1949 年以後的極左運動乃至「文化大革命」，屬於同一種邏輯的發展與延伸。

從「五四」到 1949 乃至「文化大革命」，從白話／文言的「對抗」到無產階級／資產階級的「鬥爭」，這實在可以稱得上是一個「漫長」而「曲折」的歷史過程，在這樣的一個歷史演變當中，中國新詩的艱難是否真的與胡適等人「非此即彼」的申明有關？在將近一個世紀的歷史過程中，是不是真的就存在著一種統一的、一以貫之的「二元對立」思維？而胡適等人在五四時代的思維如何就為 1949 年以後的政治鬥爭所繼承？這實在都是一些需要認真清理和辨別的複雜問題。

1

五四白話詩歌運動是中國新詩的起點，在五四新詩的開創者那裏，我們的確可以聽到一系列偏激、決絕的「吶喊」，諸如「際茲文學革新之時代，凡屬貴族文學，古典文學。山林文學，均在排斥之列。」[14]「中國這二千年只有些死文學，只有些沒有價值的死文學。」「我們有志造新文學的人，都該發誓不用文言作文：無論通信，做詩，譯書，做筆記，做報館文章，編學堂講義，替死人做墓誌，替活人上陳條，……都該用白話來做。」[15]「新舊二者，絕對不能相容，折衷

年 3 期。

[14] 陳獨秀：《文學革命論》，見《中國新文學大系‧建設理論集》46 頁，良友圖書印刷公司 1935 年版。

[15] 胡適：《建設的文學革命論》，見《中國新文學大系‧建設理論集》129、134 頁，良友圖書印刷公司 1935 年版。

之說，非但不知新，並且不知舊，非直為新界之罪人，抑亦為舊界之蟊賊。」[16]當然，最為今人詬病且反復徵引的還有陳獨秀的斷然姿態：「必不容反對者有討論之餘地；必以吾輩所主張者為絕對之是，而不容他人之匡正也。」[17]

然而，從複雜歷史文件中提取這些情緒激動的片言隻語是容易的，問題是今天的我們究竟應該如何來分析、估價這些言論在中國新詩史上的實際意義。需要知道的是，詩歌史的發展，這並不是一個用的「宣言」與「判斷」就可以簡單總結的事情，它包含的是文學藝術諸多創作現象的複雜表現，蘊涵著理想與實踐、理論預設與文本創造的一系列矛盾甚至悖論的「綜合」。

而且，就是「宣言」與「判斷」，也同樣存在它們自身的複雜語境，脫離這些具體的語境加以字詞句的抽取，往往是相當不可靠的一種做法。例如，就以陳獨秀明顯偏激的斷然姿態為例，這幾句話，出現在他與胡適的通信中，屬於與胡適的往來討論，作為個人通信的寫作初衷與寫作方式，其語氣的自由與隨意是否應該與學術論文等量齊觀，這本身就是個問題。何況，結合他們往來討論的內容，我們完全可以知道，這些激動的言辭本身都有它特定的針對性。為了展示當時的歷史語境，我們在這裏不妨從胡適《逼上梁山》一文中比較完整地摘錄有關的材料：

> 《文學改良芻議》是 1917 年 1 月出版的，我在 1917 年 4 月 9 日還寫了一封長信給陳獨秀先生，信內說：
>
> 此事之是非，非一朝一夕所能定，亦非一二人所能定。甚願國中人士能平心靜氣與吾輩同力研究此題。討論既熟。是非自明。吾輩已張革命之旗，雖不容退縮，然亦決不敢以吾輩所主張為必是，而不容他人之匡正也。……

---

16 汪叔潛：《新舊問題》，《青年雜誌》1915 年 1 卷 1 號。

17 陳獨秀：《答胡適之》，見《中國新文學大系・建設理論集》56 頁，良友圖書印刷公司 1935 年版。

獨秀在《新青年》（第三卷第三號）上答我道：

鄙意容納異議，自由討論，固為學術發達之原則，獨至改良中國文學當以白話為正宗之說，其是非甚明，必不容反對者有討論之餘地；必以吾輩所主張者為絕對之是，而不容他人之匡正也。蓋以吾國文化倘已至文言一致地步，則以國語為文，達意狀物，豈非天經地義？尚有何種疑義必待討論乎？其必欲擯棄國語文學，而悍然以古文為正宗者，猶之清初曆家排斥西法，乾嘉疇人非難地球繞日之說，吾輩實無餘閒與之作無謂之討論也。

這樣武斷的態度，真是一個老革命黨的口氣。我們一年多的文學討論的結果，得著了這樣一個堅強的革命家做宣傳者，做推行者，不久就成為一個有力的大運動了。[18]

請注意胡適對背景的講述：「必不容反對者有討論之餘地」，這本來就不是我們白話詩歌創立者的實際姿態，它不過是陳獨秀從一位「老革命黨」的戰鬥經驗出發對胡適來信中所流露出來的小心翼翼的「改良」態度的刻意反撥，在文言傳統居絕對優勢的當時，陳獨秀擔心是胡適式的瞻前顧後的「改良」並不能夠真正起到振聾發聵的作用，他是要以強化自身堅定立場的方式確立白話建設的偉大目標！在這個意義上，我們與其說陳獨秀的武斷是面對全中國人民的粗魯，毋寧說就是主要是對胡適可能存在的軟弱選擇的當頭棒喝，與其說其表達的決絕是一種創作實踐的的「霸道行經」，還不如說就是弱小者無奈中的一種宣傳與傳播策略——對於其中的策略意味，當事人胡適本人看得最清楚：「得著了這樣一個堅強的革命家做宣傳者，做推行者，不久就成為一個有力的大運動了。」

[18] 胡適：《逼上梁山》，見《中國新文學大系・建設理論集》27 頁，良友圖書印刷公司 1935 年。

作為初期白話新詩的實踐者，胡適其實何曾有過如此高視闊步、不可一世的姿態！恰恰相反，他倒是一向都在「小心求證」，到處與人往返討論、砥礪切磋，任叔永、梅光迪不斷與他發生白話詩創作上的爭論，魯迅、周作人、俞平伯、康白情、蔣百里、陳莎菲等都應邀為他刪改《嘗試集》，胡適的文學實踐姿態不過是同眾多新詩創作者一樣的普通姿態而已：在中國新詩的近一個世紀的藝術之路上，僅僅憑藉個人幾句決絕的語言就達成壟斷文壇的效果，既非事實，也不可想像；同時，一旦進入到藝術實踐的過程，任何形式的「二元對立」都不得不面臨著來自生存實感的複雜考驗。或者說，作為個人特定表述中的「二元對立」是一回事，而是否能夠最終形成一個完整嚴密又超越個人立場向整個社會擴展，並且最後規範中國詩壇共同思維卻是另外一回事，實際上，如果沒有某種社會性約束機制的參與，個人的特定思維形式是很難規範別人的，不僅不能規範他人，作為作家自己，在進入到豐富人生體驗表達的時候，支配他們藝術思維的其實還是人生的豐富本身，於是，在自由創作當中，他們最終所呈現的其實也還是來自豐富生命的「多元形態」，正如有學者指出的那樣：「從新文學宣導者的立場、態度與他們的具體主張之間能夠辨識出其所存在的失衡、矛盾和衝突，用馮文炳的話來說，便是『夾雜不清』。」「五四文學作者無不確認著自己站在『新』的一面的立場和態度，卻很少像發難者們那樣看重新／舊、傳統／現代之間對抗的尖銳性。」[19]

無論我們能夠從胡適、陳獨秀等人那裏找到多少表達「二元對立」的絕對化思維的言論，我們都不得不正視這樣的一個重要事實：中國新詩並沒有因為這些先驅者簡單的新／舊二分而變得越來越簡單，在1949年以前的歷史中，胡適或者其他的任何一位詩人都無法實現個人單一藝術風格之於詩壇的控制和壟斷，在《嘗試集》出版僅僅數年，就有穆木天等人公開宣佈：「中國的新詩運動，我以為胡適是最大的罪

[19] 劉納：《二元對立與矛盾絞纏》，《中國現代文學研究叢刊》2003年4期。

人」，[20]整個中國新詩發生發展的歷史，都不斷響起種種的不滿與指責，這些不滿與指責本身就是藝術多元化指向的生動表現，也是藝術民主的具體體現，從上世紀初到 40 年代，中國新詩早已經擺脫胡適式的樸素單一的寫實追求，在開創中國式的浪漫主義、現代主義與古典主義方面各有建樹，國統區詩歌的政治吶喊與生命探索、解放區詩歌的革命理想與民間本色都獲得自己生長的天地，在作為藝術主流的新詩之外，舊體詩詞的創作並沒有遭遇到任何新文化力量的障礙和禁止，就是一些著名的新詩作者包括「開一代詩風」的郭沫若也時有舊體文學之作。在這裏，我們根本看不到所謂的「非此即彼」的二元對立思維所造成的惡劣局面。當然，一直都有人對中國新詩的創作現狀有所不滿，但其中的原因恐怕與「非此即彼」無干。

就中國整體而言，1950 年代以前的中國新詩，並不存在以「非此即彼」的鬥爭思維障礙創作實踐的事實。

2

然而，回顧中國新詩乃至中國文學到今天為止的全部歷史，我們卻分明體會到了其中所存在的嚴酷鬥爭的陰影，並且這樣以「鬥爭」為手段的絕對化、簡單化的思維形式在今天的文學世界中還可以清楚地見到。它，究竟來自何方呢？

我以為，這一「新思維」的出現便在 1950 年代。正是通過 1950 年代，中國新詩以至中國文學形成了一套完整的嚴密的「非此即彼」的二元對立思維。

在這裏，我特意強調了「新思維」完整、嚴密之於一個民族整體的重要性。因為，就「二元對立」本身而言，他卻是我們人類基本的有效的思維形式，正是「二元」概念的產生，人類才有效地分清了天

[20] 穆木天：《譚詩——寄郭沫若的一封信》，原載《創造月刊》1926 年 1 卷 1 期。

與地，人與我，男與女，人類的文明才漸次展開，正是「二元」觀感的出現，兒童才開始了辨析世界的過程，才開始了自我意識的發展。「對二元對立的辨認是兒童『最初的邏輯活動』，在這種活動中我們看到文化對自然的最初的獨特的介入。因此完全有根據承認，在創造和感覺『對立』或成雙『對立』的能力中，並且在創造和感覺的一般音位模式的同類活動中，有一種基本的、獨特的人類心靈活動。」[21]從古希臘到西方近代哲學一直到結構主義，「二元對立」的思維之於人類文化的意義隨處可見。然而，正如前文所述，作為學者與作家個人的自然產生的思維方式是一回事，而作為整個社會必須遵從的思想模式卻又是另外一回事，或者說，個人的自然產生的思維方式並不能否定其整體思維的某種矛盾性與夾雜性，而矛盾性與夾雜性的存在實際上便為其他思維形式的發展留下了空間，要刪除這些矛盾與夾雜，使之構成一個無比完整嚴密的且能夠「規範」全社會全民族的思想模式，這就已經大大超過了「二元對立」作為個體存在的自然狀態了，它必須有賴於一個外在的社會性的制約機制才得以實現。

隨著 1950 年代的到來，這一社會性的制約機制便真正建立起來了。

「二元對立」的本質其實是「一元」，它將事物設定為兩個相互對立鬥爭的方面，但卻並不是為了讓這兩個方面在鬥爭中存在下去，對抗、鬥爭都不過是過程，更重要的是通過鬥爭，其中的一面（所謂的「正面」）戰勝、克服了另一面（所謂的「負面」），於是，「正面」的價值最終得以格外的凸顯，「正面」的地位最終得以鞏固。「二元對立」最後指向的是世界的絕對化與簡單化。這樣一種思想形式顯然與政治集權的需要有著某種天然的契合，在條件成熟的時候，它便可以為政治家所利用，成為維護某種單一的政治意識形態權威的手段。

---

[21] 特倫斯・霍克斯：《結構主義和符號學》（瞿鐵鵬譯）15、16 頁，上海譯文出版社 1987 年版。

1950年代以前，在國民黨的文化專制的中，我們其實就可以讀出「二元對立」的聲音。例如，在國民黨文化負責人張道藩主編的《文藝先鋒》上，也是如此認定詩歌的：「把個人生命與民族生命合抱」，「逃避時代，違背時代，都不是詩人的本領，請對那些非正義，非真理，一切邪惡的行徑，投擲猛烈的炸彈」。[22]只不過，長期的內外戰爭與政治控制權利的地域分割，使得國民黨常常無力有效地實施這樣一種大範圍的思想整合，最後，倒是國民黨在大陸的失敗給了新政權的建立者重新「整合」社會思想，確立全社會全民族「一元」權威的機會。

較之於腐敗無能的國民黨政權，中國共產黨顯然對意識形態問題的解決有著自己深遠的思考和安排。1948年，就在毛澤東向世界公開宣佈軍事大反攻開始、國民黨政權覆滅指日可待的時候，一系列思想形式的整合工作就同時展開了。這一年的3月，一些共產黨的文化領導人會同團結中的左翼知識份子在香港借助《大眾文藝叢刊》，展開了對於未來中國文藝界的清理、整合工作。時任中共香港報刊工作委員會書記的林默涵回憶說：

> 領導文藝工作的，是黨的文委，由馮乃超負責。在文委領導下，出版了《大眾文藝叢刊》，由邵荃麟主編。這是人民解放戰爭正在激烈進行而面臨全國解放前夕。香港文委的同志們認為需要對過去的文藝工作作一個檢討，同時提出對今後工作的展望。[23]

也就是說，《大眾文藝叢刊》以及它的思想都代表了共產黨對新的文化思想格局的某種規劃和安排，這就難怪《叢刊》一開始就公開宣佈自己「不是一個同人刊物而是一個群眾刊物」，[24]因為，「同人」指的是知識份子獨立個體的集合，而在現代中國政黨的政治語彙中，「群

---

[22] 《我對中國詩歌的意見》，《文藝先鋒》1948年12卷1期。

[23] 林默涵：《胡風事件的前前後後》，《新文學史料》1989年3期。

[24] 《致讀者》，《大眾文藝叢刊》第1輯。

眾」的實際「代表」便是「黨」，所謂「群眾刊物」其實就是直接傳達黨的意志的刊物。在《叢刊》所展開的文藝「盤點」與思想清掃中，國民黨文藝恰恰不是重點，倒是「居中」的自由主義文藝特別是左翼文藝內部的以胡風「七月派」為代表「右傾」思想成為了主要批判的對象，這在當時曾經令許多文藝界人士大惑不解，[25]但事實上，這裏的奧秘就在於它所傳達的已經不再是人們所熟悉的文藝自由的資訊，它所遵從的也不再是學術發展的「問題」意識，如何正確貫徹一個即將執政的黨的意志，如何按照未來思想統一的要求清除那些最不「和諧」的文藝力量，才是它的當務之急——「居中」的自由主義文藝在廣大知識份子當中無疑具有很大的影響力，這是妨礙思想統一的一種力量，而存在於左翼文藝內部的胡風思想更以其「左翼」的形象構成了對最高領導意志的嚴重干擾，較之於脆弱的自由主義文藝，胡風思想阻礙意識形態統一的危險甚至更大，因而也理所當然地成為了一系列批判的主要目標。

就是在通往「一元」價值的過程中，《大眾文藝叢刊》為 1950 年代的文學思維與詩歌思維確立了「兩條路線鬥爭」的基本模式，這就是完整嚴密的強制性的「二元對立」新思想的起點。邵荃麟指出：「這十年來我們的文藝運動是處在一種右傾狀態中。形成這右傾狀態的，是由於長期抗日文藝統一戰線運動中，我們忽略了對於兩條路線鬥爭的堅持。」而今天堅持「兩條路線鬥爭」就是為了強化以工農階級意識為領導的「強旺思想主流」。[26]郭沫若《斥反動文藝》開門見山就是：「今天是人民的革命勢力與反人民的反革命勢力作短兵相接的時候，衡定是非善惡的標準非常鮮明。凡是有利於人民解放的革命戰爭的，

[25] 包括馮雪峰、蔣天佐、潘漢年等人都表示了困惑與不滿，但事實證明，這些左翼內部人士也未能及時準確地「培養」自己的政治敏銳性，他們繼續以知識份子的思維進入新中國，便極容易成為「整肅」的對象。

[26] 邵荃麟：《對於當前文藝運動的意見——檢討・批判・和今後的方向》，《大眾文藝叢刊》第 1 輯。

便是善，便是是，便是正動；反之，便是惡，便是非，便是對革命的反動。」「人民文藝取得優勢的一天，反人民的文藝也就自行消滅了。凡是決心為人民服務，有正義感的朋友們，都請拿著你們的筆桿來參加這一陣線上的大反攻吧！」[27]其文藝「戰線」上的敵我之分，是何等的鮮明！

兩條路線的鬥爭，就是不斷地清除異己，不斷地凸顯自己的主導性意義。《大眾文藝叢刊》在不斷完成對國統區文藝思想清理的同時，也大力推出解放區的文學創作，後者正是「一元」主導價值的集中體現。在解放區文學中，《大眾文藝叢刊》為中國新詩推薦的典範便是李季的《王貴與李香香》。一年以後的 1949 年 7 月，第一次文代會召開，在周揚與茅盾分別提交的大會的主題報告當中，我們再一次讀到了「兩條路線的鬥爭」，讀到了以解放區文學為價值主導的「一元」化文學思想，這，都是對《叢刊》時代的思想整合工作的深化和全面的實施。

作為《叢刊》的作者，茅盾以文化領導人的身份繼續清掃國統區的文藝遺傳，在適當的肯定之餘，他重點批判國統區文學的嚴重問題，批判了胡風等人的思想傾向。周揚則以勝利者的姿態無比自豪地宣佈：「毛主席的《在延安文藝座談會上的講話》規定了新中國的文藝方向，解放區文藝工作者自覺地堅決地實踐了這個方向，並沒有第二個方向了，如果有，那就是錯誤的方向。」[28]是的，在以「一元」為目標的「二元對立」的新思維中，中國文學與中國新詩都不可能有「第二個方向」了。

「沒有第二個方向」，這便是 1950 年代中國新詩需要時刻銘記的主題，也是所有中國詩人在政治意識形態支配之下必須接受的思想。

在經歷了自由寫作的方式之後，要規範不同作家的個性與性情，使之自覺納入到統一的思想模式當中，這實在並不容易，好在解放區

---

[27] 郭沫若：《斥反動文藝》，《大眾文藝叢刊》第 1 輯。

[28] 周揚：《新的人民的文藝》，《周揚文集》第 1 卷 513 頁，人民文學出版社 1984 年版。

的文藝實踐已經為之摸索出了一套行之有效的制度化方式，從總體上看，1950 年代的中國新詩，就完成了以「制度」規範「思想」的基本過程。

這種規範主要通過兩種方式進行，一是組織人事制度的「集約化」管理，二是連續不斷的文藝思想鬥爭的實施。

組織人事制度的「集約化」管理從詩人、作家的所在工作單位、生活社區到行業組織全方位展開，由此逐步形成了一個極具制約力中國特色的「單位制度」，從工作單位到生活單位再到作為行業組織的各級作家協會，中國詩人、中國作家的個人思想、藝術趣味乃至生活方式都被置於嚴密的控制之中，控制以人的戶籍固定為基礎，以各級「組織」對個人生存發展的全面管理為手段，最終形成從個人到集體，從下級到上級，從地方到中央的梯形金字塔式的思想貫徹形式。1949 年 5 月，在茅盾發表的《一些零碎的感想》一文中，他還在思考新中國全國性文藝協會的組織形式：「綜合性的全國組織，好比是中央（或好比是全國總工會），而各文藝部門的獨立組織則好比是地方——省或特別市（或好比是總工會下面的各產業工會）。至於『中央』和」『地方』的關係如何？也可以有兩種不同的方式。」他的選擇似乎還在文協究竟屬於「同業公會呢，還是文藝運動的指揮部？」[29]其實，答案很快就有了，高層的設計遠比作家出身的茅盾更系統也更符合意識形態控制的需要：包括行業組織在內的一切單位都必須體現中央／地方的上下關係，只有這樣的關係，才能最好地保證思想模式的同一化要求。作為對詩人、作家「集約化」管理重要組成部分，過去那些頗具影響的民營出版機構紛紛被整編，同人刊物消失，所有的文字都被逐漸納入到統一的國營體制當中，時刻接受政治意識形態的監督。當時，正在從獨立知識份子融入「單位制度」胡風曾經多有感慨：「文藝這領域，

---

[29] 《茅盾全集》24 卷 25、26 頁，人民文學出版社 1996 年版，原載 1949 年 5 月 4 日《文藝報》。

籠罩著絕大的苦悶。許多人，等於帶上了枷。」「現在一開口一舉步都怕碰傷了大的存在的權威。」「我們是，咳一聲都有人錄音檢查的。」[30]但問題在於，他最終的懷疑與反抗卻只能導致自身的覆滅，而當胡風被打倒的時候，卻已經沒有人能夠脫離「單位」的壓力，為之直言申辯了。

文藝思想的鬥爭也包括兩個方面，一是詩人、作家的自我學習與自我改造，二是對當時文藝創作中「錯誤傾向」不斷發起批判，以求在日常化的「警示」中加深對「一元」主導價值的理解與認同。

1950年代初期，中國詩人、中國作家的首要任務被定位為「思想學習」（而非藝術創作）。第一次文代會後，作為全國文協主席的茅盾就是這樣來總結「文藝界同人一致的要求和期望」的：「第一是加強理論的學習。」「我們要加強學習進步的文藝理論，學習革命的現實主義的創作方法，要肅清歐美資產階級末落期的文藝曾經在我們中間所發生的影響，要克服形式主義的偏向，但尤其重要的，要學習毛澤東思想，獲取進步的革命的社會科學知識。」[31]正是在「學習」與「改造」中，中國新詩已經走過的歷史被我們的詩人作了新的解讀和闡釋。艾青1954年春寫了《五四以來中國的詩》，他開始運用階級鬥爭的理論解釋詩歌史。文中這樣評論郭沫若「五四」詩歌影響巨大的原因：「這個時候，馬克思列寧主義的先進思想已在中國普遍傳播，無產階級已走上了政治舞臺，工人階級的先鋒隊——中國共產黨在一九二一年成立了。全國正處在第一次國內革命戰爭暴風雨的前夕。一般青年知識份子，都要求光明與自由，反抗黑暗與束縛，所以他的作品，為廣大的知識青年所喜愛。」出於同樣的思想模式，他又稱新月派是「集合了一群資產階級的政論家和詩人」，「從美學的觀點上向革命的新詩進

[30] 胡風：《書信・致路翎》，見《胡風全集》9卷252、266、273頁，湖北人民出版社1999年版。

[31] 茅盾：《一致的要求和期望》，《茅盾全集》24卷71頁，人民文學出版社1996年版。

攻。」「而革命的文學是在和所有這些現象對立中發展著。」[32]同年，臧克家也為中國新詩勾勒出了一個「二元對立」的「輪廓」，他將中國新詩歷史發展劃分為相互對立、鬥爭的兩條線索，郭沫若、殷夫、臧克家、蒲風、艾青、田間、袁水拍及解放區詩人屬於新詩革命傳統的代表，獲得了高度評價，而胡適、冰心、新月詩人、象徵派、現代派等都屬於「和當時革命文學對立鬥爭的一個反動的資產階級文藝作家集團。」[33]既然詩歌大家都接受了新的思維，那麼文藝領導人也就更加的嚴厲了，1958 年，邵荃麟在《門外談詩》中斷定：「五四以來每個時期，都有兩種不同的詩風在鬥爭著。一種是屬於人民大眾的進步的詩風，是主流；一種是屬於資產階級的反動的詩風，是逆流。」[34]

經過 1950 年代的歷史「再構」，作為「知識」的中國新詩就已經相當「單一」了：它只剩下了那些擁護「無產階級革命」、反映「人民大眾意志」的「主流」，在第一次文代會周揚主題報告中，唯一提及的詩歌典範只有李季的《王貴與李香香》，而茅盾報告提及的國統區詩歌典範則是作為抗日宣傳的「牆頭詩」、「街頭詩」，「短小精悍的政治諷刺詩」以及馬凡陀的山歌。有意思的是，曾經參與構建詩歌史的詩人們也紛紛以自我檢討甚至「刪詩」的方式來積極配合歷史知識的「單一化」運動。被魯迅譽為「中國最傑出的抒情詩人」的馮至也公開反省自己的資產階級、小資產階級思想，在他新出版的詩集中，著名的十四行詩歌不見了蹤跡，而早年的作品也被改得面目全非。有機會重印當年詩集的「老詩人」們，都積極刪除其中的「那些消極的不健康的成分」，[35]在新一代讀者的心目中，中國新詩歷史的「知識」就此有了新的面貌。

---

[32] 見《艾青全集》3 卷 304、305 頁，花山文藝出版社 1994 版。

[33] 臧克家：《五四以來新詩發展的一個輪廓》，《文藝學習》1954 年 2 期。

[34] 載《詩刊》1958 年 4 期。

[35] 何其芳：《〈夜歌和白天的歌〉重印題記》，《何其芳全集》1 卷 527 頁，河北人民出版社 2000 年版。

伴隨一系列詩歌史觀念的再認識與再評價，對當前詩歌創作中的「異樣」聲音的發覺和警惕也自然被提上了議事日程。1950 年代，中國詩壇上展開了大大小小的批判活動，閱讀這些批判文章，我們不得不驚歎當時人們對藝術「越軌」的警惕竟如此之高，「兩條路線的鬥爭」竟推進得如此之細！

下面這個不完全的統計大體可以見出發生在 1950 年代的中國詩壇的批判運動的基本情況：

批判項目	時間	事件	批判參與者	批判用語	批判目的
阿壠、胡風的一系列詩歌觀與文藝觀	1950-1955 年	阿壠《論傾向》等及胡風的文藝思想	陳湧、史篤、周揚（1950）及整個中國文藝界（1955）	「反對藝術積極為政治服務」、「小中產階級作家『小集團』抬頭」、「歪曲和偽造馬列主義」（1950）「反黨集團」、「反革命分子」、「披著人皮的豺狼」（1955）	捍衛「文藝為政治服務」、整肅左翼文藝隊伍
朱光潛的詩歌觀與文藝觀	1951-1956 年	朱光潛《文藝心理學》、《詩論》等著作	蔡儀、黃藥眠等	「和我們今天的文藝運動背道而馳」、「文藝思想的反動性」	清除「為文藝而文藝」的自由主義（資產階級）思想
詩歌創作的情感特徵	1956 年	艾青建國初期的創作	臧克家、嚴辰、呂劍等	「思想感情陳舊」、「政治熱情不飽滿」	規範詩歌的情感特徵：飽滿、昂揚
詩歌的題材藝術與風格	1957 年	艾青的國際題材詩歌	黎之、田間、徐遲、臧克家、李季、阮章競、沙鷗、曉雪、白樺等	「晦澀難懂的壞詩」、「早已陳腐的資產階級現代主義的伎倆」、「反黨逆流」	規範詩歌的題材與風格

詩歌的情感特徵與風格	1957 年	穆旦詩歌《葬歌》、《九十九家爭鳴記》	黎之、李樹爾、戴伯健、邵荃麟、徐遲等	「歪曲污蔑現實生活，攻擊新社會」，「對得到領導同志支持的同志加以攻擊和謾罵」，「資產階級個人主義的頌歌」	規範詩歌的情感與風格
詩歌的題材與內容	1957 年	流沙河作品《草木篇》涉及個人人生感悟	《四川日報》、《草地》、《紅岩》、《詩刊》發表數十篇批判文章	「寫的不是詩，而是向人民發出的一紙挑戰書」、是充滿「階級仇恨」的「反動的瘋狂」	規範詩歌的題材與內容
詩歌的題材與內容	1957 年	曰白作品《吻》涉及愛情題材	同上	「色情」內容	規範詩歌的題材與內容
詩歌的題材與內容	1957 年	李白鳳詩觀：擴大題材，表現自己的情感	鄒荻帆等	「對舊社會來的詩人們的污蔑」	規範詩歌的題材與內容
詩歌的題材與內容	1957-1958 年	公劉作品《天上的繁星千萬顆》涉及「命運」問題	黎之、公木等	「感情空虛陰暗」「頹廢哀傷」，「背離社會主義道路」，「個人主義的貪欲與野心」	規範詩歌的題材與內容
詩歌的語言風格	1958 年	卞之琳作品《十三陵水庫工地雜詩》等	劉浪、徐桑榆等	「很難看出詩人在抒人民之情」，「晦澀難懂」	規範詩歌的語言風格
詩歌的題材與內容	1958 年	邵燕祥《憶西湖》等懷古詩、風景詩與諷刺詩	沙鷗等	心靈「空虛」，「向黨進攻」，「反動的資產階級立場」	規範詩歌的題材與內容
詩歌特性的思考	1958 年	孫靜軒詩觀：「抒情詩」可以表現明顯的思想意義之外的情緒或氣氛	余音等	「反動」的見解	規範詩歌的思想追求，突出詩歌的思想教育功能

詩歌的內容與情感	1959年	郭小川《一個和八個》、《望星空》等作品	中國作協黨組幹部會、華夫、蕭三等	「不健康的思想情感」，「令人不能容忍的」「政治性的錯誤」，「自我擴張，自我表現，自我美化」	規範詩歌的內容與情感
詩歌的題材與內容	1958-1960年	蔡其矯作品《霧中漢水》、《川江號子》選擇日常生活內容	沙鷗、呂恢文、蕭翔、袁水拍、陳聰等	「資產階級的腐朽意識」	規範詩歌的題材與內容
對五四以來中國新詩的成就的評價及未來詩歌發展道路的設計	1958-1959年	何其芳、卞之琳、徐遲、王力、林庚、馮至肯定「新格律」詩	公木、宋壘及周揚、邵荃麟、郭沫若、田間、袁水拍等文壇領導及「主流」詩人	「貫徹工農兵方向，認真向民歌學習」，「關於誰是主流之爭，實質上是知識份子要在詩歌戰線上爭正統，爭取領導權的問題」	從根本上規範中國詩歌發展的資源問題

1950年代中國詩壇的批判運動以對阿壠、胡風、朱光潛的理論清算為起點，以痛斥「不原為工農兵服務」的「新格律」詩主張為終點，它不僅如此包羅萬象地涉及了詩歌寫作的數量、主題、風格、氣質、情緒的類型、藝術的趣味等等眾多內容，涉及各個年齡層次、各種資歷的詩人，而且其一「始」一「終」的程式本身更充滿了深長的意味：新時代新思維中的中國詩歌首先是要從根本上清除「外」（資產階級自由主義的文學理念）與「內」（左翼啟蒙主義的文學理念）的「多元」干擾，再進一步通過具體實踐的種種「規範」，最後方可順利通達嚴格「貫徹工農兵方向，認真向民歌學習」的無比單一的方向。

就這樣，經過了一系列「二元對立」的鬥爭，中國詩歌「一元」價值的確立獲得了絕對的保障。

3

1950年代，在「二元對立」新思維的主導下，中國詩歌創作出現了值得注意的「失語」與「換語」景象。

所謂「失語」便是一大批在既往藝術實踐中卓有成就的「老詩人」（尤其是國統區出身的老詩人）在新的「規範」目前一時間不知所措，陷入了創作的低谷。

1953年11月1日，何其芳在北京圖書館演講《關於寫詩和讀詩》，他談到當前詩歌狀況是：

> 有許多同志對目前的詩歌的狀況不滿意，提出了疑問和批評：「祖國現在的詩歌的情況不夠好：冷冷清清的，詩人們在幹什麼？學習嗎？體驗生活嗎？還是改行了？」
>
> ……
>
> 「詩歌創作不旺盛的原因何在？為什麼許多有成就的詩人近來不寫了？譬如何其芳同志本人為什麼很久不見有作品發表？」
> 我們今天的詩歌方面的情況卻是這樣：雖說也有一些寫詩的人，然而卻零零落落，很不整齊；其中有些人並沒有經過認真的專門訓練，還不能熟悉地使用他們的樂器；有些人偶爾拿起樂器來吹奏幾聲，馬上又跑到後臺裏面做別的事情去了；剩下三幾個人在那裏勉強撐持局面，但也是無精打采地吹奏著。[36]

這真是不折不扣的事實，因為包括何其芳自己也深有體會：「有相當長一個時期，我覺得當務之急是從學習理論和參加實際鬥爭來徹底改造自己的思想感情，寫詩在我的工作日程上就被擠掉了。」[37]

---

[36] 見《何其芳全集》4卷284、285頁，河北人民出版社2000年版。

[37] 何其芳：《〈夜歌和白天的歌〉重印題記》，《何其芳全集》1卷528頁，河北人民出版社2000年版。

是啊，「學習理論和參加實際鬥爭」這就是「新思維」下中國作家與中國詩人的首要任務，他們需要通過對主導價值的不斷領會來確立「一元」意識形態，來「徹底改造自己的思想感情」。改造，這又是一個新時代的關鍵字，所謂的「改造」，其根本的意義就是徹底放棄過去那些人生觀念與藝術思維形式，完全地無條件地接受「二元對立」的新思維。當然，這並不容易，因為藝術思維本身的自由性就註定了它很難馴服地捲縮在某種單一的規範之中，更何況這些「歷經滄海」的「老詩人」們早已享受了自由的藝術思維給他們帶來的成功與快樂！[38]國統區出身的詩人固然如此，就是來自解放區、熟悉階級鬥爭概念的詩人也能夠感到「時代不同了」：過去與「民主」、「自由」追求聯繫在一起的解放區意識形態如今已經成為了唯一的權威性的思想形式，它帶給人們的依然是「學習」與「改造」的精神壓力。到了 1956 年，在中國作協創作委員會詩歌組召開的座談會上，發言者依然對來自舊時代的老詩人的表現多有不滿：「老詩人寫得太少，熱情蓬勃的詩也太少。」[39]同年，臧克家在中國作協第二次理事擴大會上，一方面檢討自己創作不多、品質不高，另一方面又批評艾青、田間：「『大堰河』的時代已經一去不復返了，艾青同志為什麼不給『大堰河』兒子的時代創造一個令人難忘的典型形象呢？田間同志是有名的『擂鼓詩人』，可是現在，多數人感覺著田間同志的鼓聲不夠響亮！過去在詩創作方面有過很多貢獻的馮至、袁水拍、何其芳等同志，這兩年也寫得太少！」[40]茅盾也認為田間出現了「危機」：「就田間而言，我以為他近來經歷著一種創作上的『危機』：沒有找到（或者正在苦心地求索）得心應手的表

---

[38] 1956 年 4 月艾青曾在《春天》「後記」中談到創作的苦惱：「我的作品並不能反映這個時代。這個時代是要用許多的大合唱和交響樂來反映的，我只不過是無數的樂隊中一個吹笛子的人……」(《艾青全集》3 卷 374 頁，花山文藝出版社 1994)。

[39] 見《沸騰的生活和詩》，載《文藝報》1956 年 3 期。

[40] 見《文藝報》1956 年 5、6 期。

現方式，因而常若格格不能暢吐，有時又有點像是直著脖子拼命地叫。」[41]

這就是 1950 年代中國詩人普遍存在的創作「失語」現象。「失語」不僅表現為思維的滯塞，詩人的淡出，也表現為某些寫作中語言的遊移、囁嚅與閃爍。例如何其芳的《回答》、穆旦的《問》、杜運燮的《解凍》等等。由此，我們當可以對 1950 年代某些中國詩歌的「晦澀」作新的解釋。

1950 年代中國詩歌史上的另外一大奇觀便是 1958 年的「大躍進民歌」運動。儘管今天的文學史闡釋已經充分揭示了其政治權利操縱下的種種荒誕，但在我看來，它其實也並非與中國詩歌自身資源與傳統毫無關係，而是中國固有的詩歌資源在「二元對立」新思維之下的「一元」發展的結果，或者說，在新的思維模式支配下一次藝術的徹底「換語」的嘗試，當然，事實證明，此路並不通暢。

最高政治權利機構為什麼一定要將反映社會主義「大躍進」的藝術形式確立為「民歌」呢？這本身倒是與中國詩歌自身的藝術資源密切相關。

在漫長的歷史發展過程中，中國詩歌不時在文人的「雅化」追求中陷入自我封閉的僵硬狀態，在這種時候，往往就是來自民間歌謠的「清新」、「剛健」重新賦予它生機，就這樣，在一次又一次「民間」的啟動下，中國古典詩歌找到了繼續前行的途徑，由此，民間歌謠便構成了中國詩歌自我調整、自我發展的最基本的資源，而對民間歌謠的這種記憶也往往積澱成為中國詩人尋求藝術新路之時的一種重要的心理趨向。對此，朱自清先生有過深刻的闡述，他說：「按詩的發展舊路，各體都出於歌謠，四言出於《國風》、《小雅》，五七言出於樂府詩。《國風》、《小雅》跟樂府詩在民間流行的時候，似乎有的合樂，有的徒歌。——詞曲也出於民間，原來卻都是樂歌。這些經過文人的由仿作而創作，漸漸的脫離民間脫離音樂而獨立。」「照詩的發展的舊路，

---

[41] 茅盾：《關於田間的詩》，原載《光明日報》1956 年 7 月 1 日，署名玄珠。

新詩該出於歌謠。」「但新詩不取法於歌謠，最主要的原因還是外國的影響。」[42]

儘管如此，中國現代詩人依然對民間歌謠表現出了持續的興趣，而且每當詩歌創作也可能因為「知識份子化」而日益「貴族」的時候，他們就往往會產生取法民間的願望。在「五四」的新詩創立的過程也伴隨著中國詩人的「歌謠收集」，北京大學歌謠研究會是五四新文學運動中最早成立的社團之一，它的發起者、參與者囊括了一大批的初期白話詩人，如劉半農、沈尹默、錢玄同、沈兼士、周作人等，研究會主辦的《歌謠週刊》也是我國現代文化史上出現最早、堅持時間最長的刊物之一（1922 年 12 月－1937 年 6 月）。民間歌謠對中國現代新詩的影響可以從眾多詩人的作品中發現，就是像徐志摩、聞一多、朱湘、戴望舒這樣的「藝術忠臣」也一度捉筆寫作現代民謠，對「中國作風，中國氣派」素有期盼的毛澤東顯然也對民間歌謠懷著這樣的好感。這實在就是 1958 年中國民歌運動的詩歌史基礎。

然而，我們也必須看到，作為執政者毛澤東發動的這一場轟轟烈烈的民歌運動，顯然也與中國現代詩歌史上任何一次取法民歌的努力都有了本質的不同。在 1950 年代以前，任何形式的文學追求都置身于多種藝術資源並存的巨大背景之中，也就是說，中國詩人對民間歌謠的興趣往往並不同時構成他對其他藝術資源的絕對的排斥：他在某種意義上取法著民歌，同時也繼續承受了西方或其他藝術源流的滋養，同時所有這些資源都沒有妨礙他作為創作主體的主動的自由的選擇，例如胡適，「他雖然一時興到的介紹歌謠，提倡『真詩』，可是並不認真的創作歌謠體的新詩。」[43]就是宣導「大眾歌調」的中國詩歌會、被譽為學習歌謠「嘗試成功的第一人」的蒲風也並沒有放棄對自由體

[42] 朱自清：《新詩雜話・真詩》，《朱自清全集》2 卷 386 頁，江蘇教育出版社 1996 年版。

[43] 朱自清：《新詩雜話・真詩》，《朱自清全集》2 卷 379 頁，江蘇教育出版社 1996 年版。

新詩的追求，[44]對此，朱自清說得好：「新詩的形式也許該出於童謠和唱本。像《趙老伯出口》倒可以算是照舊路發展出來新詩的雛形。但我們的新詩早就超過這種雛形了。這就因為我們接受了外國的影響。『迎頭趕上』的緣故。這是歐化，但不如說是現代化。『民族形式討論』的結論不錯，現代化是不可避免的。現代化是新路，比舊路短得多；要『迎頭趕上』人家，非走這條新路不可。」也就是說，在「現代化」的目標下自我發展才是問題的本質，為了「現代化」，其他的一切資源都應該以「我」為主，為「我」所用，民間歌謠不過就是所有這些「多元」資源中的「一元」。用朱自清先生的話來說，就是「新詩雖然不必取法於歌謠，卻也不妨取法於歌謠。」[45]

大躍進民歌運動的最根本特點便在於它完全被置於新的「二元對立」思維的控制之下，也就是說，將民間／知識份子的「對立」絕對化，而且是試圖用「民間」的「一元」價值來完成對「知識份子寫作」的徹底取代，最終實現詩歌創作的徹底「換語」，這樣便將藝術的發展引導到了一個十分逼仄的境地，而且更為嚴重的在於，在「換語」之中，它試圖置換掉創作者的主體性，這樣，它所要發掘的民間資源也處於一種相當扭曲的狀態了。因為，文化都是人類的創造之舞，任何文化現象的意義都不是「自明」的，都離不開主體的發掘和解讀，在置換中否定和取消作為創作者的主體性，最終也就取消了「發現」文化意義的可能，在大躍進民歌運動當中，我們可以清晰地看到，除了政治家對於民歌服務於當下政策的實用主義的態度之外，我們根本無法見到中國詩人讀解民間文化深層意義的景象，而到後來，許多的所謂「民歌」不過是緊跟政治形勢的說教而已，這與真正民間歌謠的質樸、清新已經相去甚遠！

在「二元對立」的新思維中，「換語」恰恰是中國詩歌陷入全面危機的標誌。

---

[44] 茅盾：《文藝雜談》，原載《文藝先鋒》1943 年 2 卷 3 期。

[45] 朱自清：《新詩雜話・真詩》，《朱自清全集》2 卷 386 頁，江蘇教育出版社 1996 年版。

後記

這本著作討論的是 1990 年代以後逐漸影響大陸中國學界的核心話題：現代性。到今天，這一概念已經成了我們學術表達的關鍵詞，不僅有「現代性」的話題，也有「現代性」的概念，總之，在關於百年來中國文學與文化的發展問題上，離開了「現代性」，我們似乎已經無法說話了。

但無法說話也可能有兩方面的原因，一是周圍的人都在操用類似的語言，不躋身其間，我們無法與他人對話，二是我們原本就沒有自己的語言，只能借助別人的話語傳達自己。前者顯然有我們可以理解的內容，比如「全球化」，比如文化的世界性交流的必要；但後者則暴露了許多值得深究的問題，比如中國學人的文化創新能力，中國現代文化自我建構的可能性等等。「現代性」思想固然重要，但中國學人自我發現問題、自我表述問題——包括磨礪相關的理論術語——的能力更加重要。

本書試圖提醒這一問題的存在及其重要意義。面對這樣的問題，我常常想，同樣置身於現代進程而又有著不同文化環境的臺灣學人當有怎樣的感受和思想？今天，當著作有機會在臺灣出版，我覺得更大的價值便是創造了一種兩岸對話的可能，對此，我要深深地感謝秀威資訊科技股份有限公司，感謝蔡登山先生的盛情！這是我在秀威出版的第三本著作，在此以前，在與宋政坤先生、宋如珊女士的交往中，我已經感受到了「秀威理念」的魅力，兩岸學人能夠在一種新型的深入的文化交流中共同面對 21 世紀，其中不就包含著「現代文化」的「中華方式」？

李怡　2010 年 8 月 30 日

語言文學類 PG0476

中國文學的現代性：批判的批判

作　　者 / 李　怡
主　　編 / 蔡登山
責任編輯 / 蔡曉雯
圖文排版 / 鄭伊庭
封面設計 / 陳佩蓉

發 行 人 / 宋政坤
法律顧問 / 毛國樑　律師
印製出版 / 秀威資訊科技股份有限公司
114 台北市內湖區瑞光路 76 巷 65 號 1 樓
電話：+886-2-2796-3638　傳真：+886-2-2796-1377
http://www.showwe.com.tw
劃撥帳號 / 19563868　戶名：秀威資訊科技股份有限公司
讀者服務信箱：service@showwe.com.tw
展售門市 / 國家書店（松江門市）
104 台北市中山區松江路 209 號 1 樓
電話：+886-2-2518-0207　傳真：+886-2-2518-0778
網路訂購 / 秀威網路書店：http://www.bodbooks.tw
國家網路書店：http://www.govbooks.com.tw
圖書經銷 / 紅螞蟻圖書有限公司
114 台北市內湖區舊宗路二段 121 巷 28、32 號 4 樓
電話：+886-2-2795-3656　傳真：+886-2-2795-4100

2010 年 11 月 BOD 一版
定價：290 元

國家圖書館出版品預行編目

中國文學的現代性：批判的批判 / 李怡著.--一版.-- 臺北市：秀威資訊科技, 2010.11
面； 公分. -- (語言文學；PG0476)
BOD 版
ISBN 978-986-221-661-3(平裝)

1. 中國文學 2. 現代文學 3. 文學評論

820.7 99020935

讀者回函卡

感謝您購買本書，為提升服務品質，請填妥以下資料，將讀者回函卡直接寄回或傳真本公司，收到您的寶貴意見後，我們會收藏記錄及檢討，謝謝！如您需要了解本公司最新出版書目、購書優惠或企劃活動，歡迎您上網查詢或下載相關資料：http:// www.showwe.com.tw

您購買的書名：________________________________

出生日期：________年________月________日

學歷：□高中（含）以下　□大專　□研究所（含）以上

職業：□製造業　□金融業　□資訊業　□軍警　□傳播業　□自由業

□服務業　□公務員　□教職　□學生　□家管　□其它_____

購書地點：□網路書店　□實體書店　□書展　□郵購　□贈閱　□其他

您從何得知本書的消息？

□網路書店　□實體書店　□網路搜尋　□電子報　□書訊　□雜誌

□傳播媒體　□親友推薦　□網站推薦　□部落格　□其他__________

您對本書的評價：（請填代號　1.非常滿意　2.滿意　3.尚可　4.再改進）

封面設計____　版面編排____　內容____　文／譯筆____　價格____

讀完書後您覺得：

□很有收穫　□有收穫　□收穫不多　□沒收穫

對我們的建議：________________________________

____

____

____

請貼
郵票

11466
台北市內湖區瑞光路 76 巷 65 號 1 樓
秀威資訊科技股份有限公司 收
BOD 數位出版事業部

（請沿線對折寄回，謝謝！）

姓　名：＿＿＿＿＿＿＿＿ 年齡：＿＿＿＿ 性別：□女 □男

郵遞區號：□□□□□

地　址：＿＿＿＿＿＿＿＿＿＿＿＿＿＿＿＿

聯絡電話：(日) ＿＿＿＿＿＿＿＿ (夜) ＿＿＿＿＿＿＿＿

E-mail：＿＿＿＿＿＿＿＿＿＿＿＿＿＿＿＿